MORD HINTER DEN TOREN

DIE PRIVATDETEKTIV-KRIMISERIE MIT ANNIE HUDSON

BUCH 1

VALERIE BRANDY

EMERALD LION
PRESS

Besuchen Sie die Website des Autors unter:

www.valeriebrandy.com

❀ Erstellt mit Vellum

*Für meine Mutter, die an das Versprechen dieser Geschichten
geglaubt hat.*

*Und für unsere Leser. Ihr seid der Grund, warum wir immer wieder
zurückkehren.*

INHALT

KAPITEL EINS

DIE STRASSE, in der Mr. Markins Leiche gefunden wurde, war einzigartig. Nicht wegen ihrer Form. Die Aspen Lane war eine gewöhnliche Sackgasse, zu beiden Seiten von hohen Bäumen ihrer Namensgeberin gesäumt, mit einer einzigen Zufahrt, die sowohl als Ein- als auch als Ausgang diente. Es war auch nicht bemerkenswert, dass die Sackgasse von einem vier Meter hohen, kunstvollen Eisentor geschützt wurde. In der makellosen Seenstadt Watersborough, Massachusetts, war es schick, Reichtum unter dem Deckmantel des Utilitarismus zur Schau zu stellen. Die reichsten Bewohner der Stadt lebten in bewachten Wohnanlagen, natürlich aus Sicherheitsgründen. Sie fuhren das neueste Tesla-Modell, um den Schadstoffausstoß zu reduzieren, versteht sich. In dieser Hinsicht war die Sackgasse eine von vielen solcher Enklaven. Protzig, aber auf praktische Art und Weise.

Nein, die Sackgasse, in der Mr. Markin sein Ende fand, war nicht wegen ihrer Exklusivität besonders (obwohl sie exklusiv war) oder wegen ihrer Kosten (obwohl sie *teuer* war). Die Sackgasse, in der Mr. Markin starb, war einfach wegen der sechs Familien, die dort lebten, und ihrer unbestreitbaren Unterschiede besonders.

Noch nie hatte sich in Watersborough eine so vielfältige Ansammlung von Menschen niedergelassen. Es war vielleicht Zufall, dass so unterschiedliche Menschen an denselben Ort gezogen wurden, ohne zu ahnen, wie sich ihre Leben verflechten würden. Ungewöhnlich, wenn man bedenkt, dass Watersborough eine offenkundige homogene Enklave war. Seltsam, dass sechs Fremde – fünf, jetzt, da Mr. Markin weg war – zusammen hinter diesem Eisentor gelandet waren, verbunden durch unsichtbare Fäden. Es war genug, um die richtige Art von Person an das Schicksal glauben zu lassen.

Privatdetektivin Annie Hudson war keine solche Person.

Als sie vor Mr. Markins Leiche stand – seine Arme in der Mitte des Asphalts ausgebreitet, ein Durcheinander eines Einschusslochs in seinen linken Brustmuskel gegraben – ließ sie ihren Blick über die sechs Häuser schweifen, die die Sackgasse umgaben. Die Beweise, die sie bisher gesammelt hatte, deuteten auf eine Schlussfolgerung hin:

Jemand, der in einem dieser sechs Häuser lebte, hatte Mr. Markin getötet.

Jedes Haus war eine mehrstöckige Ziegelvilla, erbaut in der Zeit, als Häuser noch *richtig* gebaut wurden. Trotz ihrer ähnlichen Ursprünge hatte sich jedes Haus im Laufe der Zeit verändert, um den Geschmack seines Besitzers widerzuspiegeln.

Das erste Haus war in einem hellen, kompromisslosen Pink gestrichen, eine himmlische Windskulptur rotierte auf dem Vorgarten. Daneben stand ein makelloses, klassisches Haus, flankiert von einem weißen Lattenzaun. Neben diesem Haus, an dritter Stelle, befand sich ein ultramodernes, kürzlich aufgerüstetes Haus, das mit Außenbeton beschichtet worden war, um den Eindruck modernen Reichtums zu vermitteln. In seinem Schatten, an vierter Stelle, stand ein künstlerisches, bescheidenes Haus ohne jüngste Renovierungen, abgesehen von einem offensichtlichen Garagenumbau, wie die großen Fenster an der Vorderseite zeigten, von denen aus die gesamte Sackgasse sichtbar war. An fünfter Stelle stand das älteste Haus der Straße, das noch die ursprünglichen Eisenbeschläge und Verzierungen aufwies. Schließlich, an sechster Stelle, stand Mr. Markins kleines Haus, das – nach der Art-déco-Umrandung auf der Veranda zu urteilen – einmal in den frühen 1970er Jahren modernisiert und dann völlig sich selbst überlassen worden war.

Annie betrachtete die Häuser und fragte sich nach den Menschen darin, wagte es aber nicht zu raten. Annie riet *nie*. Sie befasste sich nur mit Fakten, nicht mit Vermutungen. Obwohl eine Vermutung nicht schaden konnte, wenn sie *zu* einer Tatsache führte.

»Das Tor funktioniert also mit Bodenplatten?«, fragte Annie, so verloren in ihren Überlegungen, dass ihre Stimme wie die einer Fremden klang.

Neben ihr lächelte FBI-Agent Ethan Beckett. Er war mittleren Alters, die Augenwinkel dauerhaft gekräuselt. Nicht nur vom Zuviel-Sehen, sondern auch davon, einen Weg gefunden zu haben, darüber zu lachen. »Nur die Nummernschilder«, bestätigte er. »Man kann nicht einmal einen Gästecode herausgeben. Jeder einzelne Besucher der Aspen Lane muss sich bei der Sicherheit anmelden. Das sagt alles über die Art von Menschen aus, die hier leben, nicht wahr?«

Annie nickte. »Und der Wachmann war im Dienst?«

»Er war hier und kam angerannt, sobald er den Schuss hörte«, Agent Beckett überprüfte seine Notizen. »Er hat den Notruf gewählt. Blieb bei Mr. Markin, bis die Polizei eintraf. Sagte, er habe niemanden vom Tatort fliehen sehen.«

»Und der Wachmann ist ein zuverlässiger Zeuge?«

»Die Akte besagt, dass die Sicherheitsfirma diese Typen auf Herz und Nieren prüft. Hintergrundchecks, Kreditberichte, das ganze Programm.«

»Und es gibt keinen anderen Ausgang?«, drängte Annie.

»Nur das Tor. Es zeichnet auch die Öffnungen auf.

Niemand ist weggefahren. Niemand ist hinausgefahren. Die Liste des Wachmanns zeigt keine Besucher. Also...«

»Es war jemand, der hier wohnt«, antwortete Annie und beendete seinen Gedanken. »Das war auch mein anfänglicher Verdacht«, gab sie zu und überlegte erneut, wann Verdächtigungen zu Fakten führen könnten. »Aber es gibt nur einen Weg, das mit Sicherheit zu wissen.«

»Der Bericht sagt, dass vor einer Woche bei dem Kerl eingebrochen wurde«, fügte Agent Beckett hinzu. »Er rief die Polizei. Sie machten eine Überprüfung. Erwischten den Dieb nie. Dachten, es sei ein kleiner Einbruch gewesen.«

»Wurde etwas vermisst?«

»Nur eine Sache«, antwortete Agent Beckett. »Eine Vase in Form einer Blume. Eine Art Skulptur. Etwa fünfhundert Dollar wert.«

»Nicht das Risiko wert, ins Gefängnis zu gehen, oder?«, antwortete Annie.

»Glaubst du, die beiden Verbrechen hängen zusammen?«

Annie drehte sich um, die Luft irgendwie frischer in ihren Lungen als an einem gewöhnlichen Tag. »Das werde ich herausfinden.«

»Du hast diesen Teil schon immer geliebt«, Agent Beckett schüttelte den Kopf, unfähig, das Funkeln aus seinen Augen zu verbannen. »Wo fangen wir an?«

Annie bückte sich und griff in ihre Aktentasche. Sie zog einen Stapel Umschläge heraus und reichte sie Beckett. Er öffnete den ersten Umschlag und entfaltete eine einzelne Seite darin.

Annie grinste ihn an. »Wir laden die Bewohner der Aspen Lane zu einem Nachbarschaftstreffen ein.«

»Bist du sicher, dass du nicht mit Einzelgesprächen anfangen willst?«, fragte Agent Ethan Beckett skeptisch gegenüber ihrer Strategie. »Bei einem Gruppeninterview kann eine Menge schiefgehen.«

Annie hielt ihren Blick unverwandt auf ihn gerichtet. »Darauf zähle ich.«

KAPITEL ZWEI

KRYSTAL

Krystal war gerade dabei, eine telepathische Sitzung abzuhalten, als der Umschlag eintraf. Sie saß im Wohnzimmer ihres strahlend rosa Hauses, das sie für das energetisch reinste in der gesamten Sackgasse hielt. Da Krystals Haus das erste sichtbare Gebäude beim Einfahren in die Aspen Lane war, war sie sehr stolz darauf, seine farbenfrohe lachsfarbene Fassade zu pflegen.

Das Innere von Krystals Haus spiegelte sein Äußeres wider und zeigte einen bohemischen Einrichtungsstil. Bunte Flokati-Teppiche. Gewebte Wandbehänge. Überall Bücher und Kerzen. Im Wohnzimmer lagen Tarotkarten auf ihrem Tisch verstreut. Daneben lag ihr Handy, am anderen Ende ein Anrufer.

»Das sage ich dir doch«, schnalzte Krystal und warf ihr langes, dunkles Haar über die Schulter. »Er lügt dich total an. Anders kann es gar nicht sein, dass die Sieben der Schwerter so oft vorkommt.«

Sie tippte mit den Fingern auf den Tisch, an jedem einzelnen stapelten sich Ringe. Krystals Stimme hatte den unverkennbaren Klang eines kalifornischen Valley Girls. Ihre straffen, präzisen Vokale zeigten den charakteristischen Ton einer Zugezogenen von der Westküste, aber ihre Modewahl erzeugte einen elfenhaften, überirdischen Effekt. Sie trug einen weiten, gemusterten Leinenrock, ein Tuch über der Taille gebunden, und eine Vielzahl von Zöpfen, die sich durch ihr mit Perlen geschmücktes Haar wanden. Ein Headset saß wie eine Krone auf ihren Ohren und verband sie mit ihrem Tele-Klienten.

»Ich meine, *Schätzchen*«, zwitscherte sie ins Headset, »wenn er es nicht ist, der dich anlügt, dann tut es ganz sicher jemand anderes. Das ist doch ein noch beängstigenderer Gedanke, oder? Ich glaube, wir *hoffen* irgendwie, dass er es ist.«

Gedämpfte Proteste waren aus dem Headset zu hören.

»Nein, ich werde die Karten *nicht* noch einmal legen, denn Teil eines spirituellen Lebens ist es, die Wahrheit zu akzeptieren. *Natürlich* lese ich sie richtig!« Krystal machte eine Pause und ließ die Stimme am anderen Ende etwas einwerfen. »Okay, ich lag falsch mit dem Job, aber weißt du, der Kosmos ist ständig in Bewegung! Es passieren viele Dinge, die ich nicht vorhersehen kann–«

Als hätte das Universum zugehört, gab es ein metallisches Klirren von Krystals Haustür. Der Briefschlitz hob sich, eine unsichtbare Hand schob einen Umschlag durch die Öffnung. Er fiel auf den Parkettboden im Eingangsbereich, auffällig und ungewöhnlich. Es gab keine andere Post. Nur den Umschlag. Das Fehlen einer Briefmarke auf der Vorderseite verriet Krystal, dass er außerhalb des regulären Postdienstes persönlich zugestellt worden war. Und – wie Krystal aus Erfahrung wusste – wurde auf diese Weise nie etwas Gutes zugestellt. Scheidungspapiere. Inkassoversuche. Eine Vorladung vor Gericht. Das waren die einzigen Dinge, die man auf diese Weise erwarten konnte.

»Aha«, nickte Krystal ins Headset, während die Stimme am anderen Ende zu einem langen, verschwommenen

Murmeln wurde. »Genau, das ist eine großartige Art, es zu betrachten«, fügte sie hinzu, offenbar ohne ihrem Anrufer überhaupt zuzuhören.

Sie stand auf und ging wie in Trance auf den Umschlag zu. Sie drehte ihn in ihren Händen, bevor sie sorglos die Oberseite aufriss, um den Flyer darin zu enthüllen. Eine einzelne Seite. Einfacher Text in getippten Blockbuchstaben.

»*NACHBARSCHAFTSTREFFEN zur Besprechung des tragischen Todes von Herrn Markin, der als Mord untersucht wird. Die Teilnahme ist für alle Bewohner der Aspen Lane verpflichtend. 15 Uhr, Dienstag, 2. November, im Clubhaus. Die Polizei von Watersborough und das Federal Bureau of Investigation danken für Ihre Kooperation.*

Bitte beachten Sie, dass Anwohner, die nicht teilnehmen, zu einem späteren Zeitpunkt einzeln befragt werden.«

Krystal schluckte schwer. Auf einer gewissen Ebene hatte sie das erwartet. Sie hatte zugesehen, wie der Krankenwagen ankam. Hatte Herrn Markins Körper gesehen, der auf dem Beton ausgestreckt lag, als ob er nicht wichtig gewesen wäre, was er natürlich war. Er war *ihr* wichtig gewesen. Auf eine Art und Weise, die niemand kannte. Auf eine Art, die geheim und beschämend war. Besonders an einem Ort wie Watersborough. Niemand, der in der Aspen Lane wohnte, wusste von der Verbindung zwischen ihr und Herrn Markin.

Und jetzt, mehr denn je, beabsichtigte Krystal, dass es so blieb.

»Schätzchen, kannst du kurz warten?«, leierte Krystal ins Headset. Die Stimme am anderen Ende begann zu protestieren. »Danke!«, trällerte Krystal und drückte einen Knopf am Headset, um ihren Klienten stumm zu schalten.

Krystal nahm das Headset ab. Sie rannte zum Esstisch und legte den Flyer beiseite. Sie raffte die Tarotkarten zusammen und mischte den Stapel. Schloss ihre Augen. Dachte über ihre Situation nach. Über Herrn Markin.

»Weiß es jemand?«, fragte sie die Karten, ihre Stimme

kaum mehr als ein Flüstern. Sie blätterte durch den Stapel, ihre geübten Hände spürten den Moment zum Aufhören. Karte um Karte, bis – da.

Sie zog eine einzelne Karte aus dem Stapel. Drehte sie um. Auf der anderen Seite: das Bild einer Frau, die zwischen zwei Waagen sitzt, ein Schwert in der Hand. Die gemalte Figur trug einen Ausdruck der Unausweichlichkeit, flankiert von den Insignien eines Gerichtssaals. Eine Flagge. Ein Richterpult. Die Waagen der Wahrheit hinter ihr.

Krystal nahm die Figur in sich auf, Besorgnis furchte ihre Stirn. Sie atmete scharf ein, der Name der Karte entwich ihren Lippen beim anschließenden Ausatmen.

»Gerechtigkeit.«

In diesem Moment wusste Krystal, dass ihr Leben in Watersborough nie mehr dasselbe sein würde.

KAPITEL DREI

Im zweiten Haus in der Aspen Lane bereitete Janis gerade das Frühstück zu, als der Umschlag ankam. Zumindest versuchte sie, das Frühstück zuzubereiten. Ihre Zwillingsjungen spielten in der Küche Fangen und schlängelten sich hinter der Kücheninsel hindurch, während ihr reinrassiger Border Collie ihnen an den Fersen hing. Ab und zu stieß einer der Jungen gegen Janis, aber sie sagte kein Wort. Sie starrte einfach nur auf die Eier in ihren Händen und fragte sich, von welchem Huhn sie wohl stammten und ob es dem Vogel viel ausgemacht hatte, als er von Bauern mit Körben unzeremoniell beiseite geschoben worden war.

Janis schüttelte ihren blonden Bob, um ihre Haare aus dem Gesicht zu bekommen. Sie war Chaos gewohnt. Sie war es gewohnt, Ordnung in die Dinge zu bringen. Sie war eine Expertin darin, Durcheinander zu entwirren, das nicht ihres war. Ja, Janis war gut darin, Probleme zu lösen, die andere verursacht hatten. Probleme zu lösen, die sie selbst geschaffen hatte? Das war eine ganz andere Sache.

Sie dachte gerade über genau diese Probleme nach – die, die sie selbst verursacht hatte –, als es an der Tür klingelte.

Dem Klingeln folgte ein Raschelgeräusch, und ein schneller Blick zur Haustür zeigte einen Umschlag, der unter dem Spalt zwischen Boden und Eingang durchgeschoben worden war.

Janis starrte auf den Umschlag. Fragte sich, was das zu bedeuten hatte. Die Post kam erst um zwölf, und es war viel zu früh für einen zufälligen Vertreter.

»Holst du den?«, fragte ihr Mann Reggie und blickte vom Küchentisch auf, wo er hinter einem iPad saß und die Tagesrenditen betrachtete. Reggie war Investmentbanker. Von der Sorte, die den Unterschied zwischen einem Call und einem Put kannte und eine Aktie so shorten konnte, dass die gesamte Firma in einer manischen, sich selbst erfüllenden Prophezeiung als Ergebnis seiner Launen zusammenbrach. Reggie hatte einen wichtigen Job, und Janis zog die Kinder groß und machte die Eier. Das hatten sie vor vielen Jahren vereinbart, bevor Janis überhaupt genau wusste, wer sie war oder wozu sie »Ja« sagte.

»Den Umschlag«, seufzte Reggie, als ob der Punkt mehr Erklärung bedurfte. Janis starrte auf das Ei in ihren Händen, das über der Bratpfanne schwebte. Sie wusste, sie sollte es zuerst hineingleiten lassen, aber was, wenn es eine Weile dauerte, den Brief zu lesen? Das Ei könnte anbrennen. Und was, wenn in dem Brief das stand, was sie am meisten fürchtete? Die Sache, die ihre Familie und das einzige Erwachsenenleben, das sie je gekannt hatte, zerstören würde.

Janis holte tief Luft. Sie ging, um den Umschlag aufzuheben, immer noch ein Ei in einer Handfläche haltend. Sie klemmte das Ei unter den fleischigen Teil ihres Oberarms – es wie eine Glucke festhaltend – und riss dann den Umschlag auf, das Herz klopfend.

Darin war ein Flugblatt. Zuerst fühlte Janis sich erleichtert. Dies war *nicht* das Worst-Case-Szenario. Aber als sie zu lesen begann, sammelte sich Schweiß unter ihren Armen und tropfte an der zerbrechlichen Schale des Eis herunter.

»*NACHBARSCHAFTSTREFFEN: Zur Besprechung des tragischen Todes von Herrn Markin...*«

»Was steht drin?«, rief Reggie vom Tisch, ohne aufzustehen.

»Es ist ein Nachbarschaftstreffen wegen Herrn Markin. Über das, was gestern passiert ist.«

Reggie schnaubte, als wäre das Geschehene unter seiner Würde. »Typisch. Wenn man nur einen Hammer hat, sieht alles wie ein Nagel aus.«

»Dienstag um 15 Uhr«, sagte Janis laut, mehr zu sich selbst als zu Reggie.

»Stört den Arbeitstag«, seufzte Reggie und nahm noch einen Schluck von seinem Kaffee. Er stand auf und nahm seiner Frau das Flugblatt ab. Janis war so in Gedanken versunken, dass sie es kaum bemerkte. Sie stand einfach da und beobachtete ihre Kinder durch das Panoramafenster. Sie hatten das Fangspiel nach draußen verlegt, und jetzt war der Hund mit den Kindern im Vorgarten und drehte Kreise hinter ihrem perfekt symmetrischen weißen Lattenzaun.

»Wer hat den Zaun ausgesucht?«, fragte sie geistesabwesend. »Warst du das oder ich?«

»Hmmm«, antwortete Reggie, ohne sie anzusehen. Seine Augen überflogen immer noch das Flugblatt.

»Vielleicht sollten wir ihn ändern«, fügte Janis mutig hinzu. »Jeder hat einen weißen Lattenzaun. Vielleicht brauchen wir etwas anderes.«

Reggie faltete das Flugblatt zusammen und seufzte, als wäre seine Frau eine anstrengende Person, mit der man zusammen sein musste. »Es wäre eine Menge Arbeit, den Zaun zu ändern.« Er machte eine Pause und fügte hinzu: »Wir werden zu dem Treffen gehen.«

Janis drehte sich um und kehrte in die Gegenwart zurück. Das Ei, das sie vergessen hatte, fiel von ihrem Arm und landete mit einem Platsch auf dem Küchenboden. Eigelb quoll überall heraus, Schalenstücke verteilten sich über die Fliesen.

»Du wirst die Arbeit verpassen«, sagte sie und suchte nach einem Grund, warum Reggie nicht gehen sollte. »Ich kann gehen, wirklich, es macht keine Umstände. Ich werde uns beide vertreten.«

Reggie winkte ab. »Besser, wir bringen es jetzt hinter uns«, sagte er. »Aber die Nachbarn«, zuckte Janis zusammen. »Du hasst-«

»Ich *hasse* niemanden«, unterbrach er sie. »Sie sind einfach nicht unsere Art von Leuten«, zuckte er mit den Schultern. »Das war mal die richtige Art von Nachbarschaft. Jetzt«, er wedelte mit der Hand um nichts Bestimmtes herum, »sind wir hier.«

»Ich kann das regeln«, sagte Janis. »Du hast sowieso Wichtigeres zu tun.«

Reggie sah seine Frau an, als würde er sie zum ersten Mal sehen. Es war nicht ihre Art, so ein Problem mit einer bestimmten Sache zu haben. Etwas an ihrer Beharrlichkeit, dass er nicht an dem Treffen teilnehmen sollte, machte ihn nur noch entschlossener zu gehen. Wenn Reggie eines war, dann ein Mann, der es nicht mochte, gesagt zu bekommen, was er tun sollte.

»Ich gehe hin«, er nahm seinen Aktenkoffer vom Tisch und ging zur Haustür. Er hielt im Eingang inne. Drehte sich zu ihr um. »Wir sehen uns dort.«

Er öffnete die Haustür und schloss sie mit einem dumpfen Geräusch hinter sich. Janis war sich nicht sicher, ob sie sich etwas Bedrohliches in Reggies Tonfall einbildete oder ob der Austausch ein gewöhnlicher gewesen war. Sie fragte sich, ob er wusste, woran sie gedacht hatte, während sie versuchte, das Frühstück zuzubereiten. Fragte sich, ob er irgendwie die schreckliche Sache spüren konnte, die sie verheimlicht hatte. Das große Durcheinander, das sie angerichtet hatte und das sie nicht aufräumen konnte.

Sie beobachtete durch das Fenster, wie Reggie über den Vorgarten ging und ihren beiden Jungen zuwinkte, die immer noch mit dem Hund spielten. Er öffnete das Tor und ließ es gegen ihren weißen Lattenzaun zurückschlagen.

In diesem Moment wurde Janis klar, dass sie diesen Zaun hasste. Sie wollte ihn lila anstreichen oder mit einem Traktor darüber fahren. Sie wollte ihn Pfahl für Pfahl herausreißen, den Rasen befreien und jeden Passanten einladen, das Gefühl von Gras unter den Zehen zu genießen. Aber vor allem wollte sie *irgendetwas* in ihrem Leben ändern, selbst wenn es bedeutete, alles niederzubrennen. Wenn sie nur den Mut dazu finden könnte.

Stattdessen griff Janis nach einem Papierhandtuch. Sie beugte sich zu dem zerplatzten Ei zu ihren Füßen hinunter und begann den notwendigen, schmerzhaften Prozess, ihre eigene Unordnung Stück für Stück aufzuräumen. Als sie das Papierhandtuch wegwarf, dachte sie an den armen, verstorbenen Herrn Markin und fragte sich, ob er sich je so gefühlt hatte. Wie ein Gefangener in seinem eigenen Leben.

Wenn er es getan hatte, hatte er es ihr nie erzählt. Janis war schon immer unwohl damit gewesen, dass Herr Markin mehr über sie wusste als sie über ihn. Herr Markin war ein netter Mann in seinen Achtzigern gewesen, aber er war auch der Typ, der Dinge an Menschen bemerkte. So schrecklich es auch zuzugeben war, es wäre besser für Janis, wenn die ganze Sache mit seinem Tod einfach verschwinden würde. Und obwohl sie es nie laut zugeben würde – obwohl sie sich dumm stellen würde, wenn sie damit konfrontiert würde, um das Wichtigste für sie zu schützen, war die Wahrheit –

Janis wusste genau, wie Herr Markin gestorben war. Denn sie hatte die ganze Sache mit angesehen. Sie hatte zugeschaut, wie sein Blut über den Bürgersteig sickerte, genau wie dieses Ei. Und obwohl sie sicher war, dass die Erinnerung an seinen Tod für immer bei ihr bleiben würde, wusste sie, dass sie es niemals einer Menschenseele erzählen würde, solange sie lebte.

KAPITEL VIER

JARED

Im dritten Haus um die Kurve der Sackgasse standen die Bewohner auf dem Dach, als ihr Umschlag ankam. Jared war zweiundzwanzig und recht gutaussehend. Er stand am Rand des flachen, modernen Daches seines Hauses und blickte auf einen weitläufigen Infinity-Pool hinab. Im Gegensatz zu jedem anderen Haus in der Aspen Lane war Jareds Haus mit Zement verkleidet. Die Außenfassade war neu gestaltet worden, um wie ein Neubau auszusehen, und das Innere war mit feinsten Ausstattungen renoviert worden. Natürlich schätzte Jared nichts davon. Er war jung und ein TikTok-Star, der den Ort in bar bezahlt hatte. Er kaufte es, weil er wusste, dass er es sich leisten konnte, es das Beste auf dem Markt war, und Jared liebte es, das Beste zu haben.

Gerade jetzt war er dabei, sich sein Geld zu verdienen. Neben ihm hielten seine beiden Brüder - Edmonte und Marcus - jeweils eine Videokamera und ein Tonaufnahmegerät, beide auf Jared gerichtet.

»Was meint ihr, Leute?«, sprach Edmonte in die Kamera. »Kann Jared den Sturz überleben, oder ist dies das Ende unseres Kanals?«

Jared und seine Brüder betrieben einen Social-Media-Kanal, der ausschließlich darauf basierte, dass Jared dumme Dinge tat. Marathons in High Heels laufen. Blind Felsklettern. Die drei unternehmerischen Brüder hatten sich ihren Weg in der Welt gebahnt, indem sie einfach mutig und ein bisschen dumm waren. Und natürlich, indem sie alles für die Welt aufnahmen.

»Das könnte mein letzter sein«, bestätigte Jared ernst. Er drehte sich um und zeigte der Kamera, dass seine Hände hinter seinem Rücken gefesselt waren. »Falls ich es nicht schaffe, schaut weiter zu, wie meine Brüder dummes Zeug machen. Sie werden die Fackel weitertragen, Homies«, sagte Jared, obwohl er wusste, dass sie es nicht tun würden. Jared war der Draufgänger der Gruppe, und das Geld wurde allein auf seinem Rücken verdient.

Damit trat er vom Rand des Daches zurück und ging in die Hocke, bereit zum Sprint. Doch bevor er sich bewegen konnte, hallte der Klang ihrer Hausklingel durch ein nahegelegenes Schlafzimmerfenster.

»Soll ich gehen?«, fragte Marcus, der jüngste Bruder, mit unschuldigen, verwirrten Augen.

»Nee, lass weiterlaufen«, schüttelte Jared den Kopf.

»Hey«, sagte Edmonte und drehte die Kamera wieder auf sich selbst. »Wenn Jared draufgeht, wird er den Typen, der letzte Nacht mitten auf unserer Straße gestorben ist, da oben an den Himmelspforten treffen. Richtig, Zuschauer, letzte Nacht gab es einen echten Todesfall und möglicherweise einen *Mord* in unserer eigenen Straße. Wir werden ein ganzes Video darüber machen, sobald wir mehr Informationen haben. Verlasst euch darauf, dass die drei Stooges euch das neueste Drama direkt vor die Haustür bringen. Schaltet nächste Woche ein, um ein Video von den ankommenden Polizisten zu sehen. Stimmt's, Jared?«

Jared antwortete nicht. Es war Marcus, der zuerst sprach, Besorgnis zeichnete seine asymmetrischen Augenbrauen.

»Vielleicht ging es bei der Türklingel darum? Vielleicht fragen sie jeden, ob sie Mr. Markin kannten.«

Edmonte zuckte mit den Schultern. »Dann sind sie an der perfekten Stelle.« Er machte eine Pause für den dramatischen Effekt und fügte hinzu: »Jared und Mr. Markin waren *Freunde*.«

Jared konnte nicht anders. Sein Magen drehte sich um. Er *war* mit Mr. Markin befreundet, aber er hatte nicht realisiert, dass seine Brüder davon wussten. Sein ältester Bruder, Edmonte, hatte die Fähigkeit, Dinge zu sehen, die Jared für sich behalten wollte. Das war schon so, seit sie Kinder waren. Und er hatte sein Unbehagen immer mit einer Sache weggescherzt. Humor.

»Freunde?«, lächelte Jared in die Kamera. »Bitte - als ob ich welche hätte.« Damit rannte er auf den Rand des Daches zu und warf sich über die Zementkante. Sein Körper wirbelte in der Luft, für einen Moment in der Zeit schwebend, bevor er in einem seltsamen Winkel auf das Wasser traf. Chlor schoss ihm in die Nase und brannte im Rachen.

Jared kämpfte gegen die Knoten in dem Seil, das seine Hände fesselte. Dann kam eine seltsame, ruhige Gelassenheit über ihn. Das war der Grund, warum Jared es genoss, dumme Dinge zu tun. Der Adrenalinstoß verschaffte ihm eine Klarheit - eine Ruhe - die angesichts des Ernstes der Situation fast unangemessen, fast pornografisch war. Jared ging mit Begegnungen mit dem Tod um wie mit einem Lächeln bei einer Beerdigung. Die Ruhe, die ihn überkam, trug ihn immer durch.

Jetzt ließ ihn dieselbe Ruhe an den Knoten des Seils ziehen, ein echter Houdini, der seinen Weg aus dem tiefen Ende fand. Seine Füße berührten den Boden des 2,40 Meter tiefen Pools, und er stieß sich hart ab, um sich Zeit zu verschaffen. Sein Mund durchbrach die Wasseroberfläche, und er sog tief Luft ein, wobei er den Jubel seiner Brüder über sich hörte. Dann sank er wieder und zog an diesen Knoten.

Als sich ein Knoten löste, ließ dieselbe Ruhe, die Jared an die Oberfläche geführt hatte, ihn an Mr. Markin denken. Jared fragte sich, warum er die ganze Nacht über so viele Polizeiautos draußen gesehen hatte. Er dachte an das Klingeln an der Tür. Vielleicht stand gerade jetzt ein Polizist vor ihrem Haus und wartete darauf, sie über ihren Nachbarn zu befragen. Vielleicht wusste die Polizei - wie sein Bruder -, dass Jared und Mr. Markin Freunde waren. Oder vielleicht, noch schlimmer, wusste die Polizei, was Jared getan hatte.

Jared hätte fast Wasser eingeatmet, als er an einen bestimmten Gegenstand in ihrem Haus dachte. In seinem Schlafzimmer - in diesem Moment - befand sich etwas, das Jared zweifelsfrei mit Mr. Markin in Verbindung bringen würde. Und vielleicht sogar mit Mr. Markins Tod. Ein unwiderlegbares Beweisstück, das, wenn entdeckt, Jareds Leben für immer verändern würde.

In diesem Moment löste Jared den letzten Knoten. Seine Lungen waren schwer, als er zur Oberfläche schwamm, der Sauerstoffmangel brannte in seinen Adern. Er durchbrach das Wasser gerade noch rechtzeitig, atmete tief ein, während der Jubel seiner Brüder seinen verzweifelten Schrei übertönte.

»Könnte jemand endlich die Tür öffnen?«

Seine Brüder verstummten und sahen sich an. Was auch immer unter Wasser passiert war, es musste knapp gewesen sein.

»Ich geh schon«, antwortete Edmonte und legte zum ersten Mal an diesem Morgen die Kamera beiseite.

KAPITEL FÜNF

SHEILA

Im vierten Haus der Aspen Lane stand Sheila bis zu den Ellbogen in Ton, als der Umschlag eintraf. Sie saß an ihrer Drehscheibe in der umgebauten Garage mit den großen Fenstern und beobachtete, wie sich der braune Schlamm drehte, während im Hintergrund Jazzmusik lief. Sie war Töpferlehrerin und manchmal, wenn der Wind günstig stand und sie etwas Bemerkenswertes schuf, auch eine preisgekrönte Künstlerin. Ihr Haus hatte wie die anderen zwei Stockwerke und war, abgesehen von der zur Töpferwerkstatt umgebauten Garage, noch fast vollständig in seiner ursprünglichen Form – sehr zum Ärger der Nachbarn. Allein der Umbau hatte beinahe zu einem Protest der meisten Anwohner hinter den Toren geführt. Ursprünglich hatten sie geplant, den Umbau ohne Genehmigung durchzuführen, aber der Aufruhr in der Nachbarschaft machte ein solches Vorgehen unmöglich. Jetzt hatte Sheila ihr eigenes, hart erkämpftes Studio mit Zementboden und Fenstern, die auf all die Leute hinausblickten, die sie dafür hassten.

Als Künstlerin mischte sich Sheila selten in die Politik ein. Sie war aus Australien ausgewandert, teilweise weil sie es leid war, als »Sheila namens Sheila« bezeichnet zu werden. Überall, wo sie hinkam, kannten die Einheimischen sie als »diese Sheila namens Sheila!« Es half auch nicht, dass sie für ihr Geschlecht ungewöhnlich groß war – genau 1,83 Meter. In Kombination mit ihrer gebräunten Haut und den feuerroten Haaren machte Sheilas Größe es ihr unmöglich, in der Menge unterzugehen. In ihrer Heimatstadt Melbourne war sie praktisch eine feste Größe – eine Ikone, die jeder kannte. Nur einen Schritt davon entfernt, von Touristenbussen angezeigt zu werden, zusammen mit Skulpturen und Museen. Diese »Sheila namens Sheila«.

Sie hatte gehofft, dass ein Neuanfang in Amerika – dem Herkunftsland ihrer Partnerin Melissa – bedeuten würde, dass sie den anhaltenden Spitznamen hinter sich lassen und zum ersten Mal in ihrem Leben einfach in der Welt verschwinden könnte. Aber als sie in den Staaten ankam, spürte sie, wie ihrem Selbstverständnis ein neues Etikett aufgedrückt wurde. Es war gut gemeint, aber trotzdem einschränkend, wie so viele gut gemeinte Etiketten. Hier war sie Mitglied der »Community«. Sie wurde gefragt, wo genau sie sich auf dem »Spektrum« einordnete, als ginge es irgendjemanden etwas an, wo und wie sie ihre Vagina platzierte. Neue, wohlmeinende Freunde an der Universität ihrer Partnerin fragten sie, ob es schwieriger sei, »... als LGBTQ-Frau«, oder ob sie sich diskriminiert fühle. Sheila wusste nie, wie sie antworten sollte. Alles, was sie wusste, war, dass sie sich schon immer zu Frauen hingezogen fühlte, und manchmal einfach zu Menschen, und dass sie es leid war, ständig aufzufallen. Sie wollte nicht als »diese Sheila namens Sheila« bekannt sein, sondern einfach als sie selbst, und das war für sie gut genug.

Die Tür, die das Studio mit dem Haupthaus verband, flog auf. »Du wirst es nicht glauben«, hallte Melissas Stimme über die Jazzmusik hinweg. »Sie halten ein Treffen wegen Mr.

Markin ab.« Sie marschierte in Sheilas Töpferwerkstatt und störte das Gleichgewicht.

Sheila verlangsamte die Drehscheibe. Zog ihre Hände aus dem Ton. »Es sind noch nicht einmal vierundzwanzig Stunden vergangen«, antwortete Sheila und dachte an das, was sie am Morgen zuvor gesehen hatte. Blaulicht den Weg hinunter. Absperrband, das die Straße markierte. Der arme Mr. Markin, unfähig, sie alle davon abzuhalten, ihn anzustarren. Sheila wusste, dass Mr. Markin seine Privatsphäre gewollt hätte. Sie teilten diese Eigenschaft. »Schon eine Gedenkfeier? Verdammt.«

»Keine Gedenkfeier«, zuckte Melissa mit den Schultern. »Eine *Untersuchung*. Sie wollen uns alle befragen.«

Sheila blinzelte. Das *war* unglaublich.

»Ich habe gesehen, wie sie auch einen Umschlag durch Krystals Briefschlitz geworfen haben. Weißt du, was das bedeutet?«, fragte Melissa und zog ihren Blazer enger um die Schultern. Melissa war Philosophieprofessorin an der örtlichen Universität, und sie trug gerne auch in ihrer Freizeit Blazer, um alle daran zu erinnern, dass sie eine Intellektuelle war, falls es jemand wagen sollte, das zu vergessen. »Sie denken, dass jemand in unserer Straße es getan hat. Sie denken, dass einer unserer Nachbarn ihn getötet hat.«

»Nein«, schüttelte Sheila den Kopf, erschüttert. »Es war ein Unfall. Natürlich war es das.«

»Sie holen das FBI nicht für *Unfälle*«, sagte Melissa in einem Ton, der vor Verachtung triefte, die sie normalerweise für ihre Studenten reservierte. »Das ist *Mord*.«

»Verarsch mich nicht. Niemand hier würde einen Kerl umbringen«, sagte Sheila.

»Bitte«, antwortete Melissa. »Diese Leute sind Monster. Erinnerst du dich an die Hölle, die sie uns bereitet haben, weil wir *unsere eigene Garage* in ein Töpferstudio umwandeln wollten? *Du weißt*, dass sie es nicht einmal in Betracht gezogen hätten, wenn wir die Art von Nachbarn gewesen wären, die sie wollten--«

»Nur Reggie denkt so«, korrigierte Sheila sie. »Mach nicht aus allen einen Reggie.«

»Das tue ich nicht!«, argumentierte Melissa und sträubte sich gegen diese Vorstellung. »Ich erinnere mich, dass Frank und Lisa auch ziemlich vehement gegen deinen kleinen -« sie wedelte in Richtung des Studios »- Raum oder was auch immer waren.«

Sheila seufzte. Dies *war* ihr Raum. Und Melissa schien immer einen Weg zu finden, ihn für sich zu beanspruchen.

»Ich bin mir ziemlich sicher, dass ich diejenige war, die sich mit den rechtlichen Schreiben und den Genehmigungen herumschlagen musste-«

»Ich weiß«, gab Sheila nach, wie sie es immer tat.

»Ich gehe zu diesem Treffen«, wechselte Melissa das Thema und legte den Brief auf einen Tisch neben der Tür. »Ich *werde* zu diesem Treffen gehen, und ich werde der Polizei sagen, was für ein verdammter Ort das hier ist-«

»Ja, unsere Zwei-Millionen-Dollar-Mülltonne von einem Zuhause«, verdrehte Sheila die Augen. Die Wahrheit war, dass Melissas wohlhabende Tante ihnen das Anwesen nach ihrer Hochzeit geschenkt hatte, als Anreiz, in New Hampshire zu bleiben. Und jetzt, bei den hohen Zinsen, saßen sie fest. Alles andere würde sich wie ein Abstieg anfühlen, aber »weniger« war alles, was sie sich leisten konnten. Und so sehr Melissa auch ihre Prinzipien liebte, liebte sie sie doch nicht so sehr wie Immobilien und ein Haus, in das sie Kollegen ohne Scham mitbringen konnte. Sheila fragte sich manchmal, ob Melissa so hart zu anderen war, weil ein kleiner Teil von ihr damit beschäftigt war, sich selbst zu verurteilen.

»Jedenfalls«, fuhr Melissa fort, »verdienen sie es zu erfahren, was für Menschen hier leben. Um Mr. Markins willen.«

Sheila hatte noch nie erlebt, dass Melissa sich einen Scheißdreck um Mr. Markin gekümmert hätte, bis jetzt. Er interessierte sie nicht. Er war, um es besser zu beschreiben, in Melissas Welt eher gewöhnlich.

»Du meinst wohl um deinetwillen«, schüttelte Sheila den Kopf.

Melissa funkelte sie an. Sie stritten in letzter Zeit mehr als sonst. Sheila wusste genau warum, aber sprach es nie an. Sie war noch nicht bereit, ihre Ehe zu beenden. Und die Wurzel ihrer Streitigkeiten anzuerkennen, würde genau das bewirken.

»Warum bist du in letzter Zeit so *drauf*?«, jammerte Melissa. »Es ist, als wärst du nie auf meiner Seite.« Sie hielt inne, als ihr etwas klar wurde. »Du *willst* nicht zu dem Treffen gehen. Warum?«

Sheila wurde unruhig. »Weil ich nicht glaube, dass irgendjemand in unserer Straße Mr. Markin getötet hätte, und ich weiß, dass du eine Szene machen wirst.«

»Du bist es gewohnt, dass ich Szenen mache«, lächelte Melissa sie an. »Das ist es nicht.« Sie machte eine Pause, wartete. »Warum willst du nicht mit mir zu dem Treffen gehen?« Melissa ließ die Stille in der Luft hängen.

Sheila starrte sie an. Eine Sache an Melissa war, dass sie es fast immer schaffte, ihren Willen durchzusetzen. Sie hatte ihren Willen bekommen, als sie entschieden, wo sie wohnen würden, und Melissas Heimatstadt war die einzige Option, die es wert war, diskutiert zu werden. Sie hatte ihren Willen bekommen, als sie beschlossen hatten, ein Baby zu versuchen, und Sheila hatte zugestimmt, zu Hause zu bleiben, weil sie weniger Geld verdiente. Und sie würde auch ihren Willen mit dem Treffen bekommen. Denn Sheila tat immer das, was Melissa wollte. Es war das, was den Motor ihrer Beziehung am Laufen hielt.

»Na gut«, sagte Sheila. »Wir gehen zusammen.«

Melissa trat hinter Sheila und schlang ihre Arme um ihre Schultern, küsste ihre Wange. »Danke«, flüsterte sie auf ihre

Art – die, die es unmöglich machte, »Nein« zu sagen. Sie zögerte, dann:

»Achja, und zieh bitte etwas Nettes an. Nicht die, du weißt schon, Latzhose«, sie blickte an Sheilas Lieblingsjeansoverall auf und ab.

»Schämst du dich für mich?«

»Sei nicht so empfindlich«, verdrehte Melissa die Augen. »Ich will nur nicht, dass sie denken, wir seien weniger wert als sie. Bedeckt mit Tonflecken. Der Abschaum von nebenan. Ich kann es jetzt schon hören.«

»Ein lebhaftes Bild. Gut gemacht«, sagte Sheila, genervt und ein bisschen verzweifelt, wieder an ihre Töpferscheibe zu kommen. »Hast du was dagegen, wenn ich ...?« Sie deutete auf den Klumpen Ton vor ihr. Er begann gerade, wie eine Schüssel auszusehen.

Melissa nickte und hüpfte aus dem Atelier, sich völlig bewusst, dass sie diese Schlacht gewonnen hatte. Sie gewann die meisten von ihnen.

Sheila startete die Drehscheibe wieder. Beobachtete, wie sich der Schlamm drehte. Sie dachte an Mr. Markin und wie er mitten auf der Straße gelandet war, zur Schau gestellt für alle. Sie wusste, wie es sich anfühlte, immer angestarrt zu werden. Es war ein Gefühl, das Sheila vermied und Melissa ersehnte. Melissa *liebte* es, wenn alle Augen auf sie gerichtet waren. Sheila wollte nur, dass die richtigen Augen kurz in ihre Richtung blickten – nicht mehr, nicht weniger.

Sie hatte Melissa angelogen, als sie sagte, sie wolle nicht zum Treffen gehen, weil niemand in der Nachbarschaft Mr. Markin verletzt hätte. Wenn sie ehrlich gewesen wäre, hätte Sheila ihrer Partnerin gesagt, dass es einen anderen Grund gab, warum sie nicht zum Treffen gehen wollte. Es war nicht, weil sie wusste, dass Melissa eine Szene machen würde, obwohl das ein Teil davon war. Sheila wollte nicht zum Treffen gehen, weil sie wusste, dass es zwei Personen in der

Nachbarschaft gab, die genau wussten, was Mr. Markin zuge-
stoßen war.

Und Sheila? Sie war eine von ihnen.

KAPITEL SECHS

FRANK

Im fünften Haus der Aspen Lane recherchierte Frank Havvendish gerade über die Legalität von Feuerwerk, als der Umschlag kam.

Er hatte seit vollen vierzig Jahren in der Aspen Lane gelebt. Er war zweiundsiebzig und grau, aber immer noch charmant – zumindest schien seine Frau Lisa das zu denken. Als pensionierter Anwalt hielt er sich gerne damit beschäftigt, die Rechtspraxis auszuüben, wenn er glaubte, dass es der Gemeinschaft helfen könnte, oder vielleicht jemandem in Not, oder möglicherweise sogar seinem Sohn – Malcolm.

Lisa und Frank waren nur mit einem Kind gesegnet worden. Malcolm war Mitte dreißig und lebte bei ihnen im Gästezimmer. Die drei waren eine feste Größe in der Aspen Lane. Sie waren schon so lange dort, dass sie so unbeweglich wie die Häuser selbst geworden waren. Malcolm war eine Zeit lang weggezogen, aber kürzlich wieder eingezogen. Frank empfand eine warme Nostalgie, ihn wieder zu Hause zu haben.

In ihrem abgesenkten Wohnzimmer scrollte Frank durch eine Datenbanksuche und suchte nach einem Gesetz, das die

Nachbarschaft daran hindern könnte, ihr jährliches Feuerwerk-Spektakel zu Ehren der Feiertage zu organisieren.

Frank hasste laute Geräusche. Sie hatten ihn früher nie gestört, aber jetzt, mit dem, was er über die Welt und ihre Unfreundlichkeit gelernt hatte, brachen laute Geräusche sein Herz auf eine Art, die nicht leicht anderen zu erklären war. Also versuchte er, statt es zu erklären, das Gesetz zu nutzen, um für seine Sache zu kämpfen. Es hatte ihn noch nie im Stich gelassen. Außer als er versucht hatte, ihre neuen Nachbarn davon abzuhalten, ihre Garage in eine Art »Töpferstudio« umzuwandeln, aber das war eine verlorene Schlacht in einer langen Liste von Kriegen.

Er dachte gerade über das Gesetz nach und wie viel es ihm geschenkt hatte, als ein Umschlag durch den Briefschlitz seiner Haustür glitt, direkt gegenüber von seinem Schreibtisch im Wohnzimmer. Er hielt inne. Die Post war noch nicht fällig. Er stand auf, ging zum Umschlag hinüber und hob ihn auf, um das Äußere genauer zu untersuchen. Er hatte keine Briefmarke und zeigte kein Anzeichen einer Adresse.

Frank öffnete ihn und ahnte Schlimmes. Als er den Flyer las, runzelte sich seine Stirn. Als ob der Lärm der Sirenen letzte Nacht nicht genug gewesen wäre, jetzt hatte seine Familie *das* zu bewältigen.

Frank seufzte. Er kehrte zu seinem Laptop zurück und schloss die Suche nach früheren Gerichtsurteilen zu Feuerwerk. Er tippte in die Suchleiste:

»Strategien zur Strafverteidigung bei Verhören.«
Vorsicht ist besser als Nachsicht.

KAPITEL SIEBEN

IN EINEM HINTERZIMMER der Polizeistation von Watersborough saßen Privatdetektivin Annie Hudson und FBI-Agent Ethan Beckett inmitten von Aktenstapeln. Aktenschränke säumten die Wände und ein kaputter Tisch balancierte auf drei Beinen.

»Das Beste, was wir anbieten konnten«, sagte Polizeichefin Hardgrave mit einem Blick auf den traurigen Raum. Sie war eine robuste Frau kurz vor der Rente und bewegte sich durch die Welt, als wäre deren Existenz eine Zumutung. »Wahrscheinlich nicht das, was Sie vom *Bureau* gewohnt sind -«, sagte sie nur zu Ethan gewandt, wobei sich ihre Mundwinkel verengten.

Ethan zuckte mit den Schultern. »Das ist Spitzenklasse«, sagte er und trieb die Lüge versehentlich so weit, dass es wie eine Beleidigung klang. »Es ist großartig für uns. Mehr als genug.«

Polizeichefin Hardgrave nickte knapp und ließ dann eine weitere Akte vor Annie auf den Tisch fallen, die in einer adretten, aufrechten Haltung dasaß, als würde sie an der feinsten Teeparty der Grafschaft teilnehmen. »Hier ist alles, was wir haben. Sie können die Dienststelle nutzen. Wir werden unsere eigenen Ermittlungen durchführen, aber mir wurde kürzlich mitgeteilt, dass diese Untersuchung unter die Zuständigkeit des FBI fällt, also -« Polizeichefin Hardgrave wedelte mit der Hand in der Luft, anstatt den Satz zu beenden, und Annie hatte den deutlichen Eindruck, dass sie im Begriff gewesen war, etwas ziemlich Unhöfliches zu sagen, es sich dann aber anders überlegt hatte.

»Wir sind gerne bereit, in jeder erforderlichen Weise mit der Polizei von Watersborough zusammenzuarbeiten«, versicherte Ethan ihr.

»Das Problem ist, dies ist eine kleine Gemeinde«, sagte Polizeichefin Hardgrave. »Die Einwohner werden Taten sehen wollen. Ich bin eine gewählte Amtsträgerin«, fügte sie hinzu, als ob sie das klarstellen müsste. »Diese Position, die ich hier habe... ich nehme sie nicht auf die leichte Schulter. Und ich bin den Wählern Rechenschaft schuldig. Wenn sie das Gefühl haben, dass in einer unserer besten bewachten Wohnanlagen ein Mord geschehen ist und niemand dafür zur Verantwortung gezogen wurde, kann ich mit einem harten Wahlkampf rechnen. Verstanden?« Ihre Frage schien rhetorisch zu sein, sodass Annie und Ethan nur zustimmend nicken konnten.

»Gut«, fuhr Polizeichefin Hardgrave offenbar zufrieden fort. »Sie führen Ihre Ermittlungen durch, und wir unsere. Wenn Sie der Meinung sind, dass Sie eine vielversprechende Spur haben, hoffe ich, dass Sie uns darüber in Kenntnis setzen. Ansonsten«, seufzte sie, »versuchen Sie bitte, sich nicht einzumischen.«

Damit verließ sie den Raum, und die Metalltür fiel krachend hinter ihr zu.

»Freundlich«, lachte Ethan. Er ließ sich von der rauen Art der örtlichen Polizei nicht aus der Ruhe bringen. Er hatte gesehen, wie sie ein gewisses Besitzdenken für ihre Bezirke entwickelten, und konnte den Eingriff verstehen, den die Ankunft des FBI darstellte. »Ich glaube nicht, dass wir viel

Zeit mit dieser hier haben werden. Sie wird versuchen, schnell eine Verhaftung vorzunehmen.«

»Dann lassen wir uns am besten gleich an die Arbeit machen«, grinste Annie ihn an und öffnete die Akte vor sich. »Lass uns die Fakten durchgehen.«

»Mr. Markin wurde hinter den Toren ermordet«, las Ethan aus seiner eigenen Kopie der Akte. »Die Aufzeichnungen der Toranlage zeigen, dass an diesem Abend niemand ein- oder ausgegangen ist.«

Annie stand auf und ihre Beine trugen sie in geschwungenen Linien durch den Raum, als wäre sie ein Kreisel, der ein Muster in den Boden ritzte. Sie nahm ihre Kopie der Akte mit und las aus den Seiten vor, um sich der Genauigkeit zu versichern, obwohl sie sich den Inhalt bereits eingeprägt hatte. »Das ist eine Tatsache, die der Wachmann bestätigt«, fügte sie hinzu.

»Otto«, stimmte Ethan zu. »Die Polizei hat ihn als Ersten befragt. Er war derjenige, der den Notruf absetzte, nachdem er den Schuss gehört hatte. Die Wachmänner dieser Sicherheitsfirma müssen eine umfangreiche Hintergrundprüfung bestehen, und viele von ihnen haben beim Militär gedient. Er erkannte den Klang sofort und kam angerannt.«

»Wir wissen nicht, *warum* Mr. Markin über die Aspen Lane ging. Hat ihn jemand nach draußen gelockt? Es ist schwer vorstellbar, dass der Mörder an seiner Tür klopfte und dass Mr. Markin freiwillig in die Mitte der Sackgasse ging. Und warum sollte ein Mörder sein Verbrechen im Freien begehen? Wäre es nicht effizienter gewesen, ihn einfach in seinem Haus zu erschießen?«

»Direkt«, murmelte Ethan.

»Ihn in der Mitte der Sackgasse zu töten, wirkt wie eine Botschaft. Sie stellten sicher, dass er für die ganze Straße sichtbar war, ausgestreckt für alle zu sehen, selbst auf die Gefahr hin, *selbst* gesehen zu werden. Es sei denn...« Annie hielt inne und überlegte. »Es sei denn, Mr. Markin ging aus irgendeinem Grund bereits über die Straße, und der Mörder war ein Opportunist, der auf den perfekten Moment lauerte.«

»Das macht Sinn. Weniger eine Botschaft und mehr das Ergreifen einer Gelegenheit.«

»Das bringt uns zur Tatwaffe«, sagte Annie. »Mr. Markin wurde mit einer antiken Handfeuerwaffe erschossen -«

»Eine Colt 1911. Standardausrüstung in den 1970er Jahren«, erläuterte Ethan.

»Die Waffe wurde noch nicht gefunden. Aber es brauchte nur einen einzigen Schuss, aus relativ geringer Entfernung abgegeben.«

»Der Bericht des Gerichtsmediziners besagt, dass der Schuss wahrscheinlich aus einer Entfernung von weniger als acht Metern auf Mr. Markin abgefeuert wurde. Das war definitiv keine Scharfschützenoperation.«

»Das bedeutet, wer auch immer ihn getötet hat, konnte ihm nahe kommen. Das unterstützt die Idee, dass es jemand war, dem er vertraute. Wie einer seiner Nachbarn.«

»Jemand, der hinter den Toren lebte«, stimmte Ethan zu.

»Und dann ist da noch die Sache mit dem Einbruch«, fuhr Annie fort und ging weiter im Kreis um den wackligen Tisch. Sie hielt an, um einen Stapel Kisten darunter zu schieben und die Schieflage des Tisches zu korrigieren. »Nur eine Woche bevor er ermordet wurde, wurde in Mr. Markins Haus eingebrochen. Ein Fenster wurde zerbrochen«, Annie griff nach einer Akte auf dem Tisch und entnahm ihr ein Foto mit Zeitstempel, das zerbrochenes Glas in der Mitte eines Haustürfensters zeigte. »Aber ansonsten blieb das Anwesen unbeschädigt. Der Dieb drang ein, und statt Schmuck, Geld, Antiquitäten oder einer der zahlreichen wertvollen Gegenstände zu stehlen, von denen bekannt war, dass Mr. Markin sie besaß, nahm der Dieb...«

»Eine Vase«, verdrehte Ethan die Augen. Er las aus einem Polizeibericht vor sich vor und schüttelte den Kopf über die Unzulänglichkeit, die er darin sah. »Eine Vase in Form einer

Lilie. Die Beamten, die den Bericht erstatteten, haben ihn kaum ausgefüllt. Sie stuften ihn als niedrige Priorität ein und hielten ihn nicht für sehr ernst, da die Vase nicht viel wert war.«

»Ich frage mich, ob sie es *jetzt* ernst nehmen?«, sinnierte Annie. »Also gut, wir haben den Mord, den Einbruch in der Nacht zuvor, und dann gibt es da noch das hier...«

Sie griff in ihre Aktentasche und zog einen weißen Umschlag heraus. Sie ließ ihn auf den Tisch fallen, eine seltsame Trennlinie zwischen ihr und Ethan. Beide starrten darauf. Ethan rutschte mit seinem Stuhl zurück und vergrößerte den Abstand zu dem Objekt seines Missfallens.

»Die Art, wie ich eingestellt wurde«, sagte Annie, mehr zu sich selbst als zu Ethan.

»Annie«, antwortete Ethan leise. Er hatte den Umschlag schon früher gesehen, aber er berührte ihn immer noch. Er blickte zu einer Sicherheitskamera in der Ecke des Raums. Dann stand er auf und besann sich eines Besseren. Er schritt auf Annie zu und drehte der Kamera den Rücken zu, sodass sein Gesicht nicht gelesen werden konnte. »Glaubst du, es ist dasselbe wie beim letzten Mal?«

Der weiße Umschlag lag auf dem Tisch, und die beiden schauten ihn an, als wäre er eine Bombe, die entschärft werden müsste.

»Ich weiß es nicht«, antwortete Annie. »Aber wenn es so ist, könnte das bedeuten, dass die Hölle losbricht. Wir könnten es mit etwas viel Größerem zu tun bekommen als je zuvor-« Annie hielt inne. Dann fügte sie schlicht hinzu: »Ich bin bereit.« Sie starrte Ethan an, die Augen weit geöffnet, keine Spur von Zögern in ihren gemeißelten Zügen. »Bist du es?«

Ethan ließ seine Hand die ihre berühren, gerade so, dass es wie ein Zufall hätte wirken können. So schnell wie der Moment gekommen war, verging er auch wieder.

»Machst du Witze?«, grinste er sie an. »Natürlich bin ich

bereit.« Es folgte eine lange Pause, in der er den Kern der Sache sacken ließ. Dann:

»Ich bin bei dir.«

Annie ließ Ethans Worte tief in den Teil von ihr sinken, der normalerweise Menschen von sich stieß. Sie fragte sich, ob die Vergangenheit wirklich zurückgekommen war, um sie zu finden, und - falls ja - ob die Verbindung, die sie aufgebaut hatten, ausreichen würde, um sie beide vor dem zu schützen, was kommen würde.

KAPITEL ACHT

ANNIE STAND mit verschränkten Armen am Eingang des örtlichen Country Clubs. Er lag drei Straßen von der Aspen Lane entfernt, an der Kreuzung eines Dutzends ähnlicher geschlossener Wohnanlagen. Die Besitzer des Country Clubs hatten den lokalen Reichtum genutzt, um einen Komplex zu schaffen, der nur Bewohnern mit der richtigen Postleitzahl zugänglich war. Er prahlte mit privaten Tennisplätzen, einem gepflegten Golfplatz und der Möglichkeit, sich mit Gleichgesinnten zu vernetzen. Gepflegter Rasen grenzte an Stein- und Marmorwege, Säulen trugen die Gebäude wie heilige Stätten im antiken Griechenland.

»Protzig, nicht wahr?«, nickte Ethan zu einem mehrstufigen Springbrunnen, der in der Mitte des Geländes stand und skulptierte Engel zeigte, die Wasserstrahlen in den Himmel spuckten.

Annie zuckte mit den Schultern. »Ich habe schon Besseres gesehen.«

»Erwartest du eine volle Teilnahme?«, forschte Ethan nach, ein kleines Grinsen auf seinen unvollkommenen Gesichtszügen. Annie hatte ihn schon immer attraktiv gefunden, besonders wenn sie bemerkte, wie sein Gesicht nur ein kleines bisschen asymmetrisch war. »Es ist schließlich eine feine Angelegenheit. Das Stadtgespräch.«

»Eine volle Teilnahme wäre überraschend«, erwiderte Annie nüchtern, »Was wir nicht sehen, wird mir mehr sagen als das, was wir *tatsächlich* sehen.«

»Du hast schon eine Ahnung?«

»Ich arbeite nicht mit Ahnungen. Nur mit Fakten.«

»Ich habe gesehen, wie du einige Entscheidungen nur aufgrund einer Ahnung getroffen hast«, fügte Ethan plötzlich ernst hinzu. »Hoffentlich welche, die du nicht bereust.« In seinem Ton lag eine Frage. Annie zuckte zusammen. Sie versuchte, wann immer möglich, ihre Arbeit nicht persönlich zu machen. Aber mit Ethan war es immer persönlich. Sie versuchten zu vermeiden, dass die Personen ihrer Ermittlungen eine Beziehung zwischen ihnen vermuteten, aber die Wahrheit war - sie kannten sich seit Jahren und hatten gemeinsam einige Grenzen überschritten. Und wenn all das Überschreiten vorbei war, trat Annie gerne wieder über die Grenzen zurück in den Abstand, den sie am angenehmsten fand.

»Ich bin mir nicht sicher, ob ich sagen kann, dass ich irgendetwas bereue«, antwortete Annie leichthin. »Aber es ist besser, nicht zurückzublicken, findest du nicht?«

Ethan war getroffen, erholte sich aber schnell. »Außer wenn die Vergangenheit *uns* sucht. Annie«, Ethan berührte ihren Arm. »Wenn dieser Fall *tatsächlich* der gleiche ist wie beim letzten Mal, sag es mir, sobald du es weißt. Lass mich in diesen brillanten Kopf von dir. Du bist nicht allein in dieser Sache. Es bedeutet mir auch etwas. Dieser Fall - er hat alles verändert -«

Annie schauderte. Sie versuchte, die Bilder zu unterdrücken, die uneingeladen an die Oberfläche ihres Bewusstseins stiegen, Akten, die aus einer Box quollen, die sie fest verschlossen hielt.

»Jeder Fall steht für sich«, sagte Annie. »Bis sich das

Gegenteil beweist.«

Ethan schüttelte den Kopf. »Stur«, sagte er. »Genau wie früher, als wir Kinder waren.« Er starrte in ihre Augen und löste dort Rätsel. »Ein Teil von mir hofft, dass dies *tatsächlich* damit zusammenhängt. Deinetwegen.«

»*Meinetwegen?*«, empörte sich Annie.

»Du bist ein Genie, Annie. Aber es gab immer nur ein Rätsel, das du nicht lösen konntest. Wenn du es lösen könntest, wäre vielleicht Platz für etwas - mehr.«

Annie ballte ihre Fäuste. Sie hasste es, so klar gesehen zu werden, von jemandem, der sie kannte, bevor sie sich selbst wirklich kannte. Das war die Art von Verbindung, die sie mit Ethan teilte. Eine schmerzhafte Verletzlichkeit, die sowohl tröstlich als auch beunruhigend war. Alles, was sie jemals wollte, war, ihm näher zu kommen, und doch - alles, was sie jemals tat, war wegzulaufen.

Als wäre es zeitlich abgestimmt, um sie zu retten, fuhr ein knallrosa Van vor dem Country Club vor, dessen Besitzerin ausstieg und dem Parkservice luxuriös die Schlüssel überreichte. Krystal warf ihr Haar über die Schulter, ein Bild bohemischer Schönheit, ihr fließender Rock fehl am Platz in dem ordentlichen, perfekten Country Club. Es war keine Überraschung, dass Krystals Van rosa war, genau wie ihr Haus. Sie mochte es, sich der Welt als eine zusammenhängende »Marke« einer Person zu präsentieren.

»Unser erstes Opfer«, nickte Annie zu Krystal, ihr Herz pochte, das Blut kochte. Annie bekam immer dieses Gefühl, wenn sie einen neuen Fall begann. Es war die eifrige Aufregung - ein fast rachsüchtiges Vergnügen -, das mit der Chance einherging, etwas Falsches richtig zu machen.

Ethan beobachtete Annie, wie sie Krystal verfolgte, ihre volle Aufmerksamkeit von ihm abgewandt, wie es immer der Fall war, wenn ein Rätsel zu ihren Füßen lag. Ethan wünschte sich für einen Moment, sie würde das Rätsel in ihm sehen. Aber Annie war nicht diese Art von Frau. Und er liebte sie dafür auf die gleiche Weise, wie viele Menschen ihre größten Laster liebten - ein Gefühl tragend, das sowohl uneingestanden als auch unheilbar war. Ein Gefühl, das er nicht zugeben konnte, aber auch nicht kontrollieren konnte.

Ethan wandte den Blick von Annie zurück zum Parkservice und versuchte, sich weniger auf sie und mehr auf den Fall vor ihm zu konzentrieren. Drei weitere Autos fuhren hinter Krystal vor und gaben dem Paar viel zu studieren. Ein Maserati, der Jared gehörte, dem neuen Haus am Ende der Straße. Ein BMW im Besitz von Reggie, dem Eigentümer des traditionellen Hauses am Rande der Sackgasse. Einer nach dem anderen trafen die Nachbarn zur Befragung ein, ohne dass auch nur einer von ihnen sich der Falle bewusst war, die gelegt worden war.

Die Gruppe versammelte sich in einem Konferenzraum im hinteren Flügel des Country Clubs, direkt hinter dem Restaurant mit weißen Tischdecken, mit dem der Club in Broschüren prahlte. Es war ein kleiner Versammlungsort, umgeben von übertriebener Tapete. Klappstühle waren in einem Halbkreis angeordnet und vermittelten das Gefühl eines Anonyme-Alkoholiker-Treffens oder einer Selbsthilfekonferenz.

»So was wie eine Gruppentherapie, oder?«, grinste Krystal von ihrem Sitz aus.

Annie musterte die bunt gemischte Gruppe potenzieller Verdächtiger und suchte nach Reaktionen. Die Nachbarn hatten sich in derselben Reihenfolge angeordnet, in der ihre Häuser standen, als wären sie nicht bereit, sich in einem anderen Format miteinander zu verbinden. Krystal, als erstes Haus auf der linken Seite der Sackgasse, saß auf einem Stuhl am westlichen Rand des Halbkreises. Neben ihr saßen ihre konservativen Nachbarn, Janis und Reggie, beide in gut gebügelten Hemden gekleidet. Trotz ihres gepflegten Aussehens wirkten Janis und Reggie ein wenig verloren, als könnten sie außerhalb der Grenzen des weißen Lattenzauns, der ihr Haus umgab, nicht koexistieren.

Neben Janis und Reggie saßen Sheila und Melissa, das gleichgeschlechtliche Paar, das erst vor zwölf Monaten eingezogen war. Melissa hatte ihren Arm um Sheila gelegt und zog sie nah an sich heran, wobei sie ab und zu zu Reggie hinüberblickte, um seinen verurteilenden Gesichtsausdruck mit einem freudigen Grinsen zu quittieren.

Neben den beiden Frauen saßen Jared und seine Brüder, die Annie bei einer Hintergrundüberprüfung als Marcus und Edmonte identifiziert hatte. Annie brachte sie sofort mit dem modernen Haus in der Mitte der Sackgasse in Verbindung. Jareds Designerjacke und massive Goldkette waren wie das Haus selbst - darauf ausgelegt, Aufmerksamkeit zu erregen.

Schließlich saß neben den Jungen ein älteres Paar, Frank und Lisa. Annies Recherche hatte ergeben, dass sie ein ruhiges Leben als angesehene Mitglieder der Gemeinschaft führten. Aber ihr erwachsener Sohn Malcolm, der bei ihnen lebte, war verdächtig abwesend. Ein Detail, das Annie nicht entging.

»Danke, dass ihr alle gekommen seid«, lächelte Annie.

»Habt uns ja nicht viel Wahl gelassen«, schnaubte Reggie. Neben ihm rutschte seine Frau Janis auf ihrem Sitz hin und her. Annie bemerkte, wie sie sich bei jedem Anzeichen von Reggies Ärger kleiner machte, als könnte sie das Problem dadurch abmildern oder sich zumindest verstecken, bis er sich vollständig erholt hatte. »Was sind überhaupt deine Qualifikationen?«, fuhr Reggie fort und musterte Annie von oben bis unten, als wäre sie ein Floh auf einer Ratte. »*Er* ist vom FBI«, Reggie deutete auf Ethan, der ganz in Schwarz hinter Annie stand. »Aber was bist du?«

»Ich bin Privatdetektivin«, antwortete Annie geduldig, ihre Stimme fast fröhlich. Sie gab sich bewusst Mühe, von

Reggies Verhör unbeeindruckt zu wirken, obwohl ihr der Ton dahinter sicherlich nicht entgangen war. Tatsächlich entging Annie nichts. Sie hatte eine besondere Fähigkeit, menschliches Verhalten zu katalogisieren - jeden Blick, jede Miene, jeden nervösen Tick. »Ich bin zertifiziert und lizenziert durch das Büro für Sicherheit und habe auch eine Immobilienlizenz. Ich beschäftige mich überwiegend mit Fällen, bei denen Morde in hochkarätigen Immobilien, Gewerbeimmobilien und privaten Grundstücksentwicklungen vorkommen.«

»Passieren denn viele *Morde* bei Immobilienverbrechen?«, fragte Krystal und blinzelte besorgt.

»Es ist eine Nische«, gab Annie zu. »Aber Sie wären überrascht, wie oft die Umgebung mit der Motivation zu tun hat. Das ist die halbe Miete bei der Aufklärung eines Falles. Man muss verstehen, warum jemand getan hat, was er tat, und genau die Art von Person profilen, die ein bestimmtes Verbrechen begehen würde. Menschen zu verstehen ist der Schlüssel, und Menschen werden von der Umgebung beeinflusst, in der sie leben.«

»Wir schulden dir gar nichts«, ergriff Reggie wieder das Wort, seine Stimme wurde lauter. Die Luft im Raum schien sich zu verdichten. »Du bist nicht einmal wirklich eine Strafverfolgungsbehörde.«

»Aber *ich* bin es«, sagte Ethan über Annies Schulter, mit einem scharfen Unterton. »Dieser Fall fällt offiziell unter die Zuständigkeit des FBI, und wir haben uns darauf geeinigt, mit Annie als unserer externen Spezialistin zusammenzuarbeiten. Sie ist übrigens bescheiden. Annie ist die beste Profilerin an der Ostküste. Wir ziehen sie bei jedem Fall hinzu, bei dem wir denken, dass die Motivation mit Immobilien in Verbindung stehen könnte. Aber wenn Sie nicht teilnehmen möchten, kann ich immer ein formelleres Gespräch im Hauptquartier arrangieren.«

Reggie wog den Moment ab und schüttelte dann den Kopf. Zufrieden fuhr Annie fort.

»Wie einige von Ihnen vielleicht wissen, wurde Herr Markin am Sonntagabend gegen Mitternacht ermordet.« Niemand sprach. Die Nachbarn blickten im Raum umher, ihre Augen huschten zwischen Annie und einander hin und her.

»Er wurde einmal in die linke Seite seiner Brust geschossen«, fügte Annie hinzu. »Die forensische Untersuchung der Kugel bestätigt einen einzigen Schuss aus einer Vintage-Colt-Handfeuerwaffe. Ziemlich verheerend. Das bringt mich zu meiner ersten Frage heute.« Sie wartete einen Moment, für den dramatischen Effekt. »Hat jemand in diesem Raum den Schuss gehört?«

Rund um den Halbkreis schüttelten alle den Kopf. Krystal antwortete als Erste, ihr Gesichtsausdruck feierlich. »Um Mitternacht hätte ich meditiert. Das ist sehr wichtig, um eine psychische Verbindung herzustellen«, sie lehnte sich zur Seite und streckte sich über ihren Stuhl, um Annies Arm zu tätscheln. »Also, von Frau zu Frau, ich respektiere total, was du tust, weißt du, was das Profiling von Menschen angeht. Ich kann mich damit identifizieren, weil ich auch tief in die menschliche Psyche eintauchen muss.« Sie richtete sich auf und sah stolz auf sich selbst aus, dann fügte sie majestätisch hinzu: »Ich bin Tarotkartenleserin«, sie zog eine Visitenkarte heraus und reichte sie Annie. »Falls du jemals meine Dienste in Anspruch nehmen möchtest-«

»Will sie nicht«, verdrehte Melissa, die Intellektuelle, die Augen.

»Du hast also den Schuss nicht gehört, weil du meditiert hast?«, bestätigte Annie bei Krystal.

Krystal versteifte sich und wirkte ziemlich beleidigt, dass Annie kein größeres Interesse an ihrer spirituellen Berufung gezeigt hatte. »Ja. Ich trage geräuschunterdrückende Kopf-hörer mit weißem Rauschen im Hintergrund. Es ist eine sensorische Deprivationsübung. Ich verbinde mir sogar die

Augen, um die äußeren Einflüsse der greifbaren, nicht-spirituellen Welt auszuschließen-«

»Wir haben's kapiert«, unterbrach Reggie sie. »Du bist etwas Besonderes.« Er wandte sich an Annie. »Ich habe geschlafen. Habe nichts gehört. Ich schlafe mit Ohropax.«

Annie nickte. Sie sah Janis an. »Stimmt das-«, Annie blickte auf ihr Klemmbrett und tat so, als suche sie nach einem Namen, obwohl sie bereits den Namen, die Adresse und das persönliche Profil jedes Nachbarn auswendig gelernt hatte, »-Janis?«

Janis erschrak, fast als wäre sie überrascht, dass jemand sie bemerkte. Dann bestätigte sie: »Ja. Wir schlafen beide mit Ohropax. Wir haben einen lauten Kondensator außerhalb des Schlafzimmerfensters. Die Ohropax sind so wirksam, dass wir nichts hören. Wir wissen kaum, dass die andere Person überhaupt da ist.« Janis hielt inne, fast als hätte sie zu viel gesagt.

Annie ging weiter, scheinbar zufrieden mit Janis' Erklärung. Zumindest vorerst. »Und was ist mit euch beiden?«, lächelte sie Sheila und Melissa an.

»Wir waren anderweitig beschäftigt«, sie legte bedeutungsvoll eine Hand auf Sheilas Bein und starrte direkt zu Reggie. »Wir hören gerne Musik, wenn wir Sex haben.« Auf der anderen Seite des Stuhlkreises lief Reggies Gesicht rot an. »Es war ziemlich laut. Die Musik, meine ich. Aber auch wir.«

»Und ihr?«, Annie hielt bei Jared und seinen zwei Brüdern an. Jared zuckte mit den Schultern. »Videospiele. Wir spielen Mortal Kombat. Selbst wenn wir den Schuss gehört hätten, hätte er sich nicht so angehört, als käme er nicht aus dem Spiel.«

Annie nickte, ihr Blick fiel auf Frank und Lisa. »Meine letzten Zeugen«, lächelte sie sanft und signalisierte, dass sie ihnen nichts Böses wollte. »Ich nehme an, Sie haben auch nichts gehört?«

Frank rutschte unbehaglich hin und her. »Wir hatten vor

nicht allzu langer Zeit einen Handwerker da, der die Isolierung verdoppelt hat. Unser Haus ist so schalldicht, wie wir es machen konnten. Doppelt verglaste Fenster. Isolierung in jeder Wand. Wir hören nicht viel, und wir-«, er hielt inne. »Wir bevorzugen es so.«

»Danke«, sagte Annie zur Gruppe. »Das war sehr hilfreich. Nächste Frage: Hat jemand etwas Seltsames bemerkt, als Herr Markin letzte Woche ausgeraubt wurde?«

Eine Stille legte sich über die Gruppe, als wäre der Raub etwas Beschämendes, worüber man nicht sprechen sollte. Watersborough war eine wohlhabende Enklave, in der die Bewohner eine unheilbare kognitive Dissonanz zeigten, wenn es darum ging, ihr eigenes Glück anzuerkennen. Sie waren zwar reich, aber die meisten von ihnen waren das Erbe einer Familieninvestition. Viele von ihnen hatten ihr Leben lang hart gearbeitet, das stimmt, aber nicht hart genug, um sich einen solchen Lebensstil leisten zu können, ohne von Anfang an einen Vorsprung gehabt zu haben. Sie waren zwiespältig über ihren Prunk und sich ihres Privilegs bewusst, aber nicht allzu bereit, viel dagegen zu unternehmen. Raubüberfälle und Verbrechen der unteren Schicht brachten diesen inneren Konflikt nur ans Licht.

»Ich habe es in seinen Karten gesehen«, trug Krystal bei, begierig darauf, die unangenehme Stille zu beenden. »Während seiner wöchentlichen Lesung-«

»Sie haben für Herrn Markin jede Woche eine Lesung gemacht?«, forschte Annie nach, plötzlich neugierig.

»J-ja«, stammelte Krystal und schien zu spüren, dass sie in etwas hineingeraten war, das sie hätte auf sich beruhen lassen sollen. »Er kam gerne jeden Mittwoch vorbei.«

»Wie viel haben Sie ihm berechnet?«, fragte Annie und dachte über die Details nach. Sie hatte bereits ein vollständiges psychologisches Profil von Herrn Markin erstellt. Basierend auf dem, was ihre Recherche ergeben hatte, war er ein finanziell konservativer Mann, der im Laufe der Zeit kluge

Investitionen getätigt hatte. Er war auch religiös, aber nicht spirituell. Ein regelmäßiger Kirchgänger der Methodisten. Als ehemaliger Militärangehöriger hatte Herr Markin sein Leben mit einer disziplinierten, geregelten Führung gelebt. Er war nicht der Typ, der jeden Monat Hunderte von Dollar für mehrere psychische Lesungen verschwendete.

»Ich - nun, ich habe nicht«, schnaubte Krystal wieder defensiv. »Ich meine, wie -« sie hielt inne und suchte nach einem Grund. »Er war mein Nachbar. Ich konnte ihm unmöglich etwas berechnen. Ich sagte ihm, es ginge immer aufs Haus, wann immer er wollte.«

»Hey, das ist unfair!«, rief Edmonte empört aus. Neben ihm nickten seine Brüder. »Du hast mir gesagt, es würde 500 Dollar kosten, als ich dich gebeten habe zu sehen, ob es Jared umbringen würde oder nicht, wenn er den Rainier Rock mit verbundenen Augen besteigt! Du wolltest mir einen halben Riesen für eine Stunde berechnen, und du hast Herrn Markin jede *Woche* kostenlose Lesungen gegeben? Jared, sag ihr, wie beschissen das ist!«

Jared zog seine Designerjacke enger um die Schultern. Er wünschte, seine Brüder würden still sein und ihm einmal im Leben erlauben, nicht aufzufallen. Er bemerkte, dass die Detektivin Annie ihn beobachtete, und versuchte, keinen Blickkontakt mit ihr aufzunehmen. Er hatte das Gefühl, sie sei die Art von Person, die einen durchschauen konnte, und er hasste es.

»Ist mir egal«, zuckte Jared mit den Schultern.

»Nun«, gluckste Krystal und genoss es, dass sich jemand ihrer Aufmerksamkeit beraubt fühlte. »Vielleicht bekam Herr Markin kostenlose Lesungen, weil er keine wilden Partys zu allen Tages- und Nachtzeiten schmeißt-«

»Wir haben das Recht zu raven«, konterte Edmonte, hielt aber bei einem zischenden Geräusch von Jared inne.

»Was haben Sie in seinen Karten gesehen?«, fragte Annie und bedeutete Krystal fortzufahren.

Krystal wurde ernst. Sie schloss die Augen und streckte die Hände vor sich aus, als würde sie sich an das Gefühl der Karten unter ihren Fingern erinnern. »Ich sah Täuschung. Ich sagte ihm, dass jemand, der ihm nahesteht, eine falsche Fassade präsentiert. Dass sein Raum verletzt werden würde. Und dann, ein paar Tage später, geschah der Raub.« Sie seufzte, als wäre sie von der Tragödie tief bewegt. »Es ist schwierig, die Zukunft sehen zu können, aber nicht eingreifen zu können.«

»Danke«, erwiderte Annie. »Hat sonst noch jemand etwas Seltsames am Tag des Raubes gesehen?«

Wieder schüttelten alle den Kopf, obwohl es so aussah, als hätte Reggie einen Gedanken. Annie bemerkte es. »Reggie? Wenn Sie etwas gesehen haben, könnte es wirklich hilfreich für uns sein. Ich wette, Sie haben einen großartigen Instinkt«, schmeichelte sie ihm und nutzte seine größte Schwäche – Arroganz – um an die Information zu kommen, die sie suchte. »Sie würden uns allen einen Gefallen tun, wenn Sie helfen würden, den Fall zu knacken.«

»Unsere Gartenmöbel waren an diesem Tag im Hinterhof nicht an ihrem Platz«, antwortete Reggie. »Ich bin ziemlich pingelig, was den Rasen angeht«, fügte er ernst hinzu. »Ich bevorzuge die Möbel in einer exakten Anordnung, die angesichts der Position der Sonne zu der Tageszeit, zu der wir sie benutzen, am meisten Sinn ergibt. Aber als ich an diesem Abend von der Arbeit nach Hause kam, waren sie überall verstreut. Der Liegestuhl war auf die Seite gekippt. Das Korbsofa war in direktes Sonnenlicht gerückt worden«, er hielt inne und erinnerte sich daran, was für ein Durcheinander es gewesen war. »Es sah aus, als wäre jemand durch den Garten gerannt.«

»Haben Sie jemanden gesehen?«, fragte Annie Janis.

Janis war im Begriff zu antworten, aber Reggie tat es für sie. »Sie hat niemanden gesehen«, sagte er. »Sie war den größten Teil des Tages zu Hause, aber wir denken, es ist passiert, während sie weg war.«

Janis nickte und fügte hinzu: »Ich war einkaufen. Als ich dann nach Hause kam, war der Hinterhof völlig umgestellt.«

»Vielleicht ist der Dieb durch unser Seitentor gerannt und hinten raus, um zu entkommen?«, vermutete Reggie. »Ich kann mir nicht vorstellen, warum er die Möbel umstellen würde, außer vielleicht, um sich eine Weile zu verstecken. Es ist schade, dass du es verpasst hast«, sprach er nun allein zu Janis. »Vielleicht hätten wir alle Antworten, die wir brauchen, wenn du es gesehen hättest.«

»Nein«, korrigierte ihn Annie. »Nein, hätten wir nicht.«

»Tut mir leid«, ertönte eine Stimme aus der Mitte des Halbkreises. Es war Sheila, die bis jetzt versucht hatte, keine Aufmerksamkeit auf sich zu ziehen. »Aber unser bester Hinweis sind ein paar verschobene Gartenmöbel? Verdammt«, lachte sie, ihr australischer Akzent hallte durch den Konferenzraum. »Nicht viel, womit man arbeiten kann, oder? Könnte genauso gut der Wind gewesen sein.«

»Der *Wind* würde diese Möbel niemals umstoßen. Es ist ein dreitausend Dollar teures Set!«, rief Reggie aus.

»Nun, dann hast du den Fall wohl gelöst, was?«, schnaubte Sheila ihn an. »Gut gemacht!« Sie verlagerte ihren Blick auf Annie. »Können wir von den Gartenmöbeln wegkommen? Herrgott...«

»Wir sind fast fertig«, fügte Annie hinzu und spürte, dass sie den Raum verlor. »Nur noch ein letzter Diskussionspunkt.« Sie nickte Ethan zu. »Du kannst ihn hereinbringen.«

Ethan ging quer durch den Raum zu einer Doppeltür, öffnete sie und ließ einen Mann auf der anderen Seite eintreten. Der Mann war eher klein, gebaut wie eine Scheunenwand. Breit und ernst, sein skeptischer Mund zeichnete eine geschwungene Linie unter seinem Schnurrbart. Er trug die Uniform eines Sicherheitsmannes von Universal Guards, einer privat angeheuerten Firma. Es gab eine abgenutzte, gemeißelte Qualität in den sichtbaren Muskeln, die unter seiner Haut zuckten, als wären seine Bizepse eigene Kreaturen, die nur auf Ottos Arm mitfuhren.

»Otto«, winkte Annie ihn heran, als hätte sie ihn schon ihr ganzes Leben lang gekannt.

»Sie haben den Sicherheitsmann mitgebracht?«, verdrehte Melissa die Augen, als ob sie bezweifelte, dass er überhaupt etwas Nützliches beitragen könnte. »Sollte er nicht, keine Ahnung, die Gemeinde bewachen, wenn da draußen ein Mörder unterwegs ist?«

»Das ist der Punkt«, sagte Annie, erfreut darüber, dass Melissa ihr half, ihren Standpunkt zu verdeutlichen. »Der Mörder, so glaube ich, ist nicht da draußen. Der Mörder ist *hier drin.*«

Stille legte sich über die Gruppe.

»Sag es ihnen, Otto«, ermutigte Annie ihn.

»Ich war in der Nacht, als es passierte, auf Wache«, sagte Otto mit seiner rauen Stimme, die perfekt zu seinem schroffen Äußeren passte. »Niemand ist rein oder raus gegangen. Das Tor war geschlossen. Als der Schuss fiel, bin ich nachsehen gegangen, was passiert war. Ich war innerhalb von dreißig Sekunden dort. Keine Zeit für jemanden, viel weiter zu kommen als, nun-« Er hielt inne, als fürchte er, seine Arbeitgeber zu beleidigen.

»Als bis zu Ihren Häusern«, beendete Annie den Satz für ihn. »Danke, Otto, Sie können gehen.«

Er nickte und verließ mit selbstsicherem Schritt den Raum.

»Wir vermuten, dass der Mörder jemand ist, der in Ihrer Gemeinde lebt«, fügte Annie hinzu. »Wir glauben, dass derjenige, der Herrn Markin getötet hat, ein Bewohner der Aspen Lane ist.«

Die Nachbarn blickten sich im Raum um, als sähen sie einander zum ersten Mal.

»Außerdem«, Annie griff nach dem Stapel Papiere auf ihrem Klemmbrett, »habe ich nur wenige *Stunden* nach dem

Mord diesen anonymen Brief erhalten, der mich mit den Ermittlungen beauftragte. Er wurde von einem Kurier an meine Tür geliefert, der keine Ahnung hatte, wer ihn beauftragt hatte.«

Sie hielt einen weißen Umschlag hoch, genau wie die, die sie benutzt hatte, um die Nachbarn zu dem Treffen einzuladen. Sie öffnete ihn und nahm eine einfache handgeschriebene Notiz heraus, auf der drei Worte gekritzelt waren. »Versuchen Sie Aspen Lane«, las Annie den einzigen Satz des Briefes laut vor. »Drei Worte. Das war alles, worum man mich bat. Mein übliches Honorar lag in bar bei. Kein geringer Betrag, wohlgemerkt«, fuhr Annie fort. »Ich rief natürlich sofort Ethan beim FBI an, und er informierte mich über Herrn Markins Tod in der Aspen Lane, von dem er selbst erst wenige Stunden zuvor erfahren hatte.«

»Was bedeutet das?«, fragte Krystal, die zum ersten Mal unsicher wirkte.

»Es bedeutet«, erklärte Annie, »dass es hier mehr als ein Rätsel zu lösen gibt.« Sie hob ihre Arme wie ein Ferienlagerbetreuer, der Schüler zu einem Sommer voller Abenteuer willkommen heißt. »Vielen Dank, dass Sie alle hier waren. Sie sind entlassen.«

Damit drehte sich Annie auf dem Absatz um, Ethan hinter ihr. In ihrem Kielwasser waren die Nachbarn fassungslos, getroffen von der Erkenntnis, dass einer von ihnen – ein Mörder war.

KAPITEL NEUN

NACHDEM SIE DAS Nachbarschaftstreffen verlassen hatten, waren Annie und Ethan in die Bar & Grill des Country Clubs geschlüpft und hatten sich überteuerte Steaksandwiches und ein paar Whiskeys on the rocks gegönnt. Jetzt saßen sie vor zwei leeren Tellern und starrten auf den Boden ihrer Gläser.

»Bist du jetzt bereit, mir zu erzählen, was du weißt?«, fragte Ethan Annie. Er kannte sie lange genug, um zu wissen, dass sie ihre Vermutungen nicht preisgeben würde, ohne zuerst durch ein Mittagessen dazu gedrängt zu werden.

»Ich *weiß* nichts. Ich vermute. Das ist nicht dasselbe wie Fakten«, antwortete Annie kokett und schwenkte den Rest ihres Getränks im Glas. »Ich habe noch keine Beweise gefunden, die es wert wären, sie zu teilen.«

»Wenn das wahr wäre«, erwiderte Ethan, »würdest du nicht grinsen wie eine Cheshire-Katze.«

»Die Tarotkarten-Leserin«, gab Annie nach. »Es passt nicht zu ihrem Profil, Sitzungen kostenlos anzubieten. Sie ist geldgierig. Sie kommt nicht aus demselben Hintergrund wie alle anderen hier.« Annie deutete vage auf den Raum um sie herum. »Und sie hat kein so teures Haus bekommen, indem sie Gefälligkeiten umsonst anbietet. Sie zählt jeden Cent. Und sie hat eine Vorgeschichte. Mehrere Klagen wegen Betrugs gegen sie. Sie hat ihren Ex-Mann um alles gebracht, was er wert war. Bei ihr dreht sich alles um die Bilanz. Wann hat eine Frau wie sie jemals *wöchentliche* ehrenamtliche Arbeit angeboten?«

»Ich bin bei dir«, stimmte Ethan zu. »Sie macht nicht den Eindruck auf mich.«

»Nein«, fügte Annie hinzu. »Wenn sie ihm kostenlose Lesungen angeboten hat, hatte sie etwas davon. Und Mr. Markin? Sein Profil passt auch nicht zu ihrer Geschichte. Er war kein Spiritualist. Er war religiös. Das sind zwei Enden, an denen ihre Geschichte keinen Sinn ergibt.«

»Einverstanden«, bestätigte Ethan. »Und dann ist da noch die Gartenmöbel-Sache.«

»Ja, das fand ich auch seltsam. Nicht so sehr Reggie. Er macht Sinn, insofern er genau der ist, der er zu sein scheint. Aber seine Frau, Janis? Ihre Körpersprache sagt, dass sie etwas verbirgt. Sie war unbehaglich, als er die Möbel erwähnte. Er bemerkte natürlich nicht, wie sie sich fühlte, weil er den emotionalen Zustand anderer im Allgemeinen nicht zu bemerken schien. Aber ich würde wetten, Janis weiß *genau*, warum die Möbel an diesem Tag bewegt wurden«, Annie faltete ihre Serviette zu einem ordentlichen Quadrat und platzierte sie sorgfältig über ihrem Teller. »Wir haben drei Rätsel zu lösen. Den Mord. Den Raub. Und...« sie verlangsamte, als ob es schmerzhaft wäre, es laut auszusprechen, »... den Umschlag. Wer hat mich angeheuert?«

Ethans Augen verengten sich. »Ich habe letzte Nacht nicht geschlafen«, sagte er abwesend. »Ich habe mich gefragt, ob das es ist. Ob wir fünfzehn Jahre später endlich einen Fall gefunden haben, der aufdecken wird, was in unseren eigenen Hinterhöfen passiert ist.«

»Wenn es nicht damit zusammenhängt, werde ich wieder da sein, wo ich angefangen habe, aber wenn doch – dann werde ich wieder darüber nachdenken müssen.« Annie verstummte und erinnerte sich an die Zeitungsartikel. Die blitzenden Kameras. Ein einzelner Umschlag mit einer Notiz aus drei Worten darin, der am Tatort zurückgelassen wurde – ein Verbrechen, das ihr Leben für immer veränderte. Annie und Ethan waren gerade erst Kinder, als es passierte. Beide nicht älter als fünfzehn. Sie hatte sich noch nie so machtlos gefühlt. Und seitdem hatte sie sich darauf konzentriert, jemand zu werden, der nicht zu schlagen war. Sie hatte sich zu der Art von Person aufgebaut, die Gerechtigkeit sicherstellen konnte. Dieser Fall bot eine Gelegenheit, die neue Annie zu testen, die sie erschaffen hatte – oder sie vielleicht zu zerstören, wenn die Dinge nicht nach Plan liefen.

»Ich weiß«, bestätigte Ethan. »Aber hier sind wir.«

»Hier sind wir«, erwiderte Annie.

»Also, was ist unser nächster Schritt, Chef?« Ethan kippte den Rest seines Getränks hinunter.

»Frank und Lisa? Ihr Sohn, Malcolm, war nicht bei dem Treffen, und sie haben es nie angesprochen. Ich denke, wir müssen mit ihm sprechen.«

»Wird gemacht«, bestätigte Ethan.

»Ich möchte auch Mr. Markins Haus durchsuchen. Kannst du mir Zugang verschaffen?«

Ethan griff in seine Manteltasche. Blitzte mit einem Grinsen seine FBI-Ausweise vor ihr auf. »Ich kann dir alles besorgen, was du brauchst.«

KAPITEL ZEHN

JANIS

Die Autofahrt nach Hause von dem Treffen verlief ereignislos. Reggie fuhr – schimpfend über die Unverfrorenheit »dieser Frau« – und Janis saß auf dem Beifahrersitz und beobachtete, wie die Straßen von Watersborough vor ihrem Fenster verschwammen.

Janis war hier aufgewachsen. Sie war gleich um die Ecke zur Highschool gegangen. Hatte ihre erste Kommunion in der Kirche an der Ecke gefeiert. Sie war in der Gemeinde genauso bekannt wie Reggie, bis sie ihn heiratete. Irgendwie hatte die Ehe mit Reggie Janis unsichtbar gemacht. Während er in die Welt hinausging und sich einen Namen machte, blieb sie zu Hause, ermöglichte sein Leben, erhielt aber nie die gleiche Anerkennung. Sie war in ihrer eigenen Heimatstadt verblasst. Zu nichts als einem Schimmer an dem Ort geworden, an den sie gehörte. In ihrer Jugend war Janis ein Star-Cheerleader gewesen. Jeder kannte sie und ihre Familie. Jetzt hatte sie Glück, wenn sich die Kassiererin im Supermarkt an ihren Namen erinnerte.

Als sie zu Hause ankamen, bereitete Janis das Abendessen für Reggie und die Jungen zu. Sie brachte ihre Kinder ins Bett.

Zog ihnen ihre Lieblings-Gummienten-Pyjamas an. Dann ging sie ins Schlafzimmer, wo Reggie bereits auf der Bettkante saß, seine Uhr abnahm und sie auf den Nachttisch legte.

»Ich kann immer noch nicht glauben, dass diese Frau denkt, *sie* könne der Sache auf den Grund gehen«, schüttelte Reggie den Kopf. »Sie macht jetzt schon ein Durcheinander daraus, behandelt uns alle wie Verdächtige.«

Er griff nach einem Paar Ohrstöpsel, die in einem Glas neben der Nachttischlampe lagen. Ohne auf Janis' Antwort zu warten, steckte er sie sich in die Ohren, drehte sich um und schaltete das Licht aus.

Reggie hatte die Wahrheit gesagt, als er erzählte, dass sie nachts Ohrstöpsel trugen, dachte Janis bei sich. Aber er hatte der Detektivin unwissentlich über ihren Verbleib gelogen. Denn Janis war in der Nacht, als Mr. Markin ermordet wurde, überhaupt nicht im Bett gewesen.

In diesem Moment schaltete sich der Thermostat ein, und der Kompressor außerhalb des Fensters erwachte brüllend zum Leben. Es *war* unglaublich laut, weshalb Janis – der Beschwerden ihres Mannes überdrüssig – die Ohrstöpsel überhaupt erst gekauft hatte. Sie war an diesem Tag zu Costco gefahren und hatte zwei Packungen gekauft.

Doch mit der Zeit wurden die Ohrstöpsel zu einem Wegbereiter für Janis' schlimmste Untugend. Wenn Reggie die Ohrstöpsel drin hatte, war er für die Welt taub, was es Janis ermöglichte, sich aus ihrem ehelichen Schlafzimmer zu schleichen, ohne ihn zu wecken. Reggie hatte sie nie dabei erwischt, wie sie sich hinausschlich. Nicht ein einziges Mal. Er hatte keine Ahnung, dass seine Frau ihn mitten in der Nacht allein ließ. Und deshalb hatte er die Detektivin versehentlich angelogen. Er wusste nicht, dass Janis sich Nächte für sich selbst nahm, weg von zu Hause – Nächte, um der Seite ihrer selbst zu frönen, die sie vor ihm verbarg.

Die Nacht, in der Mr. Markin ermordet wurde, war eine dieser Nächte. Janis war überhaupt nicht im Bett gewesen.

Und weil sie eine Sünderin war – weil sie in dieser Nacht unterwegs gewesen war, um ihrer Untugend zu frönen – hatte sie Mr. Markins Mord gesehen. Sie hatte alles mit angesehen, weil sie, als eine Art Karma, dabei war, als es passierte.

Janis wusste genau, was mit Mr. Markin geschehen war. Aber sie wusste auch, dass sie es nie erzählen würde.

Janis drehte sich um und griff nach ihren eigenen Ohrstöpseln, steckte sie sich in die Ohren und wünschte, sie könnten den Klang ihrer Gedanken übertönen. Sie starrte an die Wand, Angst um sich selbst. Angst davor, was passieren würde, jetzt, da aus einem Geheimnis zwei geworden waren.

KAPITEL ELF

JARED

Nach dem Treffen waren Jared und seine Brüder zum McDonald's Drive-in gefahren, um Cheeseburger zu holen, aber nachdem die Burger verschlungen waren, beschlossen sie, dass sie auch etwas Tequila brauchten. Das Verlangen nach Tequila führte sie zu Bevmo, woraufhin Marcus vorschlug, dass es schade wäre, allein zu trinken. Er hatte einen guten Punkt gemacht, was zu mehreren Textnachrichten und einigen Instagram-Direktnachrichten führte, und nun war ihr Haus voller schöner junger Leute, die sich zur Techno-Musik bewegten, die durch die eingebauten Lautsprecher des Hauses dröhnte.

Deckenleuchten blitzten rot und blau. Jared schlängelte sich durch die Menge, einen roten Plastikbecher in der Hand. Er musterte die Partygäste. Zwei Frauen in trägerlosen Kleidern, die am Treppenrand saßen. Ein muskulöser Typ, von dem er ziemlich sicher war, dass er Football für die Huskies spielte, lehnte an der Wand und rauchte einen Joint. Überall prahlten High-Flyer mit Schönheit oder Geld vor jemandem, von dem sie hofften, dass er sie weiterbringen könnte. Jared kannte diese Leute nicht einmal. Es war sein Bruder Edmonte, der sich in das Versprechen des Lebens lehnte, das sie alle zusammen geschaffen hatten. Edmonte war das Gehirn der Operation – derjenige, der die Geschäftszüge plante. Jared war das Gesicht von allem – derjenige, der in den Videos auftrat. Und Marcus war der Praktikant – die billige Arbeitskraft, die sich an den richtigen Wagen gehängt hatte und seinen älteren Brüdern folgte, genau wie in ihrer Kindheit.

Auf der anderen Seite des Raumes bemerkte Jared Edmonte, der auf dem Sofa saß, den Arm um eine schöne Frau gelegt. Edmonte winkte ihn zu sich. Jared schwebte auf ihn zu, sowohl anwesend als auch irgendwo anders, der letzte Zug, den er genommen hatte, vibrierte durch seinen Schädel wie ein elektrischer Strom.

»Ihre Freundin will dich kennenlernen«, schrie Edmonte Jared ins Ohr und zeigte auf das junge Mädchen neben ihm. Sie war niedlich, mit hellbraunem Haar und einem breiten Lächeln. Sie sah zu nett aus. Jared fragte sich, was sie hier machte.

»Kate!«, rief das Mädchen ihrer Freundin zu, die auf dem gegenüberliegenden Sofa saß. »Schau, es ist der Typ – der, den du magst, total liebst! Von TikTok.«

Das Mädchen auf dem gegenüberliegenden Sofa errötete. Sie war dünn, ihre Haare zu Zöpfen geflochten, kleine Schleifenclips am Ende befestigt. Sie schien etwa im College-Alter zu sein. Sie starrte Jared mit einem anbetenden Blick an.

»Bruder«, lehnte sich Edmonte vor und schlug seinem Bruder auf den Arm. »Sie ist voll dabei. Das ist der Vorteil des Ruhms. Geh und mach deinen Zug.«

Jared starrte seinen Bruder an, dann wandte er sich wieder dem Mädchen – *Kate* – zu, das auf diesem Sofa saß. Er sollte auf sie zugehen. Er sollte sie kennenlernen wollen. Aber etwas in ihren Augen war so makellos. Es war die Art, wie sie ihn ansah, als dächte sie, er könnte jedes Versprechen erfüllen, das ihr je ein anderer Mensch gegeben hatte. Es war ein Schimmern, ein Stern in ihrem Auge, und Jared wusste, dass er diesen Stern zerbrechen würde, wenn sie ihm nahe käme, ihn in einer Wolke aus Dampf und Rauch über das Universum verteilen würde.

Er wollte ihr das nicht antun. Er wollte nicht dieser Typ sein. Er hatte nie etwas davon gewollt.

Jared taumelte vom Sofa weg, in Richtung Treppe. Er blickte nur für einen Moment zurück zu dem Mädchen und sah den Schmerz in ihren Augen. Er hasste sich dafür, dass er – selbst beim Versuch, sie nicht zu verletzen – bereits eine Delle hinterlassen hatte.

Er erreichte den Fuß der Treppe und zog sich am Geländer Schritt für Schritt nach oben. Als er den Treppenabsatz erreichte, machte er eine scharfe Linkskurve und ging zum Hauptschlafzimmer. Er stieß die Doppeltüren auf und enthüllte einen riesigen Raum mit einem Balkon und einem angeschlossenen Bad. Er schloss die Türen hinter sich und ging zum Nachttisch. Er öffnete eine Schublade. Zog ein Tütchen mit Pillen heraus. Opiate. Seine Droge der Wahl. Er hatte damit nach einer Schulterverletzung von einem ihrer Video-Stunts angefangen und – obwohl die Pillen ursprünglich auf Rezept verschrieben worden waren – war nie in der Lage gewesen, aufzuhören. Jetzt, lange nachdem das Rezept abgelaufen war, hatte Jared neue Wege gefunden, um an seinen Stoff zu kommen. Mit Edmontes Hilfe natürlich. Edmonte versorgte Jared mit allem, was er brauchte, um die Geldmaschine am Laufen zu halten, ohne Fragen zu stellen.

Jared legte eine Pille in seine Hand. Dachte darüber nach, sie nicht zu nehmen. Aber als hätte sie ein Eigenleben, ging seine Hand zu seinem Mund, und plötzlich schluckte Jared, und die schlechte Sache war getan. Er konnte immer morgen aufhören – etwas, das er sich für zu viele Gestern gesagt hatte.

Jared stand auf, streckte seine Arme aus und ging zum Balkon, schob die Schiebetür beiseite, um etwas frische Luft zu schnappen. Er stand da und ließ seine Arme über das verdrehte Geländer hängen. Er blickte hinaus auf die Aspen Lane. Als sie hier eingezogen waren, hatte es einen Aufruhr in der Nachbarschaft gegeben. Jetzt, wo es einen Mord in der Straße gegeben hatte, würden die Nachbarn vielleicht erkennen, dass ihre Partys gar nicht so schlimm waren.

Jared dachte an Mr. Markin. Wie sein Körper ausgestreckt auf dem Pflaster gelegen hatte. Er fragte sich, ob ein Teil von Mr. Markin jetzt in Frieden war, sich nicht mehr um die Probleme des Lebens sorgen musste. Jared fragte sich, ob er vielleicht glücklich war, eine Pause von all den Sorgen der Welt zu haben.

Neugierig hob Jared einen Fuß auf die Oberseite des Geländers. Dann den anderen. Er schwang sich nach oben, freihändig, und balancierte wie ein Snowboarder auf der schmalen Kante des Metallgeländers. Er balancierte dort für einen Moment, ein kleiner Teil von ihm hoffte fast, die Droge würde ihn ausrutschen lassen.

Das tat sie nicht. Er hing dort für eine Minute in der Schwebe, dann sprang er mit einer Drehung vom Geländer und landete wieder auf seinem Balkon. Jared hatte schon als Kind ein unglaubliches Gleichgewicht gehabt. Albern zu denken, eine Droge, die er seit Jahren nahm, könnte es auslöschen. Er taumelte zurück ins Hauptschlafzimmer, landete auf dem Bett mit den Augen zur Decke, ausgestreckt und erschöpft.

Die Privatdetektivin, die er früher getroffen hatte – *Annie* – hatte ihn mehr angesehen als Edmonte oder Marcus. Es war, als könnte sie erkennen, dass Jared es vorzog, sich hinter seinen Brüdern zu verstecken. Als wüsste sie, dass er nur ein hübsches Gesicht war und seine Brüder die wahren Gehirne hinter der Operation waren.

Aber sie sah nicht alles, dachte er bei sich. Er rollte sich herum und suchte unter dem Bett nach etwas, das er dort gelassen hatte. Er griff in den Spalt zwischen Rahmen und

Boden, packte etwas und zog es mit einem langen, muskulösen Arm zu sich heran.

Er setzte sich gegen das Kopfbrett und hielt den Gegenstand vor sich wie ein Baby oder einen Welpen.

Es war eine Vase in Form einer Lilie. Sie war zierlich, aus zerstoßenem Glas in einem Gaudi-ähnlichen Muster gefertigt. Blaue und violette Glasscherben reflektierten das Licht zu Jared zurück, und ein Loch an der Oberseite lud Blumen ein.

Jared war sich nicht sicher, warum er ausgerechnet diesen Gegenstand aus Mr. Markins Haus gestohlen hatte, als er letzte Woche eingebrochen war. Er hätte in dieser Nacht alles mitnehmen können. Es war ruhig, und niemand war zu Hause. Er hatte genug Zeit gehabt, den Ort zu durchsuchen.

Jared seufzte, rollte sich herum und umklammerte die Vase, als wäre sie etwas Kostbares oder Seltenes. Vielleicht hatte er sie mitgenommen, weil sie ihn daran erinnerte, wie er früher war. Sie war wie das Mädchen, das auf dem Sofa saß. Hoffnungsvoll und vollständig, ohne zu ahnen, dass Menschen kommen und einen zerbrechen können.

Als Jared die Vase aufgehoben hatte, hatte er sich selbst ein stilles Versprechen gegeben, dass er - wenn er sie schon mitnehmen würde - zumindest dafür sorgen würde, sie niemals zu zerbrechen. Bisher hatte er dieses Versprechen gehalten. Jared war es leid, gute Dinge zu zerstören. Er war es leid, derjenige zu sein, der andere immer zerbrach.

Jared dachte an Herrn Markin und was er sagen würde, wenn er wüsste, dass Jared für den Einbruch in sein Haus verantwortlich war. Herr Markin hätte ihm gesagt, dass der einzige Weg zur Freiheit darin bestünde, sich selbst zu stellen. Er hätte gesagt, dass echte Männer Verantwortung für ihre Taten übernehmen.

Jared schniefte und wischte sich etwas Feuchtes unter der Nase weg. Ihm wurde klar, dass er weinte, und er fühlte sich für einen Moment peinlich berührt, obwohl niemand sonst da war, um es zu sehen. Er atmete tief durch und sammelte sich.

Dann setzte er sich auf, nahm eine Decke vom Fußende des Bettes und wickelte die Vase darin ein. Anschließend verstaute er den Beweis wieder unter dem Bett, wo er sicher war, dass sie dort sicher wäre.

Egal, was Herr Markin gesagt hätte, Jared war jetzt auf sich allein gestellt. Die Privatdetektivin - diese Annie - wusste nicht, dass Jared für den Einbruch in Herrn Markins Haus verantwortlich war.

Und Jared war entschlossen, alles Notwendige zu tun, damit das auch so blieb.

KAPITEL ZWÖLF

KRYSTAL

Krystal wartete, bis die Sonne unterging, um ihren Zug zu machen. Es war ein angespannter Nachmittag gewesen. Nach dem Ende des Treffens war sie direkt nach Hause gegangen und hatte ihre Optionen abgewogen, während sie mit den Händen auf den Knien im Schneidersitz auf ihrem Meditationskissen saß. Die Privatdetektivin – Annie – war zu neugierig gewesen, was die Tatsache betraf, dass Mr. Markin nicht für seine Lesungen bezahlte. Viel zu neugierig.

Mr. Markin hatte Krystal versichert, dass die Bedingungen ihrer Vereinbarung privat seien, und sie glaubte ihm. Aber trotzdem gab es Beweise, die ausgegraben werden konnten, und Behauptungen, die aufgestellt werden konnten.

Krystal wartete darauf, dass sich der gewohnte Frieden der Meditation einstellte, aber er kam nie. Minuten vergingen, oder vielleicht eine Stunde. Krystal sprang von ihrem Meditationskissen auf, zum Handeln bewegt.

Sie ging zu ihrem Esstisch und breitete ihr Tarot-Deck aus, las ihre eigenen Karten erneut, während sie auf den Abend wartete. Sie las einmal. Zweimal. Dreimal. Das Ergebnis änderte sich nie. Ohne Ausnahme erschien dieselbe Karte in ihrer Mehrkartenlegung, wie ein Sprechgesang, der nicht ignoriert werden konnte.

Gerechtigkeit. Gerechtigkeit. Gerechtigkeit.

Das Bild der Frau in einem Gerichtssaal, mit zwei Waagen hinter ihr, tauchte immer wieder auf und ließ Krystal keine andere Wahl, als zu erkennen, was sie tun musste. Es war eine Wahrheit, der sie die ganze Zeit ausgewichen war. Aber jetzt war es notwendig. Unabweisbar.

Sie musste in Mr. Markins Haus einbrechen, vorzugsweise bevor diese Privatdetektivin herumschnüffelte.

Als die Sonne endlich unterging, wechselte Krystal aus ihrer typischen Uniform aus einem fließenden Rock und einer lockeren Bluse. Sie schlüpfte in Turnschuhe und eine schwarze Jeans, darüber zog sie einen schwarzen Kapuzenpullover. Als Nächstes stand sie vor ihrem Schminkspiegel und setzte eine schwarze Baseballkappe auf, die Haare darunter versteckt. Als letzten Schliff fand sie ein schwarzes Bandana hinten in ihrem Schrank und band es sich um das Gesicht, um ihre Züge zu verbergen.

Draußen erfüllten Klänge von Technomusik die Nachtluft. Krystal schob die Vorhänge ihres Schlafzimmerfensters zurück und spähte zur Quelle des Klangs: Jareds Haus. Gruppen versammelten sich auf den verschiedenen Balkonen des Hauses, rote Solobecher in der Hand. Gelächter hallte vom Vorgarten, wo ein Haufen junger Leute zerdrückte Bierdosen beiseite kickte. Die drei Brüder waren wieder mit ihrem Verbindungsunfug beschäftigt. Mindestens einmal im Quartal würden sie eine störende Party schmeißen, sich am nächsten Tag überschwänglich bei der Nachbarschaft entschuldigen und dann einen Reinigungswagen beauftragen, um ihr Chaos zu beseitigen. Sie waren zweifellos eine Plage, die den kulturellen Wert der exklusiven Sackgasse herabsetzte. Aber heute Nacht halfen sie Krystal auf unerwartete Weise. Alle Aufmerksamkeit würde auf die Brüder gerichtet sein. Die ganze Nachbarschaft würde zu ihrem Haus schauen. Niemand würde daran denken, Mr. Markins Haus einen zweiten Blick zu schenken.

Krystal schlich zur Haustür hinaus, die Deckung der Nacht half ihr, sich zu tarnen. Ihre Vorderterrassenbeleuchtung war ausgeschaltet, wodurch die Veranda so dunkel war, dass sie sicher war, dass niemand ihre schlanke Gestalt bemerken würde, die über den Rasen lief und auf die hohen Bäume am Eingang der Sackgasse zusteuerte. Als sie über den Rasen eilte, bemerkte sie Dutzende von Autos, die am Straßenrand der winzigen Sackgasse parkten, allesamt vermutlich Gäste der Party. Die Jungs hatten sich diesmal selbst übertroffen.

Als sie die einzige Ausfahrt der Sackgasse erreichte, duckte sich Krystal hinter eine Gruppe von Espen und wartete. Dies würde der exponierteste Teil ihrer Route sein. Vor ihr waren die eisernen Tore, die die Aspen Lane schützten, fest verschlossen. In der Wächterkabine brannte ein einzelnes Licht. Krystal strengte sich an, durch die Glasscheibe zu spähen, die den Wächter von seinen Untertanen trennte. Sie konnte gerade noch Ottos bullige Schultern hinter dem Glas erkennen. Ein Festnetztelefon war an seinem Ohr, und er gestikulierte mit dringlicher Inbrunst. Otto hasste es, wenn die Jungs ihre Partys schmissen, nicht weil sie keine Gäste haben durften – das durften sie leider –, sondern weil das Einchecken der vielen Teilnehmer bedeutete, dass Otto seine gewohnte Routine, in der Wächterkabine zu sitzen und nichts zu tun außer seine Kriegsromane zu lesen, nicht ausführen konnte. Otto *liebte* seine Kriegsromane. Zweiter Weltkrieg. Das Römische Reich. Fiktion. Sachbücher. Otto las alles, solange es mit Krieg zu tun hatte. Aber heute Abend war er am Telefon, wahrscheinlich machte er einen anonymen Anruf bei der Polizei wegen einer Ruhestörung in der Hoffnung, sie würden die Party beenden, damit er zu seinen Romanen zurückkehren konnte.

Gerade dann fuhr ein Auto an die Tore heran. Es war ein

schlanker Lamborghini in einem hellen Gelb. Die Fahrerin ließ ihr Fenster herunter und enthüllte ein wunderschönes junges Mädchen, das nicht älter als zweiundzwanzig sein konnte. Sie reichte Otto gähnend ihren Führerschein, und Krystal erkannte – dies war ihre Chance.

Nach einem zweiten Blick auf Otto, um sicherzugehen, dass er ausreichend beschäftigt war, huschte Krystal auf die andere Seite der Tore. Die Scheinwerfer des Lamborghini beleuchteten ihre Gestalt für wenige Sekunden, aber sie wusste, dass sie sicher war. Die junge Frau, die das Auto fuhr, würde annehmen, sie sei ein weiterer Partygast, der einfach die Straße überquerte, und sich nichts dabei denken.

Als Krystal bei der gegenüberliegenden Baumgruppe ankam, duckte sie sich an den hinteren Rand des Grundstücks und verschwand in den Schatten. Sie hatte nicht mehr weit zu gehen. Mr. Markins Haus war nur noch ein Dutzend Meter entfernt. Ihre beiden Häuser markierten die westliche und östliche Grenze der Sackgasse wie zwei Wächter, die die Gemeinschaft in Schach hielten.

Krystal schlängelte sich durch die Bäume zu Mr. Markins Hinterhof, dann zog sie sich über den niedrigen Zaun, unterstützt von einem toten Baumstumpf im Boden. Sie landete auf der anderen Seite in einem Haufen, dann klopfte sie sich ab. Als sie auf die Schiebetüren aus Glas zuging, die in die Eingangshalle führten, versprach sie sich, nicht emotional zu werden. Es ging um ihre Zukunft, und sie wusste – sie *wusste* ohne jeden Zweifel –, dass Mr. Markin, wenn er hier wäre, es verstehen würde.

Krystal zog, und wie durch ein Wunder war die Schiebetür unverschlossen. Die Menschen in der Aspen Lane verließen sich mehr auf die Tore, als Außenstehende vermuten würden. Es gab eine falsche Sicherheit, die damit einherging, in einer kleinen Straße zu leben, umgeben von Menschen, die man kannte.

Krystal betrat das Haus, der entfernte Klang von Technomusik dröhnte immer noch in der Nacht. Sie schloss das Glas hinter sich und sah sich im Wohnzimmer um.

Krystal kannte diesen Raum gut. Die altmodischen, cremefarbenen Teppiche waren ihr vertraut, ebenso wie die braunen Cordsamtsofas, die eine gründliche Reinigung benötigten. Die Blumenvorhänge, die die Fenster bedeckten, waren von einer Frau gekauft worden, die ein paar Jahre bei Herrn Markin gelebt und dann gegangen war, wobei sie jeglichen Sinn für Stil mitgenommen hatte. Im Haus hing noch immer ein schwacher Hauch von Rasierwasser, obwohl Krystal die Marke nicht genau bestimmen konnte. Hier hatte Krystal Herrn Markin jede Woche die Karten gelegt. Zumindest bis sie angefangen hatten zu streiten und die Freundschaft einen bitteren Beigeschmack bekommen hatte. Sie wünschte, er hätte auf sie gehört, als sie versuchte, ihn zu warnen, dass es jemanden in seinem Leben gab, dem er nicht vertrauen konnte. Aber natürlich tat er das nicht. Herr Markin glaubte an nichts, was er als zu »esoterisch« bezeichnete, und dennoch nahm er aus einem tiefen Wunsch heraus an den Kartenlegungen teil, um Krystal Würde zu verleihen. Das war die Art von Mann, die Herr Markin gewesen war. Ein Mensch, der immer einen Weg fand, jemand anderen das Beste in sich selbst sehen zu lassen.

Der Teppich gab unter Krystals Schritten nach, als sie den Flur entlangging und vor einer Anrichte stehenblieb, auf der ordentlich gerahmte Fotos verteilt waren. Da war Herr Markin in seiner Marineuniform, ein junger Mann und ziemlich attraktiv. Dort war er in seiner Arztkleidung für Ärzte ohne Grenzen, im mittleren Alter, aber zufrieden, produktiv aussehend inmitten einer Hütte mit Lehmboden an irgendeinem unbekannten Ort. Ein weiteres Foto zeigte Herrn Markin mit dem Key Club, einem lokalen Kapitel, dessen Präsident er möglicherweise gewesen war. Krystal war sich nicht sicher, ob er Präsident gewesen war oder nicht. Sie hätte ihn fragen sollen, aber jetzt war es zu spät.

Sie schüttelte den Stich eines Gefühls ab, für das sie keine Zeit hatte, es zu zergliedern, und bewegte sich schnell auf das zu, was sie als Herrn Markins Büro kannte. Sie öffnete die Tür leise, als ob Herr Markin in seinem Bett schliefe und sie hören könnte.

Der Raum war spärlich eingerichtet, abgesehen von einem großen Schreibtisch und einem Aktenschrank. Krystal ging zum Schrank, öffnete die oberste Schublade und blätterte durch Akte um Akte. Sie fragte sich, ob andere Leute einen ähnlichen Deal mit Herrn Markin gemacht hatten und jetzt keine Ahnung hatten, dass er ihn nie würde einlösen können.

Sie hielt bei einer Akte inne, die sie wiedererkannte. Sie zog sie heraus, ihr Atem beschleunigte sich, als sie die Dokumente darin überprüfte. Ein Seufzer der Erleichterung entfuhr Krystals Lippen. Sie hatte gefunden, wonach sie suchte.

Sie eilte ins Wohnzimmer und drehte den Schlüssel zu Herrn Markins Gaskamin. Er erwachte zum Leben, blaue und goldene Flammen warfen Licht über den Boden. Als das Feuer so groß loderte, dass es aussah, als würde es den Kamin selbst verschlingen, hielt Krystal die Akte hoch.

»Danke«, sagte sie in einem geflüsterten, letzten Gespräch mit einem alten Freund.

Damit ließ sie die Akte in den Kamin fallen und beobachtete, wie die Flammen das, was einst eine Bedrohung gewesen war, in nichts als schwarze Asche verwandelten. Krystal wartete geduldig und stellte sicher, dass jede Ecke der belastenden Dokumente in etwas Unwiederbringliches verbrannt war, wobei die Karte der *Gerechtigkeit* immer noch vor ihren Augen schwamm.

KAPITEL DREIZEHN

Technomusik dröhnte durch Franks traditionelles Haus in einer pulsierenden, unerbittlichen Welle. Ab und zu klapperten die Teller und Schüsseln in der Vitrine, als wollten sie aus dem Schrank springen, um dem Lärm zu entkommen.

»Versuch's nochmal bei der Polizei?«, rief Frank seiner Frau Lisa quer durchs Wohnzimmer zu.

Lisa nickte und hielt ihr Handy hoch. »Sie sagten, sie würden einen Wagen schicken. Otto hat auch angerufen, Gott sei Dank.«

Franks größter Wunsch war, dass die Musik von Jareds Party aufhören würde. Die blinkenden Lichter störten ihn nicht, auch nicht die Menagerie von Fremden, die die Sackgasse überschwemmten und ihre Autos wie Ameisen in einer Reihe am Straßenrand parkten. Frank konnte all diese Elemente ertragen, wenn nur die Party selbst leise wäre. Als eines von zwei Häusern am Ende der Straße waren Frank und Lisa oft einer Art Lärmtunnel ausgesetzt, der jeden Ton im Umkreis von fünfzig Metern verstärkte. *Ironisch, wenn man zurückblickt,* dachte Frank bei sich. Er hätte das Haus nie gekauft, wenn er damals gewusst hätte, was er jetzt wusste.

Lärmbelästigungen waren kein so großes Problem, bis sich die Nachbarschaft veränderte und neue Bewohner einzogen. Die Jungs im teuersten Haus in der Mitte der Sackgasse – Jared, Edmonte und Marcus – waren ein besonderes Problem. Aber dagegen konnte man nichts machen. Sie veranstalteten eine Party nach der anderen, eine Rave nach dem anderen. Die Polizei kam, ging wieder, und die Jungs machten einen Monat später von vorne weiter.

»Wie geht es ihm?«, fragte Frank Lisa nach seinem Sohn Malcolm.

Lisa seufzte zur Antwort. Schüttelte den Kopf. »Ich hab nachgesehen. Ich hab's versucht-«

»Ich schau nochmal nach«, beruhigte Frank seine Frau. Er beruhigte sie in letzter Zeit häufig, angesichts der Umstände. Mit großer Anstrengung erhob sich Frank aus seinem Sessel und ging den Flur hinunter.

Er hielt an der Tür zu Malcolms Zimmer inne. Sie stand offen. Malcolm saß auf seinem Bett, ein Kreuzworträtselbuch vor sich. Malcolm war fünfunddreißig und gebaut wie ein Panzer. Er war nur Muskeln. Malcolm lebte zu Hause und verbrachte die meiste Zeit damit, Kreuzworträtsel zu lösen oder für einen kleinen Betrag Autos zu reparieren. Er war unglaublich fähig. Der fähigste Mann, den Frank kannte. Er machte nur gerade »eine schwere Zeit durch«.

»Alles gut?«, Frank hob die Hand.

Malcolm sah zu seinem Vater auf und nahm einen der Kopfhörer vom Ohr.

»Keine Probleme hier«, antwortete Malcolm. Sein Lächeln sollte die Lüge verkaufen, aber Frank konnte den Schmerz hinter den Augen seines Sohnes sehen. Er bemerkte, wie Malcolms Bein auf und ab wippte, als hätte es einen eigenen Willen. Wie er die Kopfhörer so schnell wie möglich wieder über sein Ohr gleiten ließ und zu seinem Kreuzworträtsel-buch zurückkehrte, als hinge sein Leben davon ab.

Malcolm war wieder bei seinen Eltern eingezogen, um

seinen Schmerz zu überwinden, und Frank konnte nicht umhin, das Gefühl zu haben, dass sie ihn jedes Mal im Stich ließen, wenn etwas den Heilungsprozess störte.

Frank wünschte, sie könnten sich ein Ferienhaus leisten oder etwas Ruhiges und Kleines am Strand. Das war es, was diese Straße Frank und Lisa bieten sollte, als sie vor so vielen Jahren in die Nachbarschaft investierten. Es war nicht fair, dass es sich geändert hatte. Es war nicht richtig, dass das Paar an die Nachbarschaft geglaubt hatte – in das Versprechen ihrer Zukunft investiert hatte – nur um dann belogen zu werden.

Die einzige andere Person in der Straße, die Franks Lage nachempfinden konnte, war Herr Markin, der genauso lange dort eingezogen war und ebenfalls Veränderungen in der Straße erlebt hatte. Natürlich hätte Frank dem Privatdetektiv das nie erzählt, aber er zählte Herrn Markin zu seinen engsten Freunden. Frank, sein Sohn und Herr Markin waren jede Woche zum Golfspielen und auf einen Drink in den Country Club gegangen. Herr Markin hatte eine Verbindung zu Malcolm auf eine Weise, wie Frank es nicht konnte – auf eine Weise, die ihm half zu heilen. Frank war am Boden zerstört, als er vom Tod seines alten Freundes erfuhr.

Er hatte auch Angst. Angst, dass Verdächtigungen auf seinen Sohn fallen würden, der ohnehin schon genug durchmachte. Die Leute waren schnell mit ihrem Urteil, und ein einfacher Abruf von Akten würde dem FBI erlauben, die Wahrheit über Malcolm aufzudecken – etwas, das Frank unbedingt vermeiden wollte. Deshalb hatte Frank über den Aufenthaltsort seines Sohnes in der Nacht, als Herr Markin ermordet wurde, gelogen. Frank hatte den Detektiven erzählt, sein Sohn sei zu Hause gewesen, als Malcolm in Wirklichkeit in jener Nacht unterwegs gewesen war, vermutlich außerhalb der Nachbarschaft. Frank hatte keine Ahnung, wohin sein Sohn in der Nacht gegangen war, als Herr Markin ermordet wurde, weil er versuchte, ihm – wo immer möglich – etwas

Würde und Unabhängigkeit zu geben. Gott wusste, der Mann hatte es verdient. Frank war sich nur sicher, dass sein Sohn erst am nächsten Morgen nach Hause gekommen war. Malcolm war ein erwachsener Mann, und so hatte Frank nicht zu viele Fragen gestellt.

Frank wich zurück und schloss leise die Tür hinter sich, um Malcolm in den Frieden der Rätsel eintauchen zu lassen. Wenn das Leben doch nur so einfach zu lösen wäre wie ein Kreuzworträtsel.

Frank ging den Flur zurück, hielt aber inne, als er seine Frau am Rand des Treppenabsatzes stehen sah. Der Ausdruck auf ihrem Gesicht war verzweifelt, gequält. Frank war fast ein Leben lang mit Lisa verheiratet, und er hatte einen solchen Ausdruck in ihren Zügen nur zwei-, vielleicht dreimal zuvor gesehen. Sie ging auf ihn zu und packte seinen Arm, stellte sich auf die Zehenspitzen, um ihm dringend ins Ohr zu flüstern.

»Ich muss dir etwas zeigen«, sagte sie mit zitternder Stimme. Sie bedeutete Frank, ihr zu folgen. Gemeinsam marschierten sie den Flur hinunter in Richtung Keller, Franks Ohren dröhnten, aber nicht von der Musik.

»Ich bin runter gegangen, um nach extra Handtüchern zu suchen«, flüsterte Lisa wieder, als hätte sie Angst, entdeckt zu werden. »Ich dachte, eine kalte Kompresse könnte ihm helfen«, sie nickte die Treppe hinauf in Richtung Malcolms Zimmer. »Und da habe ich es gesehen.«

Lisa stieß die Tür zum Keller mit Kraft auf und enthüllte den kalten, unfertigen Schutzraum. Sie griff nach oben und zog an einer hängenden Schnur, um das Licht einzuschalten. Eine einzelne Glühbirne erleuchtete den ansonsten vergessenen Raum, in dessen Ecke eine Waschmaschine und ein Trockner standen. Einige alte Bretter lagen achtlos auf einem Tisch, neben einigen von Malcolms Autoprojekten. Motorteile. Werkzeuge und Kleinteile. Von allen in der Familie verbrachte Malcolm die meiste Zeit hier unten und baute Autoteile und Radiosysteme auseinander.

Dann sah Frank es. Das Objekt der Besorgnis seiner Frau. An der gegenüberliegenden Wand beherbergte ein hoher Schrank eine Sammlung von Waffen. Gewehre. Handfeuerwaffen. Natürlich waren sie alle genehmigt. Sie durften alle hier sein, sicher hinter der Glastür des Schranks verschlossen, ihre Munition getrennt aufbewahrt. Frank wusste, dass der Schrank hier war, und es beruhigte ihn, sein Zuhause schützen zu können, sollte der Moment es erfordern.

Aber heute Abend war etwas anders. Es gab einen schwachen Umriss und zwei Haken, wo eine Vintage Colt 1911 hätte sein sollen, aber die Waffe selbst – fehlte.

Frank holte tief Luft. Niemand sonst hatte den Schlüssel zum Waffenschrank außer den drei Bewohnern seines Hauses. Frank. Lisa. Und Malcolm.

»Die Privatdetektivin«, sagte Lisa hilfsbereit. »Sie meinte, Herr Markin sei gestorben an...«

»Einem einzigen Schuss aus einer Colt-Pistole«, beendete Frank den Satz für sie.

Als Anwalt dachte Frank sofort an plausible Bestreitbarkeit. Er war darauf geschult, das beste und das schlimmste Szenario in Betracht zu ziehen. Er wandte sich seiner Frau zu, die Technomusik und die Party plötzlich vergessen. Sie hatten jetzt größere Probleme zu bewältigen.

»Wir sagen niemandem etwas«, erklärte er, und Lisa nickte, ohne weiter darauf einzugehen.

KAPITEL VIERZEHN

AM NÄCHSTEN MORGEN lag eine schwere Stille über Mr. Markins Haus, als Annie und Ethan durch die Eingangshalle gingen. Annie hasste diesen Teil einer Ermittlung immer. Sie konnte das Gefühl nie abschütteln, in die Privatsphäre des Opfers einzudringen, seinen Raum als ungebetener Gast zu überfallen und die Gastfreundschaft des Opfers zu erzwingen. Dennoch war es ein notwendiges Übel. Annie lernte nie mehr über einen Fall, als wenn sie die persönlichen Gegenstände des Opfers durchsuchte.

»Nicht gerade ein Meister der Inneneinrichtung«, sagte Ethan gedankenlos laut. »Sein Haus sieht aus wie meins.«

»Sei nicht unhöflich«, tadelte Annie. Ethan verdrehte die Augen. »Ja, wir wollen ja nicht, dass er mich rauswirft.«

»Gerade weil er dich nicht rauswerfen kann, solltest du respektvoll sein. Opfer können sich nicht selbst verteidigen. Dafür sind du und ich da«, Annies Stimme verriet einen Anflug von Emotion, den Ethan nicht überhörte.

»Annie, ich wollte nicht-«

»Schon gut«, antwortete sie, ein wenig zu kühl. Annie fühlte sich beschützend gegenüber den Opfern, für die sie

Gerechtigkeit suchte, wenn auch nur, weil sie wusste, wie es war, nie Gerechtigkeit ans Licht gebracht zu sehen.

Ethan lehnte sich an die Wand, die Hände in den Taschen, als hätte er Angst, sie könnten ihn verraten, wenn er sie frei ließe. »Du gehst die Dinge an, indem du handelst«, sagte er leise. »Ich habe einfach gelernt, das Gefühl wegzuscherzen.«

»Es ist schon okay«, Annie taute ein wenig auf. »Ich bin's auch. Es ist der Umschlag, die Art, wie dieser Fall zu mir kam. Es fühlt sich an, als könnte das der sein, nach dem wir gesucht haben-«

»Also lass es uns richtig machen«, Ethan hielt ein Paar Plastikhandschuhe hoch. Beide, Annie und Ethan, streiften sich das Latex über die Hände, um keine Beweise zu verfälschen.

»Wo willst du anfangen, Chef?«, fragte Ethan. »Die Spurensicherung hat schon alles durchsucht. Nichts Auffälliges notiert. Die Polizei war in der Nacht des Raubüberfalls hier, aber wir wissen ja, was das gebracht hat. Sie sind wahrscheinlich nie über die Haustür hinausgekommen.«

»Lass uns hier anfangen«, sagte Annie und blieb an der Kommode im Flur stehen. Dort säumte eine Reihe von Fotos den Weg. »Ich möchte wissen, was für ein Mensch er war.«

Sie hielt inne und betrachtete die Fotografien. Ein Zwanzig-mal-Fünfundzwanzig-Zentimeter-Foto zeigte Mr. Markin mit dem örtlichen Key Club, offenbar bei der Verleihung eines Ehrenamtspreises. Daneben ein gerahmtes Bild von Mr. Markin in einem abgelegenen Dorf, in Uniform, von einem Ohr zum anderen grinsend. Ein Namensschild auf seinem Kittel zeigte, dass er zu »Ärzte ohne Grenzen« gehörte.

»Was für ein Arzt war er?«, fragte Annie Ethan, der einen Stapel Papiere unter einem Klemmbrett, das er trug, überprüfte.

»Ein Zahnarzt«, antwortete Ethan. »Ärzte ohne Grenzen schickt sie ins Ausland, um die Zähne von Kindern zu behandeln.«

Annie fuhr mit ihren behandschuhten Fingern über ein gerahmtes Foto eines sehr jungen Mr. Markin - nicht älter als neunzehn - in Armeeuniform.

»Er hat auch gedient?«, fragte sie.

Ethan nickte und prüfte erneut seine Unterlagen. »Diente in Vietnam. Ehrenhaft entlassen. Die Akte zeigt, dass er eingezogen wurde. Scheint, als wäre er rein, raus und hat nie zurückgeblickt. Er wurde Kriegsdienstverweigerer. Seine einzige Verhaftung zeigt, dass er bei einem Protest gegen den Krieg dabei war-«

Annie zeigte auf ein anderes Foto. »So etwas in der Art?« Das Bild zeigte einen jungen, etwa zwanzigjährigen Mr. Markin, umgeben von einer Gruppe Demonstranten in Schlaghosen vor einem Van. Sie hielten Schilder mit der Aufschrift »*Liebe statt Krieg*« und »*Bringt unsere Truppen zurück*«.

»Genau so etwas«, stimmte Ethan zu. »Die Verhaftung geschah ein paar Monate nach seinem Ausscheiden aus dem Dienst. Abgesehen davon hat der Mann eine makellose Akte. Nicht mal einen Strafzettel.«

Annie bekam eine Gänsehaut. Obwohl sie sich auf Fakten statt auf Aberglauben verließ, konnte sie auch spüren, wie sich die Geschichte eines Lebens zusammenfügte. Sie konnte die Details betrachten, die einen Menschen ausmachten, und erkennen, welche Bausteine ihn zu seinem gegenwärtigen Zustand geformt hatten. Sie wusste, dass der Dienst in Vietnam zu allem geführt hatte, was für Mr. Markin noch kommen sollte.

Sie hielt bei einem weiteren Foto inne, dieses neueren Datums. Mr. Markin sah genauso aus wie auf dem Asphalt ausgestreckt - gleiches Alter, gleicher Haarschnitt, ähnliche Kleidung. Er war umgeben von einer Gruppe Männer der gleichen Altersgruppe, einige trugen Anstecker an ihren Hemden.

»Sieh dir das an«, Annie reichte Ethan das Foto. »Sie

hatten ein Wiedersehen. Das Datum in der Ecke? Das war vor weniger als sechs Monaten.«

»Was für ein Wiedersehen?«

»Seine Einheit. Sieh dir die Anstecker an, die sie tragen. Sieht aus, als wäre Mr. Markin doch nicht ganz fertig mit der Armee gewesen. Es muss ihm immer noch etwas bedeutet haben, wenn er sich die Mühe machte zu erscheinen.«

Sie zeigte auf den hinteren Teil der Gruppe und hob einen Mann Mitte dreißig hervor. Er war die einzige junge Person in der Gruppe und lächelte von einem Ohr zum anderen.

»Erkennst du ihn?«

»Ist das-«, Ethan kniff die Augen zusammen und blätterte durch seine Unterlagen. Auf einer Seite waren Führerschein-fotos aller Bewohner der Aspen Lane in ordentlichen Reihen angeordnet. Ethan riss ein Bild von der Ecke des Papiers ab und hielt es neben das Foto. Der abgebildete Mann sah genauso aus wie der auf dem Gruppenfoto.

»Malcolm«, bestätigte Annie. »Frank und Lisas Sohn. Mr. Markin muss ihn zum Wiedersehen seiner Einheit mitge-nommen haben.«

»Warum?«, fragte sich Ethan.

»Ich weiß nicht. Vielleicht wird Malcolm es uns sagen, wenn wir mit ihm sprechen.« Sie grübelte über den Fotos und versuchte, sich das Puzzle von Mr. Markins Leben vorzustel-len. Er hatte keine Kinder, lebte aber sein Leben für andere. Er engagierte sich in der Gemeinde. Gab seine Zeit denen, die sie brauchten. Das war selten bei einem Mann. Wie konnte jemand so Gebender - so umgänglich - den Zorn einer anderen Person so verdienen, dass es bis zum Mord eska-lierte? Motive fielen in der Regel in eine von zwei Kategorien: emotional oder strategisch. Diejenigen, die aus Emotion töte-ten, wurden von Wut oder Rache getrieben. Diejenigen, die strategisch töteten, hatten etwas zu gewinnen, wie Geld oder eine Erbschaft. Annie überlegte, welches Motiv jemand möglicherweise gegen einen Mann wie Mr. Markin haben könnte.

»Wem hat er sein Geld hinterlassen?«, fragte sie Ethan.

»Er hat keine direkten Verwandten«, antwortete Ethan. »Das Testament ist versiegelt und soll in einer Woche verlesen werden, sobald Mr. Markins Anwälte fertig sind – mit was auch immer Anwälte so machen.«

»Darauf sind wir gespannt«, fügte Annie hinzu, während sie den Flur entlangging.

Sie blieb vor einer schmalen Tür stehen und knipste das Licht an. Ein kleines Badezimmer kam zum Vorschein, bedeckt mit rosa und grünen Fliesen. Ein muschelförmiges Waschbecken tauchte tief in die Kommode ein, gegenüber einer Badewanne mit Klauenfüßen und einer Toilette.

»Das ist der Raum, aus dem die Vase gestohlen wurde, richtig?«

»Genau«, sagte Ethan. »Der Täter ist ins Haus eingebrochen, hat anscheinend das Klo benutzt und ist mit nichts als einer sauuhässlichen Vase verschwunden. Klingt nach einem abgebrühten Verbrecher, nicht wahr?«

»Klingt persönlich.«

»Genau«, stimmte Ethan zu. »Die Polizei hat ein Foto vom Badezimmer und der Haustür gemacht. Laut den Notizen hat Mr. Markin darum gebeten. Anscheinend hielten sie es nicht für wichtig.«

»Ich glaube, Mr. Markin wäre da anderer Meinung«, spottete Annie.

Ethan reichte ihr ein Dokument, das die zwei Einbruchstellen zeigte. Zuerst eine Aufnahme der Haustür des Hauses, das Glas zerbrochen, um an den Riegel zu kommen. Auf dem Foto stand die Haustür weit offen. Der Dieb hatte sich nicht die Mühe gemacht, sie hinter sich zu schließen, und Mr. Markin auch nicht.

Ein zweites Foto zeigte das Badezimmer unmittelbar nach dem Vorfall. Im Vergleich zur Haustür war der Schaden im

Bad relativ gering. Eine Schublade war aus der Kommode gezogen und auf den Fliesen liegengelassen worden. Eine andere Schublade war geöffnet und durchwühlt worden, ihr Inhalt auf den Teppich verstreut.

»Der Dieb hat keine anderen Räume angerührt?«, fragte Annie.

»Nichts anderes.«

»Sie sind durch die Haustür eingebrochen und direkt ins Badezimmer gegangen«, sagte Annie und visualisierte in Gedanken den Weg des Diebes. »Sie haben nirgendwo angehalten. Wer auch immer es war, wusste genau, wonach er suchte.«

Annie untersuchte die Kommode. Sie zog die beiden Schubladen heraus, die auf den Fotos durchwühlt worden waren, nahm sie aus den Schienen und stellte sie auf den Teppich zu ihren Füßen. Sie kniete sich hin und streckte eine Hand in das Loch, das anstelle der Schubladen entstanden war. Ihr Ellbogen drehte sich, als sie hinter die Kommode griff, den leeren Raum erforschte und nach der Lücke zwischen Kommode und Wand tastete.

»Sie geht nicht ganz nach hinten durch«, sagte sie laut, mehr zu sich selbst als zu Ethan. »Die Kommode. Da ist ein Zwischenraum. Sie ist nicht eingebaut.«

Ethan stellte keine Fragen. Er war es gewohnt, Annie denken zu lassen, wenn sie in Fahrt war. Und er wusste, wenn er es wagte, nach ihren Vermutungen zu fragen, würde Annie ihm sowieso nicht antworten. Annie wartete gerne damit, ihre Schlussfolgerungen zu teilen, bis sie die Fakten hatte, um sie zu untermauern. Bis dahin war es – zumindest für Annie – alles nur Spekulation.

»Ich habe genug gesehen«, verkündete Annie und zog einen Handschuh aus. »Ich möchte nach draußen gehen, zu der Stelle, wo er gestorben ist.«

Sie marschierte aus dem Badezimmer, Ethan folgte ihr. Sie bahnten sich ihren Weg zurück durch den Flur und bogen durch das Wohnzimmer. Doch Annie hielt am Kamin an und bemerkte den schwarzen Ruß dort.

Sie beugte sich hinunter und berührte den Rand von dem, was einmal ein Stück Papier gewesen war. Sie fuhr mit den Fingern durch die Haufen zerstörter Unterlagen – jetzt zu Asche geworden – und fühlte sich recht zufrieden mit sich selbst.

Annie lächelte, glücklich darüber, dass jemand in die Falle getappt war, die sie gestellt hatte. Es war amüsant, wie sich Geheimnisse von selbst entwirren würden, wenn man die beteiligten Personen nur in ausreichendem Maße anstachelte. Wenn man es zuließ, würden die Menschen auf hundert verschiedene Arten gestehen, sowohl ausgesprochen als auch – vielleicht noch schöner – unausgesprochen.

»Sieht aus, als hätte der arme Mr. Markin noch einen Einbruch gehabt«, seufzte Annie. Ethan wollte sie fragen, was sie damit meinte, zog es aber vor, sie stattdessen zu bewundern.

»Armer Kerl«, stimmte Ethan zu.

»Ja«, antwortete Annie. »Lass uns nachsehen, wie er gestorben ist.«

Und damit marschierte sie zur Haustür hinaus, der Ascheduft einer Antwort noch immer an ihren Fingern haftend.

KAPITEL FÜNFZEHN

KRYSTAL

Krystal war auf ihrem Beobachtungsposten und spähte hinter den Wohnzimmervorhängen hervor. Sie hatte beobachtet, wie die beiden Detektive Mr. Markins Haus betraten, mit einem nervösen Knoten im Magen. Sie fühlte sich jetzt dumm, weil sie die Dokumente in seinem Kamin verbrannt hatte. Sie hätte sie in ihr eigenes Haus mitnehmen und in Ruhe in ihrem Wohnzimmer vernichten sollen, aber sie hatte befürchtet, dass sie sich damit noch mehr belasten würde.

Krystal hatte zweifellos eine emotionale Entscheidung getroffen. Aber Bauchgefühle sollte man nicht ignorieren, und die Art, wie diese Annie ihre Fragen gestellt hatte, hatte bei Krystal alle Alarmglocken schrillen lassen. Und Krystal ignorierte nie eine höhere Intuition.

Sie hatte Mr. Markins Haus in der letzten Stunde genau beobachtet und darauf gewartet, dass die Detektive wieder herauskamen. Halb erwartete sie, dass sie mit Müllsäcken voller Ruß erscheinen würden. Der Gedanke ließ sie sich winden, und sie hasste sich dafür, so irrational gehandelt zu haben.

Es war die Musik, redete sie sich ein. *Die Musik aus Jareds*

Haus war schuld daran. Sie hatte eine Art Fieber in ihr ausgelöst, das sie etwas tun ließ, was sie jetzt mit Bedauern betrachtete.

Endlich lugte Krystal durch die Vorhänge und sah, wie die Detektive aus Mr. Markins Haustür traten. Sie marschierten über die Straße, direkt auf Krystals Haus zu.

Ihr Herz pochte. Das war es. Sie kamen, um mit ihr zu sprechen.

Doch dann hielt die weibliche Detektivin mitten auf der Straße an, und ihr Partner legte sich auf den Boden. Er breitete seine Arme weit aus und ahmte dabei die Haltung nach, in der Mr. Markins Leiche gefunden worden war, völlig ausgestreckt auf dem Asphalt.

Krystal atmete erleichtert auf. Sie war in Sicherheit. Vorerst.

KAPITEL SECHZEHN

ETHAN BLICKTE von unten zu Annie auf, ihr Gesicht durch die harte Neigung der Perspektive verzerrt. »Wie lange soll ich hier noch liegen?«

»Solange es eben dauert«, zuckte Annie mit den Schultern.

»Und du wirst-«, Ethan wartete darauf, dass sie den Satz vervollständigte.

»Einen Spaziergang machen«, antwortete Annie beruhigend.

»Und was, wenn ich von einem Auto überfahren werde?«, Ethan hasste es, einen Aufstand zu machen, aber manche Dinge waren notwendig. »Ich habe das Gefühl, du übersiehst ein wichtiges Detail.«

»Ausgezeichneter Punkt«, strahlte Annie, ein wenig zu aufgeregt von seinem Vorschlag. »Du hast mir den perfekten Grund gegeben, um nach Otto in der Wachhütte zu sehen. Ich werde ihm Bescheid geben, keine Autos reinzulassen. Offizielle FBI-Angelegenheit.«

»Das wird mir nicht helfen, wenn jemand aus seiner Einfahrt rast-« Es folgte eine lange Pause. »Annie?« Ethan setzte sich auf. Annie war bereits auf halbem Weg zur Wachhütte, mit federndem Schritt näherte sie sich Otto darin.

Ethan seufzte und legte seinen Kopf wieder zurück. Er konnte genauso gut warten.

Annie klopfte an die Tür der Wachhütte und grinste Otto an. Er schob die Tür auf. Zu seiner Überraschung trat Annie ein und begrüßte sich selbst in seinem privaten Reich.

»Mein Partner und ich brauchen etwa eine Stunde, in der keine Autos durchkommen. Können Sie die Tore geschlossen halten?«, fragte sie, als wäre es eine völlig normale Bitte.

»Das sollte kein Problem sein«, winkte Otto ab.

Ein Buch lag aufgeschlagen auf seinem Tisch. Das Cover zeigte Panzer. Eine militärische Operation.

»Zweiter Weltkrieg«, bemerkte Annie. »Mögen Sie Kriegsromane?«

»Mag nicht viel«, antwortete Otto. »Aber muss irgendwie die Zeit totschlagen.«

»Verstehe«, antwortete Annie. Sie drehte sich um und blickte durch die Fenster von Ottos Wachhütte zurück auf die Sackgasse. Von diesem Aussichtspunkt aus war fast jedes Haus sichtbar. Ethan lag nur zehn Meter entfernt ausgestreckt auf der Straße, seine Hände nun hinter dem Kopf verschränkt und bildeten ein Kissen.

»Keine Möbel hier drin«, musterte Annie den Raum. »Nur der Schreibtisch und diese Bücher.« Sie zeigte auf das eingebaute Regal, das in der Hütte einen Schreibtisch bildete. Seine Oberfläche war mit Stapeln von Ottos Büchern bedeckt.

»Es ist kein Hotel«, zuckte Otto mit den Schultern.

»Danke«, lächelte Annie ihn an. »Wir wissen das zu schätzen.« Sie trat aus der winzigen Hütte und schob die Türen hinter sich zu, als gehöre ihr der Laden. Otto erschauderte, froh, dass sie weg war. Er hasste es, wenn Leute sich aufführten, als würde ihnen alles gehören.

Annie marschierte die Aspen Lane hinunter, ging an Ethan vorbei und steuerte auf Krystals Haus zu. Sie trampelte über Krystals Vorgarten und stellte sich vor das Wohnzimmerfenster. Sie starrte auf Ethans ausgestreckte Gestalt und vergewisserte sich, dass er noch sichtbar war. Sie machte sich eine Notiz auf einem Blatt Papier auf ihrem Klemmbrett und marschierte dann wieder über den Rasen zurück.

Als Nächstes ging sie zu Janis' Haus. Sie blieb am weißen Lattenzaun stehen, öffnete ihn und ließ ihn mit einem Knall hinter sich zufallen. Sie ging auf das einzige nach vorne zeigende Fenster des Hauses zu – das Küchenfenster – und stellte sich davor, wobei sie zurück zu Ethan blickte. Sie machte sich eine Notiz auf ihrem Klemmbrett und als sie zufrieden war, marschierte sie die Straße hinunter zum nächsten Haus, wie ein Hund auf einer Fährte.

KAPITEL SIEBZEHN

SHEILA

»Was zum Teufel macht sie auf unserem Rasen?«, fragte Sheila laut, zu niemandem außer sich selbst. Sie war in ihrem Töpferstudio, bis zu den Ellbogen in einem Krug vertieft, als sie durch die riesigen Fenster an der gegenüberliegenden Wand Annies schlanke Gestalt bemerkte.

Als sie dabei waren, den umgebauten Garagenbereich zu planen, hatte Melissa darauf bestanden, dass für Sheila enorme Fenster eingebaut werden sollten, um »das Licht hereinzulassen«.

Sheila hatte gelernt, diese Fenster zu hassen. Es gab keine Privatsphäre. Keine Ruhe. Alles, was sie wollte, war an ihrer Töpferscheibe zu sitzen, ungesehen von der Welt. Die Fenster ließen Sheila das Gefühl haben, als stünde sie wieder im Mittelpunkt der Aufmerksamkeit, von allen begafft. Sie blickten auf die Mitte der Aspen Lane, mit perfekter, unverstellter Sicht auf die gesamte Straße.

In diesem Moment drehte sich Annie um. Sie winkte Sheila zu, ein strahlendes Lächeln im Gesicht. Sheila bemerkte, wie Annies Partner sich in der Mitte der Sackgasse ausgestreckt hatte, genau an der Stelle, wo Mr. Markin gestorben war.

Sheila hob als Antwort eine Hand, lau und unverbindlich. Dann griff sie nach einer Fernbedienung. Sie drückte einen Knopf oben drauf, und ein riesiger Satz Rollvorhänge senkte sich über das Glas, wobei Annies immer noch lächelndes Gesicht langsam aus dem Blick verschwand.

Was für eine seltsame Person sie doch ist, dachte Sheila über Annie, und wandte sich ohne weiteren Verzug wieder ihrem Krug zu.

KAPITEL ACHTZEHN

ALS DIE STUNDE UM WAR, hatte Annie vor allen sechs Häusern in der Aspen Lane gestanden und die Sichtlinien der Außenfenster in Bezug auf den Fundort von Mr. Markins Leiche kartiert. Die Notizen auf ihrem Klemmbrett waren ein seltsames Durcheinander aus Buchstaben und Linien, ihre Handschrift – wie die vieler intelligenter Menschen – völlig unleserlich. Diagramme bedeckten die Seiten und schätzten den Winkel und die Tageszeit. Ethan blätterte durch alles und versuchte, ein Gefühl dafür zu bekommen, worauf Annie mit diesem speziellen Aspekt der Ermittlung hinauswollte.

»Überprüfen wir mögliche Zeugen?«, fragte Ethan und nahm einen Schluck von seinem Kaffee. Sie hatten an einem alten, heruntergekommenen Diner am Stadtrand Halt gemacht. Annie hatte darauf bestanden, dass sie ein Ei-Käse-Sandwich wollte, aber die Sorte, die mit künstlichem American Cheese gemacht wurde. Nur ein Diner konnte so etwas bieten, und Watersborough war – wie sie bald feststellten – zu gehoben, um viel in Sachen heruntergekommener Diners zu bieten. Trotzdem hatte Ethan es geschafft, eines an der Stadtgrenze zu finden. Er rutschte auf seiner

Seite der Sitzbank hin und her, der rote Kunststoffbezug des Sitzes franste unter ihm aus. »Glaubst du, die Nachbarn lügen darüber, den Schuss nicht gehört zu haben?«

Annie nahm noch einen Bissen von ihrem fast fertigen Frühstückssandwich und kaute über ihre Gedanken nach. Sie schluckte. »Ich denke, sie lügen über eine große Anzahl von Dingen, aus verschiedensten Gründen, von denen keiner direkt damit zu tun hat, warum Mr. Markin tot ist.«

»Ich hasse es, wenn du das machst«, er machte eine Handbewegung in der Luft. »Dieses Um-den-heißen-Brei-Herumreden.«

»Für mich ergibt es Sinn«, Annie lächelte ihn an. »Vielleicht musst du eines Tages einfach mein Muster lernen, und dann wirst du genau wissen, was ich sage.«

»Ich hoffe es immer noch«, stimmte Ethan zu. »Du *könntest* mir einfach sagen, wen du verdächtigst.«

Annie schüttelte den Kopf. »Du bist ein offizieller Gesetzeshüter. Verdächtigungen sind keine Fakten. Ich kann dir nicht guten Gewissens sagen, wen ich verdächtige, bis ich die Fakten habe, um es zu untermauern. Das wäre, als würde man jemanden ohne Gerichtsverfahren für schuldig erklären.«

»Hast du heute mehr Fakten bekommen?«

»Die meisten«, versicherte Annie ihm. »Es gibt aber noch mehr zu tun.«

»Das gibt es immer«, antwortete Ethan.

»Wir sind bereit für Einzelinterviews.«

»Du hast sie ausreichend aufgewühlt?«

»Ich glaube schon«, stimmte Annie zu.

»Dann ist es soweit.«

»Es ist soweit.«

———

Als die Teller leer waren und das Diner nichts mehr zu bieten hatte, teilten sich Annie und Ethan ein Auto zurück zum Motel, das sie für ihren Aufenthalt gewählt hatten, beide im obersten Stockwerk. Es war eine Art abgewohnter Ort – überhaupt nicht den üblichen Standards einer Stadt wie Watersborough entsprechend – aber es war das, was das FBI für einen Fall mit niedriger Priorität zu zahlen bereit war. Die Farbe blätterte am Treppengeländer ab, und in den Zimmern hing ein allgemeiner Rauchgeruch.

Annie blieb vor der Tür ihres vorübergehenden Zuhauses stehen, den Schlüssel in der Hand. Neben ihr tat Ethan dasselbe. Die Zimmer, die sie gebucht hatten, lagen nebeneinander, was eine ständige Einladung darstellte. Es war eine, die Annie versuchte, nicht anzunehmen.

Sie sah Ethan an, ihre Augen sprachen etwas Unausgesprochenes an.

»Wenn du mich brauchst, weißt du, wo ich bin«, bot Ethan an, keineswegs beleidigt. Er kannte Annies Art – wie sie in einem Moment so stark und im nächsten so zerbrechlich sein konnte. Er mochte die Unberechenbarkeit der Frau neben ihm und nahm ihre Vorlieben nie persönlich. Er behandelte Annie wie den Regen oder das Wetter – als etwas Beständiges und Unvermeidliches zugleich. Annie war eine Tatsache des Lebens, wenn auch eine schöne.

Für einen Moment huschte etwas über ihr Gesicht. Etwas, das Ethan seit Jahren nicht gesehen hatte. Dann, so schnell wie es gekommen war, verschwand das Gefühl wieder. »Morgen machen wir die Einzelinterviews«, sagte sie.

»Wir sind näher dran, oder?«, fragte Ethan, und Annie konnte nicht umhin zu glauben, dass er von mehr sprach als nur dem Fall.

»Gute Nacht«, sagte sie zu ihrem ältesten Freund, öffnete die Tür zu ihrem Zimmer und schloss sie leise hinter sich.

KAPITEL NEUNZEHN

OTTO

»Vielen Dank, dass Sie sich die Zeit genommen haben, sich mit uns zu treffen«, grinste Detektivin Annie Hudson ihr Gegenüber an. Als Hauptsicherheitsbeauftragter in der Aspen Lane war Otto dafür verantwortlich, dass die falschen Leute außerhalb der Tore blieben und die richtigen eingelassen wurden. Er schien stolz auf seinen Job zu sein, wenn man nach seiner blau gepressten Uniform urteilte, die frei von jeglichen Flecken oder Falten war.

»Kein Problem«, brummte Otto, sein Schnurrbart bewegte sich im Takt seiner Worte. Er rutschte ein wenig hin und her und versuchte, mehr Platz in der kleinen Sicherheitskabine zu schaffen, die am Ende der Aspen Lane thronte. Es war eng mit drei Personen darin. Otto blieb am Glasfenster sitzen, die Augen stets suchend, während Annie und Ethan stehen blieben.

»Wir müssen einige Ereignisse vom Abend, an dem Herr Markin getötet wurde, bestätigen lassen«, fügte Ethan hinzu und tauschte einen schnellen Blick mit Annie. Sein Stift schwebte über seinem Klemmbrett, bereit, die Ergebnisse ihrer Befragung aufzuzeichnen.

»Sie haben der Polizei gesagt, dass an diesem Abend niemand ein- oder ausgefahren ist. Stimmt das immer noch?«

Otto nickte zustimmend. »Hab kein einziges Auto gesehen. Keinen einzigen Besucher. Es war Sonntagabend. Sonntage sind normalerweise ruhig.«

»Haben Sie Beweise dafür? Ein Überwachungskamera-Band oder etwas Ähnliches?«

»Keine Kamera«, antwortete Otto. »Aber wir führen eine Anmeldeliste für Gäste.« Otto zog einen Ringordner vom Schreibtisch vor ihm. Er öffnete ihn und enthüllte Seiten mit handgeschriebenen Listen. Er blätterte zum fraglichen Datum und zeigte Annie das leere Verzeichnis.

»Leer«, stimmte Annie zu.

Otto schloss den Ordner und zögerte einen Moment, als ob er überlegte, ob er etwas sagen sollte. »Die Torfirma führt auch eine Aufzeichnung über die Öffnungen und Schließungen. Sie können sie anrufen.«

»Das werden wir«, antwortete Ethan. »Das FBI kann die Aufzeichnungen anfordern.«

»Ausgezeichnet«, stimmte Annie zu. Sie bewegte sich zum flachen, eingebauten Schreibtisch, der die Hälfte des Platzes in Ottos winziger Kabine einnahm, und setzte sich wie eine Katze auf einer Fensterbank auf die Kante. Otto sträubte sich gegen diesen Eingriff, aber wenn es ihn störte, hielt er es für besser, nichts zu sagen.

»Wir haben hier mehrere Rätsel zu lösen, Otto. Und ich denke, Ihre Hilfe ist entscheidend.«

»Meine Hilfe?«, fragte Otto besorgt.

»Ja«, fuhr Annie fort. »Da ist natürlich das Rätsel, wer Herrn Markin getötet hat. Da niemand ein- oder ausgefahren ist, muss es ein Bewohner der Straße sein. Dann haben wir das Rätsel des Einbruchs in Herrn Markins Haus, der nur eine Woche zuvor stattfand. Und schließlich haben wir das Rätsel... von mir.«

»Von Ihnen?«

»Von mir«, wiederholte Annie. »Ich wurde von einer anonymen Quelle angeheuert. Ein Tipp und etwas Bargeld waren alles, was mich hierher geführt hat. Warum sollte die Person, die mich angeheuert hat, sich nicht einfach zu erkennen geben?«

»Weiß ich nicht«, zuckte Otto mit den Schultern. »Schätze, sie hatten einen Grund.«

»Schätze auch«, zwitscherte Annie, als ob sie über das Wetter sprächen. »Ich möchte Sie eine Woche zurückversetzen, auf den Tag, an dem in Herrn Markins Haus eingebrochen wurde. War das ein weiterer Tag, an dem die Aspen Lane keine Besucher hatte?«

Otto schüttelte genervt den Kopf. »Das Gegenteil«, sagte er mit gerunzelter Stirn. »Hatte mehr Besucher, als ich ertragen konnte.«

»Wieso das?«

»Die Jungs im neuesten Haus. Jared und die Brüder. Sie schmeißen gerne Partys. Kann sie anscheinend nicht aufhalten, da sie das Recht dazu haben. Aber die Nachbarschaft hasst es.«

»Und Sie auch«, bestätigte Annie.

Otto lehnte sich in seinem Stuhl zurück, unbehaglich damit, wie diese Detektivin auf das aufmerksam machte, was normalerweise unausgesprochen blieb. »Das würde jeder«, antwortete er in defensivem Ton. »Auto um Auto einzuchecken. Sie füllen alle Parkplätze auf der Straße. Allein der Lärm reicht, um einen Mann verrückt zu machen. Will nur etwas Ruhe, das ist alles. Das hier soll eine ruhige Nachbarschaft sein.«

»Ist Ruhe etwas, wonach Sie suchen?«, fragte Annie. Als Otto nicht antwortete, zeigte sie auf einen Stapel Bücher am Ende des Schreibtischs. Es waren so viele Wälzer, die den Raum füllten, dass Ottos winzige Kabine einer Bibliothek ähnelte. »Ich lese auch«, fuhr sie fort. »Um meinen Frieden zu finden.«

»Es ist nicht so, dass es mir nichts ausmacht, den Job zu machen«, antwortete Otto ausweichend. »Hab mich nur nicht dafür angemeldet, mich jedes Mal mit einem Mob rumzuschlagen, wenn sie eine Party haben.«

»Ich verstehe«, sagte Annie mitfühlend. »Und wie lange haben Sie diesen Job schon, speziell in der Aspen Lane?«

»Weniger als ein Jahr«, antwortete Otto.

»Wunderbar«, lächelte Annie. »Nun zurück zum Tag des Einbruchs. Ist Ihnen etwas Seltsames aufgefallen? Irgendwelche Gäste, von denen Sie denken, dass sie die Art von Person sein könnten, die es auf Herrn Markins Haus abgesehen haben könnte?«

»Die sehen alle aus wie Gauner«, zuckte Herr Markin mit den Schultern. »Hätte jeder sein können. Sie trugen Badeanzüge, also dachte ich, die Jungs würden diesmal eine Poolparty schmeißen. Hab kein Auto abhauen sehen. Ich wusste nicht mal, dass etwas Ungewöhnliches passiert war, bis die Polizei auftauchte.«

»Natürlich«, sagte Annie. »Das war alles, was wir brauchten. Danke für Ihre Zeit«, sie stand auf und klopfte sich die Hose ab, als hätte sie gerade einen harten Arbeitstag hinter sich gebracht.

»Das war's?«, murmelte Otto überrascht. »Sie haben nichts anderes zu fragen?«

»Das war's«, lächelte Annie ihn an. »Ziemlich schmerzlos.«

»Danke«, Ethan streckte die Hand nach Otto aus und schüttelte sie mit festem Griff. »Wir melden uns.«

Damit verließen die beiden Detektive Ottos Kabine und ließen die Glastüren hinter sich zugleiten. Er beobachtete, wie sie zurück in Richtung Nachbarschaft gingen, und fragte sich, wie sein Job plötzlich so kompliziert geworden war.

Er streckte für einen Moment die Arme nach oben und

war froh, wieder allein in seiner Kabine zu sein. Er griff nach einem Buch aus seinem Stapel Taschenbücher in der Ecke, der Buchrücken knackte, als er den Einband öffnete. Er sah aus wie ein Vogel im Käfig, völlig zufrieden, jetzt, da sein Habitat nicht mehr bedroht war.

KAPITEL ZWANZIG

KRYSTAL

Obwohl sie ihre Besucher erwartete, ließ das freundliche Klingeln der Türglocke Krystals Haut kribbeln. Durch die dünnen Vorhänge, die das Wohnzimmerfenster bedeckten, konnte sie gerade so die groben Umrisse von zwei Gestalten erkennen. Als sie sich der Tür näherte, holte Krystal tief Luft. Alles, was sie tun musste, war ruhig zu bleiben. Es war genauso, als würde sie einem skeptischen Kunden eine Tarotkarten-Lesung verkaufen. Sie verkaufte ihre Geschichte, und die Detektive mussten sie mit Haut und Haaren schlucken. Wenn Krystal etwas war, dann überzeugend. Ihr Charme war ihre Geheimwaffe. So hatte sie es geschafft, in dieser exklusiven Enklave ganz nach oben zu kommen, nachdem sie Los Angeles mit nichts als einem kaputten Van und zehn Dollar in der Tasche verlassen hatte.

»Kommen Sie rein«, strahlte Krystal, als sie die Tür öffnete und Annie und Ethan zum Vorschein kamen. »Der Tee zieht gerade.«

Sie führte sie durch den Eingangsbereich ins Wohnzimmer, wo der Tisch bereits gedeckt war. Krystal hatte ein himmlisches Teeservice aufgestellt, Sterne und Monde zierten die Ränder des Porzellans.

»Ich benutze es manchmal für Teeblatt-Lesungen«, schwärmte Krystal von dem Set. »Ich könnte Ihre lesen, wenn Sie interessiert sind-«

»Leider keine Zeit heute«, antwortete Annie, ohne auch nur einen Hauch von Unzufriedenheit in ihrem angenehmen Ton. »Aber das ist ein nettes Angebot. Vielleicht besuchen wir Sie wieder, wenn ich den Fall nicht lösen kann und das FBI einen hellseherischen Berater braucht.«

Ethan biss sich auf die Zunge. Es war wichtig, Annie mit ihren Subjekten spielen zu lassen, so wie eine Katze mit einer Maus spielt, bevor sie die Charade mit einem Blutbad beendet. Trotzdem hasste Ethan es, irgendjemanden auf die Idee kommen zu lassen, dass das FBI Hellseher brauchte.

»Das wäre wunderbar!«, rief Krystal aus und nahm einen Teekessel vom Herd. »Ich wollte schon immer etwas Beratung machen. Ich bin so beschäftigt, da das Geschäft boomt. Aber für etwas so Wichtiges wie dem FBI zu helfen, könnte ich auf jeden Fall Zeit finden-«

»Wie *nett* von Ihnen...«, begann Ethan zu knurren, bevor Annie ihn unter dem Tisch trat. Er griff mit beiden Händen nach seiner Teetasse, wodurch sie in seinem enormen Griff noch kleiner wirkte.

»Das wird kurz sein«, fuhr Annie fort und ließ zu, dass Krystal aus dem Kessel in ihre Tasse goss. »Ich hatte nur ein paar Anschlussfragen.«

»Natürlich«, nickte Krystal feierlich. »Ich habe, like, total, die ganze Zeit gewusst, dass dies ein schwieriger Fall sein würde. Von den Karten«, erklärte sie und zeigte auf ein Deck Tarotkarten, das auf dem Bücherregal lag. »Als Mr. Markin noch am Leben war, zeigten sie, dass jemandem in seiner Nähe nicht zu trauen war. Ein 'Frenemy', so habe ich es ihm gesagt. Wie ein fieses Mädchen in der Highschool! Jemand um ihn herum gab vor, sein Beschützer zu sein, aber in Wirklichkeit wollte diese Person ihm an den Kragen. Er hat mir natürlich nicht geglaubt.« Krystal nippte an ihrem Tee, die Augen gesenkt.

»Lag das daran, dass er nicht der Typ Mann war, der an Hellseher glaubte?«, bohrte Annie nach.

»Nein, es war mehr-«, Krystal hielt inne und versuchte, die richtigen Worte zu finden, um ihren alten Freund zu beschreiben. »Er glaubte an das Gute in jedem Menschen. Er konnte nicht begreifen, dass jemand, den er kannte, planen könnte, ihn zu verraten. Es passte einfach nicht in sein Weltbild. Er entschied sich dafür, Menschen nach ihrem Potenzial zu beurteilen, nicht nach ihren Fehlern.«

»Interessant«, nickte Annie und schätzte die Bestätigung dessen, was sie auch über Mr. Markin erfahren hatte. »Ich würde Ihnen gerne ein paar Fragen zu Ihrem Geschäft stellen, wenn es Ihnen nichts ausmacht.«

»Alles, was Sie möchten«, Krystal schob ihre Hände unter den Tisch, als könnten sie sie verraten. »Ich bin ein offenes Buch.«

»Wir haben den Sonderbericht über Sie im Watersborough-Magazin gelesen. Die Lifestyle-Ausgabe.« Annie griff in ihre Aktentasche und zog eine glänzende Ausgabe der lokalen Publikation heraus. Sie öffnete sie und blätterte zur Mitte. Dort nahm ein Foto von Krystal eine ganze Seite ein. Auf dem Bild lag Krystal auf einem Kissen, eine Feder in ihrem Haar, Tarotkarten vor ihr ausgebreitet. »Sie sind so etwas wie ein lokaler Promi.«

»Das würde ich nicht sagen«, winkte Krystal ab, aber das Lächeln, das an ihren Lippen zupfte, verriet, dass sie die Charakterisierung genoss. »Ich tue, was ich kann, um der Gemeinschaft zu helfen.«

»Hier steht, Sie seien auch so etwas wie eine Unternehmerin«, las Annie aus dem Artikel vor. »Sie haben dem Reporter erzählt, dass Sie planen, eine ganze Reihe von Markenprodukten auf den Markt zu bringen. Krystals Tarotkarten. Krystals Räucherstäbchen. Krystals Kerzen.«

»Ich bin eine clevere Geschäftsfrau«, Krystals Ton änderte sich plötzlich, was Annie signalisierte, dass sie die richtige Spur verfolgte. »Gute Geschäftsinhaber denken immer darüber nach, wie sie ihre Produktpalette diversifizieren können.«

»Das klingt toll«, stimmte Annie zu. »Haben Sie irgendwelche Muster, die Sie uns zeigen können?«

Eine Stille hing in der Luft. »Muster?«, fragte Krystal verdutzt. »Von- von den Produkten?«

»Ja«, lächelte Annie sie an, immer freundlich. »Die Kerzen. Die Tarot-Decks. Ich würde gerne mit einem Souvenir gehen. Was meinen Sie, Ethan?« Sie wandte sich an ihren Partner, völlig ernst und ziemlich freundlich. »Würden Sie nicht gerne Watersborough mit Ihrer eigenen Krystal-Markenkerze verlassen?«

»Oh sicher«, nickte Ethan ernst. »Würde mir etwas geben, um mich an diese wunderbare Erfahrung zu erinnern. Bin übrigens ein großer Fan von Hellsehern.«

»Ich-«, stotterte Krystal, unsicher, ob ihre Schmeichelei aufrichtig war. Schließlich beschloss sie, es als solche zu nehmen. »Ich habe im Moment keine Muster. Das Team arbeitet noch am Branding.« Sie warf ihr Haar zurück und gewann den Anschein ihres Glanzes zurück. »Ich brauche konsistente Logos, und es ist *so* schwer, heutzutage gute Designer zu finden.«

»Verständlich«, antwortete Annie. »Dann müssen wir es noch einmal versuchen, wenn Sie zum Start bereit sind. Sie lassen es uns wissen?«

»Natürlich«, stimmte Krystal zu.

»Nur aus Neugier«, lehnte sich Annie vor. »Wie haben Sie diese Marke aus dem Nichts aufgebaut? Ich meine, Sie sind eine der Top-Hellseherinnen an der Ostküste, aber Sie sind eine Transplantation aus Kalifornien. Es scheint, als wären Sie einfach auf der Bildfläche erschienen und - bam. Sofortiger Erfolg.«

»Es hilft, eine Gabe zu haben«, lächelte Krystal sie an. »Aber es geht auch darum zu wissen, wie man ein Geschäft führt. Wie man die richtigen Leute findet. Eine Unternehmerin zu sein, ist eine Ehre und eine Verantwortung.«

»Hier steht«, Annie blätterte durch ihre Unterlagen. »Sie hatten in Los Angeles nicht ganz so viel Erfolg. Es sieht so aus, als hätten Sie Konkurs angemeldet - ein, zwei-«, Annie zählte auf der Seite, »- dreimal - bevor Sie Kalifornien ganz verlassen haben. Stimmt das?«

»Es ist ein teurer Ort zum Leben«, gab Krystal zu. »Versuch und Irrtum sind der Schlüssel, wenn man Unternehmer ist. Es hat Zeit gebraucht zu lernen, meine Gabe nicht nur als einen Akt des Dienens zu sehen, sondern als ein Geschäft. Als ich nach Watersborough kam, hatte ich schon viel gelernt.«

»Wie man zum Beispiel der Schuldenrückzahlung entgeht?«, ging Annie zum Angriff über. »In diesen Gerichtsakten steht, dass Sie nicht weniger als zehn private Geldgeber hatten, die Ihnen persönliche Darlehen gewährten. Als Sie Insolvenz anmeldeten, verloren sie die Möglichkeit, ihr Geld zurückzubekommen.«

»Das waren Freunde und Geschäftspartner«, schnaubte Krystal. »Wenn ein motivierter Mann einen Kredit aufnimmt und es nicht klappt, ist er ein Gründer und CEO, aber wenn ich es tue, ist es plötzlich ein Problem! Ich habe Startkapital gefunden, das Geschäft ist gescheitert, und ich habe getan, was nötig war, um neu anzufangen. Investoren kennen die Risiken.«

»Sie sind ziemlich gut darin, vermögende Investoren zu finden.«

»Ist das etwa ein Verbrechen?«, fauchte Krystal.

»Nein«, räumte Annie ein. »Nur eine faszinierende Fähigkeit«, sie machte eine Pause. »Wie machen Sie das?«

Krystal errötete. Sie hasste es, so gesehen zu werden. Hier

in Watersborough hatte sie die Chance gehabt, neu anzufangen – nicht als Betrügerin bekannt zu sein, sondern als Bereicherung für die Gemeinschaft. Und jetzt drohte diese Detektivin, alles zu ruinieren.

Die Wahrheit war, dass Krystal tatsächlich eine Gabe hatte. Nicht nur für das Lesen der Zukunft, sondern auch für das Lesen von Menschen. Bei jedem potenziellen Investor konnte sie die Taktik finden, die am besten zu dessen individuellen Schwachpunkten passte. Ein älterer Mann ohne Familie mochte beginnen, sie als Enkelin zu betrachten, und plötzlich investierte er in ihr Geschäft. Ein Mann mittleren Alters mit Frau und Kindern sah sie vielleicht als aufregenden Ausweg aus seinem Leben. Natürlich überschritt sie nie die Grenze, körperlichen Kontakt zuzulassen – zumindest nicht viel davon. Aber sie wusste, wie sie einen Mann so neugierig auf die Vorstellung machen konnte, mit ihr zu schlafen, dass es ihn verrückt machte. Bei weiblichen Investoren war oft die Karte des »Unterstützens junger Frauen« der Schlüssel. Unabhängig von der Strategie konnte Krystal die Schwachpunkte reicher Menschen finden und ausnutzen.

Die Ironie war, dass Krystal nicht log, wenn sie behauptete, hellseherisch zu sein. Sie hatte Hunderte, vielleicht sogar Tausende von genauen Vorhersagen gemacht. Krystal war eine mäßig fähige Hellseherin mit echtem Talent. Nein, der Punkt, an dem Krystal falsch lag, war, dass sie über den Verbleib des Geldes log. Sie lieh sich häufig vom Geschäftskonto, weil sie die feineren Dinge des Lebens mochte. Teure Kleidung. Schöne Autos. Erstklassige Apartments. Und manchmal in LA privaten Tischservice in den feinsten Clubs.

»Ich kenne Leute«, gestand Krystal und konnte nicht verhindern, dass ein wenig Scham in ihrer Stimme mitschwang. »Es ist nicht illegal, Leute zu kennen.«

»Da kann ich nicht widersprechen«, Annie sah Krystal direkt in die Augen, fast bedauernd, das Rätsel ihrer Person so leicht gelöst zu haben. »Und basierend auf dem, was Sie mir erzählt haben, scheint es, Sie kannten Herrn Markin sehr gut.«

Krystals Schweigen sagte Annie alles, was sie wissen musste.

Annie stand auf und strich ihre Hose glatt. Ethan folgte und schob seinen Stuhl zurück. »Vielen Dank für Ihre Zeit«, sagte Annie und ging zur Haustür. Krystal sprang vom Tisch auf und öffnete die Tür für sie, begierig darauf, ihre Gäste hinauszubegleiten.

»Wenn Sie noch Fragen haben, ist das kein Problem«, zwang sich Krystal zu einem falschen Lächeln. Sie öffnete die Tür und ließ Annie und Ethan auf die Vorstufen hinaustreten. Als sie zum Bordstein gingen, rief Annie über ihre Schulter:

»Lassen Sie es uns wissen, wenn wir ein paar von diesen Markenkerzen kaufen können.«

Krystal nickte, aber tief im Inneren wusste sie: Sie war völlig, komplett, königlich – *am Arsch*.

KAPITEL EINUNDZWANZIG

JARED

»Wir müssen nicht noch einmal mit Ihnen reden«, spottete Edmonte. Jared beobachtete, wie sein Bruder seine Beine lang über einen gestreiften Gartenstuhl streckte. Sie saßen am Pool im Hinterhof, gegenüber den Detectives Annie und Ethan. »Warum sollten wir Ihnen helfen? Wir wären besser dran, einen Anwalt zu nehmen.«

»Das stimmt«, stimmte die Detektivin zu, ihr Lächeln unverändert. »Obwohl das ein ungewöhnlicher Schritt wäre, wenn man bedenkt, dass wir keine Bedrohung für Sie darstellen.«

»Dies ist nur eine weitere Befragung«, fügte ihr Partner Ethan hinzu. »Sie sind nicht verpflichtet, daran teilzunehmen.«

»Wir kommen im Interesse eines persönlichen Gefallens«, sagte Annie.

»Nun, ich fühle mich *persönlich* nicht sehr großzügig«, sagte Edmonte und rückte seine Sonnenbrille zurecht. Jared hasste es, wenn sein Bruder diese Karikatur einer Persönlichkeit annahm. Edmonte tat gerne so, als würde ihr Erfolg sie zu etwas Besonderem machen, aber Jared kannte die Wahrheit: Sie waren ein Witz im Internet, verdienten Geld damit, für Fremde aufzutreten, die mit Schadenfreude auf den Tag warteten, an dem Jared sich ernsthaft verletzen würde. Die Stunts, die Jared aufführte, waren gefährlich, und die Zuschauer schalteten nur wegen des Spektakels ein. Wenn Jared schließlich im Koma landen, einen Ganzkörpergips tragen oder vielleicht Schlimmeres erleiden würde, würde es eine Schlagzeile auf einer Klatsch-Website werden, und das wär's. Die Fans würden öffentlich in einer seltsamen Darbietung von Trauer trauern und dann weitermachen. Und seine Brüder? Sie würden etwas anderes finden, um sich zu beschäftigen. Ohne ihn.

»*Edmonte*, sei nett«, stachelte Jareds jüngster Bruder Marcus an. Er war nervös, hüpfte auf und ab, während er Snacks auf dem Tisch arrangierte. Marcus wusste, wie Edmonte sein konnte.

»Solltest du uns nicht mehr Getränke holen?«, fauchte Edmonte seinen Bruder an. Marcus zuckte zusammen und bewegte sich mit hängenden Schultern zurück zur Küche. Jared beobachtete die Körpersprache seines jüngeren Bruders mit einem Schmerz in der Brust. Dieses Geschäft hatte sie ruiniert. Jeden einzelnen von ihnen ruiniert, bevor sie überhaupt richtig ins Leben gestartet waren.

»Wofür ist das alles?«, fragte die Detektivin und zeigte hinter sie, scheinbar aufrichtig neugierig. Auf dem Rasen standen eine weiche Matte und eine riesige Kanone, groß genug, um einen Menschen hineinzupassen. Ein Helm und ein Jumpsuit mit amerikanischem Flaggenmuster hingen an einem Kleiderständer neben der Kanone, ein Lichtset war aufgebaut, um mit Verlängerungskabeln zu laufen.

»Sie schießen mich aus einer Kanone«, hörte Jared sich selbst sagen. Seine Stimme klang düster und weit weg. Er war seit ganzen acht Stunden nüchtern, und das Gefühl war erdrückend. Ein vertrauter Druck lag auf seiner Brust. Er würde vor diesem nächsten Stunt einen Schuss brauchen.

»Jared«, Edmonte sah ein wenig überrascht aus, vielleicht sogar verraten. »Wir sind nicht- das ist-« er wandte sich an Annie, als müsste er sich verteidigen. »Jared *entscheidet sich dafür*, aus der Kanone geschossen zu werden. Wir zollen dem ursprünglichen Bad Boy, Evel Knievel, Tribut. Es ist ein nostalgisches Stück, das die Einfachheit vergangener Zeiten kanalisiert. Wir denken, es wird das Internet sprengen. Es war Jareds Idee und er ist die treibende kreative Kraft.«

»So sieht es aus«, nickte Annie Jared zu, der zu ihr aufblickte. Er hatte nicht bemerkt, dass er den Kopf in den Händen hielt. Er drückte auf den Bereich zwischen seinen Augenbrauen und versuchte, das Pochen zu stoppen.

»Edmonte«, sagte Jared und fühlte sich wieder einmal, als gehöre sein Körper nicht ihm. »Geh Marcus mit dem Catering helfen, bevor die Crew hier ist.«

Edmontes Mund klappte auf, schockiert, einen direkten Befehl erhalten zu haben. Jared wartete nicht auf seinen verbalen Protest. »Jetzt«, sagte er. Und das war's. Edmonte stand auf, als wäre er in einem Traum, und ohne ein weiteres Wort überquerte er den Rasen und verabschiedete sich von der Versammlung. Seine Gestalt verschwand hinter den Schiebetüren, die in die Küche führten, das Glas klirrte mit einem hallenden Knall, als sie sich hinter ihm schlossen.

Jared war allein mit den beiden Detectives. Er rutschte in seinem Stuhl hin und her, bereit, alles Notwendige zu tun, um den Schmerz zu stoppen.

»Ich weiß, warum Sie hier sind«, sagte Jared.

»Und warum?«, fragte Annie.

»Sie wissen, dass ich es war, der in Mr. Markins Haus eingebrochen ist.«

»Der Waschtisch im Badezimmer«, sagte Annie. »Es gibt einen Hohlraum hinter der Wand. Ein ausgezeichneter Ort, um etwas zu verstecken.«

Jared nickte. Sie hatte dasselbe bemerkt wie er in der

Nacht, als er seine Drogen in Mr. Markins Haus versteckt hatte.

»Möchten Sie uns erzählen, was passiert ist?«, Annies Stimme durchdrang Jareds Kopfschmerzen wie ein Weckruf. Es war jetzt oder nie. Er konnte entweder die Wahrheit sagen und der Mann sein, von dem Mr. Markin glaubte, dass er es sein könnte, oder er konnte sich verstecken.

»Er war mein Freund«, sagte Jared und konnte nicht ignorieren, wie seine Stimme zitterte. »Mr. Markin war- vielleicht- mein einziger echter Freund.« Plötzlich wurde Jareds Atmung flach. Seine Augen brannten. Er würde nicht vor diesen Detectives weinen. Das wäre zu peinlich. »Er half mir. Ich habe ein Problem. Diese Videos zu machen, ist nicht einfach...«

»Natürlich nicht«, sagte Annie und legte eine Hand auf Jareds Knie, als ob sie sich um ihn sorgte. Jared wusste, dass es wahrscheinlich nur ihre Art war, Informationen zu gewinnen, aber die Geste bedeutete ihm trotzdem etwas. So wenige Menschen sorgten sich um ihn, es war schön, sich umsorgt zu fühlen.

»Es begann nach einer Verletzung«, erzählte Jared ihr. »Sie gaben mir Schmerzmittel. Das Problem ist, ich verletze mich oft, und jetzt will ich sie sogar, wenn es mir gut geht«, er machte eine Pause und wünschte, er könnte diese beiden Fremden verstehen lassen, wie er hierher gekommen war. »Sie müssen verstehen, wir kommen aus dem Nichts. Meine Eltern waren immer high. Unser Haus, in dem wir aufgewachsen sind, war nicht wie das hier...« Er deutete auf den Hof. »Wir kamen nach Hause und die Tür war nicht abgeschlossen und sie waren beide bewusstlos. Kein Abendessen. Keine Hilfe bei den Hausaufgaben. Niemand kümmerte sich wirklich darum, was mit mir passierte. Also habe ich als Teenager dummes Zeug gemacht und es ins Internet gestellt. Ich habe gefährliche Sachen gemacht, vielleicht weil ich alle auf die Probe stellte, oder-« Die Wahrheit schien gegen seinen

Willen aus Jared herauszusickern. »Oder vielleicht, weil ich nicht ganz hier sein wollte und ich diese Dinge tat, um es zu beenden-«

Jared wusste nicht, ob er irgendeinen Sinn ergab. Seine Worte kamen in einem Wirrwarr heraus, aber in seinem Kopf waren die Bilder klar. Sein bisheriges Leben blitzte vor ihm auf in einem verdrehten Knoten aus Bildern und Gefühlen. Der dreizehnjährige Jared, der sich selbst beim Skateboard-fahren über zwei Dächer filmte. Das war sein erster Stunt gewesen, und er hatte nie vergessen, wie er inmitten der Gefahr völligen Frieden verspürt hatte. Der sechzehnjährige Jared, der ein Motorrad von einer selbstgebauten Rampe star-tete. Wie er sich fühlte, wenn er in der Luft schwebte, unheimlich ruhig angesichts der Todesgefahr.

»Die Stunts zu machen, ließ mich lebendiger fühlen, aber auch dem Tod näher«, fuhr Jared fort. »Ich glaube ehrlich, dass ich sie ins Internet gestellt habe, in der Hoffnung, dass jemand sehen würde, wie gefährlich es war, und mich aufhalten würde, bevor ich mich verletze. Als ob vielleicht ein Lehrer es meinen Eltern sagen würde und sie sich plötzlich kümmern und mir sagen würden, ich solle damit aufhören. Oder vielleicht würden sie wie die Eltern aller anderen reagieren und mich bestrafen. Aber das ist nicht passiert«, er wischte sich mit dem Ärmel die Nase ab. »Stattdessen haben wir einfach Geld verdient. Und noch mehr Geld. Und plötz-lich hatten wir mehr Geld, als wir wussten, was wir damit anfangen sollten, und jetzt sind wir hier und leben dieses Leben. Aber das alles nur wegen der Videos. Ich kann nicht aufhören, sie zu machen, sonst hört das Geld auf. Und wenn das Geld aufhört, werden meine Brüder - sie werden nichts anderes machen können. Das ist unsere einzige Arbeitserfah-rung. Wir haben keine Abschlüsse oder Ausbildung. Das ist es. Das ist, was wir tun.«

Jared zitterte. Er hatte diese Geschichte noch nie jemandem außer Herrn Markin erzählt, und es fühlte sich befreiend an, es von der Seele zu reden. Es war, als würde man das Gift aus einem Schlangenbiss saugen.

»Herr Markin wusste das alles?«, fragte Annie geduldig.

»Er wusste alles. Er half mir, es zu ändern. Er sprach mit mir über das College und verschiedene Karrieren, die ich machen könnte. Aber er sagte, zuerst müsste ich clean werden. Er glaubte an mich«, fügte Jared mit zitternder Stimme hinzu. »Wir kamen eines Tages in der Sackgasse ins Gespräch. Dann redeten wir am nächsten Tag wieder. Und am Tag danach. Wir sind beide oft zu Hause, weil er im Ruhestand ist. Und dann fingen wir an, *jeden* Tag zu reden, und er lud mich zum Frühstück ein. Es entwickelte sich einfach von da an. Er versuchte, mir zu helfen. Ich war wegen Herrn Markin tatsächlich drei Wochen lang nüchtern, was die längste Zeit ist, die ich je geschafft habe. Aber dann - ich kam eines Morgens zu seinem Haus, und ich hatte die Drogen bei mir. Er sagte mir beim Frühstück, wie stolz er auf mich sei -«

Jared erinnerte sich daran mit der Art von Klarheit, die von einem Lebensmoment kommt, der alles verändert. Er hatte an Herrn Markins Küchentisch gesessen und die Rühreier mit Speck geteilt, die Herr Markin immer anbot. Sie hatten jeweils eine Tasse Kaffee vor sich, und Jared hatte gedacht, dass es so sein musste, wie sich seine Freunde früher gefühlt hatten, wenn sie mit ihren eigenen Familien zusammensaßen. Es war etwas, das er nie gehabt hatte.

Wie üblich hatten Herr Markin und Jared über die verschiedenen Ereignisse ihrer Tage gesprochen. Herr Markin erzählte Jared von seiner ehrenamtlichen Arbeit im Key Club, und Jared erzählte Herrn Markin von seinem nächsten lebensgefährlichen Stunt. »Ich verstehe das nicht«, sagte Herr Markin zu ihm. »Tu mir nur den Gefallen und trag einen Helm.« Das war ihr persönlicher Witz. Herr Markin sagte Jared, er solle einen Helm tragen, egal was er tat. »Ich werde in einer Unterwasserhöhle freitauchen«, würde Jared sagen.

Herr Markin würde antworten: »Vergiss nicht, einen Helm zu tragen.«

An diesem Morgen, wie an jedem anderen, behauptete Herr Markin, er verstehe Jareds neuesten Stunt nicht - barfuß über heiße Kohlen zu laufen -, aber wieder einmal riet er Jared, »einen Helm zu tragen«.

Da hatte Jared beschlossen, eine kleine Lüge zu erzählen. Er war sich nicht sicher, warum er es tat, außer dass Herr Markin so nett zu ihm gewesen war, und er sich vielleicht Sorgen machte, es würde aufhören, wenn er nicht irgendeine Art von Meilenstein erreichen würde. »Ich habe bei der Entzugsklinik angerufen, von der du mir den Flyer gegeben hast«, hatte Jared gesagt und dabei seine Eier auf dem Teller herumgeschoben. »Ich sage nicht, dass ich hingehe. Nur, dass ich darüber nachdenke.« Jared hatte versucht, seine Stimme beiläufig klingen zu lassen. Er machte sich Sorgen, Herr Markin würde versuchen, ihn zu etwas zu drängen, und Jared hasste es, zu etwas gedrängt zu werden.

»Interessant«, sagte Herr Markin beiläufig, als ob er wüsste, was Jared dachte und ihm keinen Grund geben wollte zu rebellieren. Herr Markin war aufgestanden und durch die Küche gegangen, um den Kaffeesahne zu holen, dann sagte er - beiläufig, als würde er über das Wetter sprechen -

»Du weißt, ich bin stolz auf dich, mein Junge.«

Das Wort »stolz« hatte Jared überrascht. Niemand - *niemand* - war je stolz auf ihn gewesen. Er war keine Person, auf die man stolz sein konnte. Schuldgefühle durchfluteten Jareds Adern. Herr Markin wusste nicht, dass Jared in diesem Moment Drogen bei sich hatte, in einem kleinen Plastikbeutel, versteckt in einer hinteren Tasche. Tatsächlich war Jared in diesem Moment ein bisschen high, aber er war so hochfunktional, dass er sicher war, Herr Markin könne es nicht merken.

Jared lenkte das Gespräch zurück auf seinen Video-Stunt und suchte dann nach dem perfekten Moment, um zu gehen.

Er entschuldigte sich, um zur Toilette zu gehen. Dort angekommen, suchte er den kleinen Raum nach einem Versteck für die Drogen ab, in Panik, dass - wenn sie zufällig aus seiner Tasche fallen oder irgendwie in Herrn Markins Blickfeld geraten würden - der Mann, den er so bewunderte, plötzlich nichts mehr mit ihm zu tun haben wollte.

»Ich geriet in Panik«, sagte Jared laut, die Augen auf den Boden zu seinen Füßen gerichtet. »Ich dachte nicht klar. Ich machte mir Sorgen, die Drogen könnten aus meiner Tasche fallen oder dass er es irgendwie herausfinden würde. Es ergab keinen Sinn. Ich hätte sie einfach bei mir behalten sollen, und er hätte es nie erfahren. Aber ich denke nicht immer klar, wenn ich high bin, und ich wollte nicht, dass er es sieht.«

»Ich verstehe«, sagte Annie. »Also hast du sie hinter dem Waschtisch versteckt?«

Jared nickte. »Dieser Spalt? Ich habe sie einfach dort hineingesteckt und zwischen der Wand und der Rückseite des Waschbeckens eingeklemmt.« Jared seufzte, die Erinnerung an das, was er getan hatte, lag schwer in der Luft. »Ich war high, genau da, als ich mit ihm frühstückte«, Jareds Stimme kam als Flüstern heraus. »Und er wusste es nicht einmal.«

»Ich bin sicher, er wusste es«, korrigierte Annie ihn. Jared starrte sie überrascht an. »Herr Markin war ein scharfsinniger Mann. Ich bin sicher, er wusste, dass du high warst, und entschied sich trotzdem, sich um dich zu kümmern.«

Diese Vorstellung erschütterte Jared bis ins Mark. Er hatte nie in Betracht gezogen, dass er seine Fähigkeit, seine Intoxikation zu verbergen, überschätzt hatte, während er gleichzeitig Herrn Markins Fähigkeit, ihn trotzdem zu lieben, unterschätzt hatte.

»Aber der Einbruch?«, konnte Ethan nicht anders als zu fragen, ziemlich schockiert von dem ganzen Austausch. »Du bist später in sein Haus eingebrochen? Warum?«

»Um die Drogen zurückzuholen«, antwortete Annie für Jared. »Du hattest Angst, Herr Markin würde sie finden.«

»Ja«, zuckte Jared zusammen. »Als ich nach Hause kam, wurde ich langsam nüchtern und merkte, wie dumm es war, sie dort zu lassen. Außerdem brauchte ich einen weiteren Fix. Brauchte ihn dringend. Also brach ich in sein Haus ein, als ich wusste, dass er beim Key Club sein würde und meine Brüder eine Pool-Party veranstalteten. Aber dann wurde mir klar, dass es sehr seltsam aussehen würde, wenn nichts gestohlen wäre.«

»Also hast du die Vase mitgenommen«, schloss Annie.

»Ich habe sie einfach mitgenommen, weil sie im Badezimmer stand. Sie sah irgendwie teuer aus, aber ich bin nicht besonders gut darin zu erkennen, was viel kostet. Ich dachte nur, sie sieht fancy aus, und Herr Markin ist reich, also ist wahrscheinlich alles in seinem Haus etwas wert.«

»Diebe brechen normalerweise nicht in ein Haus ein und gehen nur mit einer Vase im Wert von ein paar hundert Euro wieder«, sagte Ethan.

»Da, wo ich herkomme, würden sie das«, zuckte Jared mit den Schultern. »Ein paar hundert Dollar sind eine Menge Geld.« Jared hielt inne und verschränkte die Arme vor der Brust, als würde er sich selbst umarmen. »Ich wünschte, ich hätte ihm sagen können, dass ich es war. Ich hatte vor, es ihm eines Tages zu erzählen. Ich wollte ihm die ganze Geschichte erzählen, aber erst, wenn ich wirklich clean war. Damit ich sagen konnte, dass ich diese schlimme Sache getan hatte, es aber wieder gutgemacht hatte, indem ich der Mann geworden war, von dem er glaubte, dass ich es sein könnte. Das sagte er immer zu mir. Dass er daran glaubte, ich könnte ein großartiger Mann werden.«

Jared konnte es jetzt nicht mehr zurückhalten. Die Tränen brachen aus ihrem Gefängnis aus und rannen in widerwilligen Linien über sein Gesicht. Er versuchte nicht einmal, sie wegzuwischen.

»Ich denke, gerade eben hast du das geschafft«, lächelte Annie ihn an. »Und was ist mit den Gartenmöbeln in Reggie und Janis' Hinterhof? Hast du die am Tag des Einbruchs umgestellt?«

»Nein«, zuckte Jared mit den Schultern. »Davon weiß ich nichts. Aber ich weiß, dass Janis zu Hause war, weil ich sie im Vorgarten Pflanzen gießen sah, als ich auf den richtigen Moment wartete, um von meinem Haus zu Mr. Markins Haus zu gehen. Ich musste warten, bis sie reinging, um meinen Zug zu machen. Ich weiß nicht, warum sie lügen sollte, dass sie weg war«, fügte er hinzu.

»Ich kann es nur vermuten«, lächelte Annie.

»Was wird jetzt passieren? Komme ich ins Gefängnis?«, fragte Jared, fast hoffnungsvoll. Vielleicht würde das Gefängnis ihn lange genug von seinen Lastern trennen, dass er von ganz unten wieder neu anfangen könnte.

»Nein«, versicherte Annie ihm. »Wahrscheinlich Reha, aber kein Gefängnis. Könntest du mir noch einen Gefallen tun? Es wird auch dir helfen.«

Jared nickte.

»Erzähle diese Geschichte vorerst niemandem«, fuhr Annie fort. »Ich möchte Mr. Markin die Gerechtigkeit zukommen lassen, die er verdient, indem ich die Person finde, die ihn getötet hat. Und wenn du jemandem erzählst, was passiert ist, könnte das meine Karten aufdecken.«

»Ich werde nichts sagen«, antwortete Jared, überrascht von ihrer Bitte. Die Detectives standen auf und gingen in Richtung der Glastüren.

»Annie?«, rief Jared ihnen hinterher. Annie und Ethan hielten inne und drehten sich um. Jared holte tief Luft. Er dachte an Mr. Markin und wie er Jared das Gefühl gegeben hatte, zu Hause zu sein. Wie sie bei ihren Gesprächen am Ende der Sackgasse gelacht hatten. Wie er sich darauf gefreut hatte, in Mr. Markins Küche zu sitzen, die alten Schränke und die hässliche Tapete waren alles liebevolle Erinnerungen an einen Ort, an dem er sich zugehörig gefühlt hatte. Er dachte daran, wie Mr. Markin ihn immer »Sohn« genannt hatte, ohne je zu wissen, was es für ihn bedeutet hatte. Dass er jedes Mal, wenn er das Wort aus Mr. Markins Mund hörte, seine Stunts noch weniger ausführen wollte, weil er - zum ersten Mal - das Gefühl hatte, jemanden in seinem Leben zu haben, der sich Sorgen um ihn machen würde, wenn er verletzt wäre. Mr. Markin hatte ihm sowohl eine Person gegeben, die er nicht enttäuschen wollte, als auch eine Person, auf die er stolz sein wollte. Mr. Markin hatte ihm einen Elternteil gegeben.

»Wer auch immer Mr. Markin getötet hat, verdient, was er bekommt. Versprichst du, sie zu fangen?«

Annies Augen kräuselten sich, Emotion in den Krähenfüßen, die sich dort bildeten. Es war, als ob sie verstand, was das für Jared bedeutete. Es war, als ob sie seinen Schmerz als ihren eigenen fühlte - als wäre er ihr vertraut. »Ich verspreche dir«, antwortete sie, »ich werde es tun.«

KAPITEL ZWEIUNDZWANZIG

JANIS

Janis überließ Reggie lieber das Reden. Sie saß am Küchentisch und betrachtete das Muster der Paisley-Tischdecke, die sie erst gestern aufgelegt hatte. Neben ihr starrte Reggie ihre beiden Gäste an: die Detectives Annie und Ethan.

»Wir kannten ihn kaum, das ist die Wahrheit«, sagte Reggie und erklärte ihre scheinbar distanzierte Beziehung zu Herrn Markin. »Wir sind wegen der Kinder ständig unterwegs. Keine Zeit, die Nachbarn kennenzulernen. Sie sollten es bei Frank versuchen. Er stand dem Mann nahe. Sie hatten, glaube ich, die familiäre Militärverbindung -«

»Wir werden diesem Hinweis auf jeden Fall nachgehen, danke«, stimmte Annie zu. »Sie waren sehr hilfsbereit. Wir entschuldigen uns, dass wir Sie nochmals belästigen mussten.«

»Schon gut«, winkte Reggie ab und schaute auf seine Uhr. »Wünschte, wir könnten mehr helfen, aber es ist, wie es ist.«

»Eigentlich«, legte Annie ihre Falle aus, ihre Stimme einladend, »wollte Ethan mit Ihnen ein paar Dinge bezüglich der FBI-Strategie besprechen.«

»Wollte ich das?«, fragte Ethan überrascht.

»Ja«, fuhr Annie fort und wandte sich wieder Reggie zu. »Wir haben gehört, Sie seien einer der besten Investoren der Stadt. Ethan arbeitet an einem Fall, der Finanzkriminalität betrifft. Er würde gerne ein Wort mit Ihnen wechseln -«

»- im anderen Zimmer«, verstand Ethan ihren Wink. »Es ist sensibles Zeug. Ich sollte es eigentlich nicht außerhalb des FBI teilen.«

»Ich hätte nichts dagegen, ein offenes Ohr zu leihen«, warf Reggie sich in die Brust und stand vom Tisch auf, wobei er Ethan bedeutete, ihm zu folgen. »Ich habe einen Whiskey, den wir in meinem Büro öffnen können. Meine Damen, Sie wissen ja, wo Sie uns finden.«

Ethan folgte Reggie aus der Küche und warf Annie über die Schulter einen bedeutungsvollen Blick zu. Nur ihretwegen würde er diese Kugel auf sich nehmen.

Annie wandte sich Janis zu, endlich allein mit dem wahren Gegenstand ihrer Untersuchung an diesem Nachmittag. »Wir haben nicht viel Zeit, also entschuldige ich mich im Voraus, dass ich mein übliches Taktgefühl nicht anwenden kann.«

»Ich bin es gewohnt, dass Menschen ziemlich direkt sind«, antwortete Janis, ihre Stimme resigniert. Sie hatte das erwartet.

»Der Mord. Der Raubüberfall. Der Brief. Sie sind meine Lösung für zwei dieser Geheimnisse«, stellte Annie schlicht fest. »In der Nacht, als Herr Markin getötet wurde, haben Sie -«

»Ich weiß. Ich weiß, was Sie sagen wollen.«

»Dann wissen Sie, was Sie tun müssen«, drängte Annie.

Janis war statuenhaft, ihre stoischen Glieder für einen Moment bewegungsunfähig. Dann vergrub sie ihr Gesicht in den Händen. Die Tränen quollen hervor, auch wenn sie versuchte, sie zurückzuhalten, und tropften wie ein Geständnis auf die Tischdecke.

»Es wird mich ruinieren«, sagte sie. Dann blickte sie aus

dem Fenster. Im Vorgarten spielten ihre beiden Jungen Fangen, warfen einen Baseball hin und her. »Es wird *sie* ruinieren.«

»Wirklich?«, lachte Annie. Die Reaktion war unangemessen, aber nicht unbegründet. »Entschuldigung, es ist nur - glauben Sie nicht, dass dies, die Dynamik zwischen Ihnen und Ihrem Mann, sie nicht schon ruiniert?« Sie beugte sich vor, ernst. »Wollen Sie, dass sie eines Tages aus diesem Haus ausziehen und eine Frau finden, die sie genauso behandeln können, wie er Sie behandelt hat? Als jemand, der unsichtbar ist? Oder wollen Sie, dass sie gehen und in die Welt hinausgehen und wissen, dass sie den Mut haben können, die wahrste Version ihrer selbst zu sein, weil ihre Mutter genau das getan hat? Sehen Sie, wie viel Sie ihnen beibringen können.« Annie machte eine Pause und musterte das Gesicht der Frau vor ihr. »Sie *kennen* Sie im Moment nicht einmal. Sie kennen eine Version von Ihnen, ja, aber nicht die echte Sie, ungefiltert und ehrlich. Stellen Sie sich vor, wie viel Mut Sie ihnen geben könnten, besonders für den Fall, dass sie nach Ihnen kommen.«

Der Schatten einer unbekannten Emotion fiel über Janis' Gesicht. Wut breitete sich in den feinen Linien auf ihrer Stirn aus, ihre Ranken belebten jeden kleinen Muskel in ihrem Gesichtsausdruck. »Sie benutzen meine *Kinder*. Wie *können* Sie es wagen!« Sie stand auf und schob ihren Stuhl mit Kraft zurück. Sie ging zum Spülbecken und drehte das Wasser auf, ließ es über das Geschirr laufen. Sie griff nach einem Teller, während sie sprach. »Sie kommen in *mein* Haus und versuchen, mir zu sagen, wie ich erziehen soll!« Janis schrubbte wütend, aber es brachte keine Erleichterung.

»Nur weil ich ein Motiv habe, mein Argument vorzubringen, heißt das nicht, dass ich nicht Recht habe.«

Janis ließ den Teller fallen und erlaubte ihm, klirrend in die Spüle zu fallen. Sie drehte sich um und lehnte sich mit dem Rücken gegen die Arbeitsplatte. Die Wut verließ ihren

Körper so schnell, wie sie gekommen war, und plötzlich fiel sie in sich zusammen und ließ zu, dass die Niederlage in Wellen über sie hinwegspülte.

»Was hat uns verraten?«

»Das ist eine wunderschöne Schüssel«, antwortete Annie und nickte in Richtung eines Keramikstücks, das auf der Kücheninsel stand. Es war handgefertigt, Stücke von zerbrochenem Glas sorgfältig in den rostfarbenen Ton eingearbeitet. Die Schüssel thronte an einem Ehrenplatz und präsentierte Äpfel, die zum Zugreifen einluden. »Sie wurde offensichtlich mit Sorgfalt hergestellt.«

»Das war alles, was es brauchte?«, wunderte sich Janis.

»Die Sichtlinie«, fügte Annie hinzu. »Die Tatsache, dass Sie gelogen haben, am Tag des Raubüberfalls nicht zu Hause gewesen zu sein, als die Gartenmöbel umgestellt wurden. Und vielleicht auch - einfach die Art, wie Sie sich ansehen. Es war beim Nachbarschaftstreffen recht offensichtlich.«

»Sie achten auf Details. Alle anderen hier sind so sehr damit beschäftigt, an sich selbst zu denken. Es gab mir ein Gefühl der Sicherheit, nicht gesehen zu werden.«

»Verständlich.«

»Dann wissen Sie auch, wer Herrn Markin getötet hat -«

»Ich habe einen Verdacht, den ich für richtig halte«, antwortete Annie. »Aber es gibt noch einige Beweise, die es zu sichern gilt. Ich kann keinen Fall auf einer Vermutung aufbauen. Ich brauche Fakten. Die Mordwaffe bleibt ein Problem. Und Sie werden natürlich irgendwann kooperieren müssen.«

»Wie viel Zeit können Sie mir geben?« Janis' Augen füllten sich wieder mit Tränen, aber diesmal fielen keine. Sie war über das Weinen hinaus. Jetzt blieb nur noch die Geschäftlichkeit der Sache.

»Ein paar Tage«, antwortete Annie. »Ich glaube, zu diesem Zeitpunkt werde ich die nötigen Beweise haben, um eine Verhaftung vorzunehmen.«

»Und Sie werden die ganze Geschichte erzählen müssen, nehme ich an. Nicht nur einen Teil davon.«

»Ich glaube nicht, dass es sonst Sinn ergeben würde«, bestätigte Annie.

»Schon gut«, sagte Janis und wischte sich die Nase am Ärmel ab, fast erleichtert, dass die Fassade gefallen war. »Das war schon lange fällig.«

»Ich finde selbst hinaus«, sagte Annie und machte sich auf den Weg zur Haustür. Sie hielt inne, bevor sie ging. »Janis?«

»Ja?«

»Sie haben das Richtige getan. Es war in vielerlei Hinsicht falsch, aber angesichts der Umstände erforderte es eine Menge Mut. Und, falls es etwas bedeutet«, Annie schaute weg und wünschte, sie könnte ihren eigenen Gedanken entkommen. »Das ist auch für mich enttäuschend.«

»Inwiefern?«, fragte Janis überrascht.

»Der Umschlag. Die Art, wie Sie die Vorladung geschrieben haben«, gestand Annie. »Es war für mich persönlich.«

Janis runzelte die Stirn und fragte sich, was »persönlich« wohl bedeuten könnte. Doch bevor Janis nach Antworten suchen konnte, rief Annie den Flur hinunter: »Anruf bekommen! Zeit zu gehen!«

Wie durch Zauberei tauchte Ethan aus dem Arbeitszimmer auf und sah erschöpft aus. Reggie erschien hinter ihm und gab immer noch Finanztipps.

»Und vergessen Sie den Schwarzmarkt nicht, da sollten Sie suchen. Überall im Darknet«, fuhr Reggie über Ethans Versicherungen hinweg fort.

»Sehr hilfreich«, sagte Ethan, während er zur Haustür eilte. Er bemerkte Janis, die immer noch an der Spüle lehnte, ihr Gesicht gerötet. Bevor er Fragen stellen konnte, öffnete Annie die Haustür und scheuchte ihn hinaus.

»Wir melden uns«, sagte sie nur zu Janis, bevor sie die Tür leise hinter sich schloss.

Janis wandte sich wieder dem Geschirr in der Spüle zu und betrachtete es mit einem seltsamen Gefühl der Erleichterung. Es war Teil des Lebens, das sie bald verlieren würde. Sie hatte diesen Moment gefürchtet, aber jetzt, da er gekommen war, war sie fast froh, die Chance zu haben, alles niederzubrennen und neu anzufangen.

Sie starrte Reggie an, als würde sie ihn zum ersten Mal sehen.

»Kannst du das Geschirr fertig machen? Ich muss einen Spaziergang machen«, sagte sie zu ihm. Reggies Mund klappte auf, aber bevor er ein Wort sagen konnte, war Janis schon weg, und die Hintertür fiel krachend hinter ihr zu.

KAPITEL DREIUNDZWANZIG

Es war dunkel in Sheilas Töpferatelier. Sie hatte wie immer darauf geachtet, die Außenbeleuchtung auszuschalten, wenn es so ein Abend war. Die Wandleuchten im Vorgarten beleuchteten die Außenseite des Hauses nicht, sodass der schmale Pfad, der zum Seiteneingang des Ateliers führte, in Schatten gehüllt blieb.

Sheila wusste, dass Melissa an der Universität war und eine Fakultätssitzung leitete, aber dennoch traf sie jede Vorsichtsmaßnahme, um ihre Aktivitäten zu verbergen, für den Fall, dass ihre Frau früher nach Hause kam. Im Laufe der Zeit und nach vielen Hindernissen in ihrer Beziehung hatte Sheila gelernt, Melissas unberechenbaren Zeitplan als Segen zu betrachten. Es erlaubte Melissa, sich durch die Arbeit außerhalb des Hauses bestätigt zu fühlen, mit der sie ihre Existenz rechtfertigte, und es gab Sheila Zeit, ihre eigenen Bedürfnisse zu erfüllen.

Sheila saß auf dem Sofa und wartete, zwei Weingläser und eine entkorkte Flasche Pinot Noir standen auf dem handgefertigten Tisch neben ihr. Der Gegenstand ihrer Zuneigung war im Begriff einzutreffen, und es war nicht Melissa. Zumindest nicht mehr.

In diesem Moment knarrte die Seitentür. Eine vertraute Gestalt tauchte aus den Schatten auf und wickelte eine Jacke um ihre schmalen Schultern.

Janis.

Jedes Mal, wenn Sheila Janis sah, fühlte es sich immer noch wie das erste Mal an. Als sie in die Aspen Lane gezogen waren, hatten Sheila und Melissa die obligatorische »Kennenlernen der Nachbarn«-Tour gemacht. Sofort hatte Sheila etwas Magnetisches an Janis gesehen. Janis sprach kaum und ließ ihren Mann Reggie am ersten Tag, als sie an der Tür ihrer Nachbarn aufgetaucht waren, den Großteil der Kontaktaufnahme übernehmen. Natürlich waren Melissa und Reggie bei ihrer ersten Begegnung frostig aufeinander getroffen. Sheila erinnerte sich daran, wie Melissa zu Reggie gesagt hatte: »Das ist meine *Frau*, aber anscheinend hast du damit ein Problem?«

»Kein Problem hier«, hatte Reggie geantwortet. »Außer mit Leuten, die aufdringlich mit ihren... Aktivitäten umgehen.«

»Was soll das denn heißen?«, hatte Melissa gekontert.

»Nichts, außer dass ihr einfach tun solltet, was ihr tut, ohne eine Szene daraus zu machen.«

Sofort war ein Streit entbrannt, der die Beziehung für die kommenden Monate getrübt hatte. Aber der Streit beschränkte sich auf Melissa und Reggie. Während sie miteinander stritten, hatten Sheila und Janis Blickkontakt gehalten, und irgendeine Art von sofortiger Verbindung hatte sich entwickelt, so unerklärlich wie sicher. Beide wussten, wie es war, mit einem übermächtigen Ehepartner verheiratet zu sein. Beide wussten, wie es sich anfühlte, unter dem Blick desjenigen unsichtbar zu sein, der einen am meisten lieben sollte. Sie hatten mehr gemeinsam, als sie trennte.

Mit der Zeit hatten sie sich durch einfache Geschenke näher

kennengelernt. Janis war mit Keksen vorbeigekommen. Sheila fand Ausreden, um Janis mit Töpfereigeschenken zu besuchen, besonders wenn sie wusste, dass Reggie nicht zu Hause sein würde. Und dann, eines Tages, hatte Sheila Janis eingeladen, für eine Lektion im Kunstschaffen ins Töpferatelier zu kommen, und, nun ja – sie hatten mehr als nur das geschaffen.

»Was ist los?«, fragte Sheila und starrte Janis in der Tür an. Sie konnte an der Art, wie Janis den Blickkontakt vermied, erkennen, dass sie nicht wie sonst war. Sheilas Herz begann schneller zu schlagen. Vielleicht würde ihre Affäre jetzt enden. Es war sowieso zu schön gewesen, um wahr zu sein. Zum ersten Mal seit ihrem Umzug ins Ausland war Sheila glücklich gewesen.

»Sie wissen es«, sagte Janis, zog ihren Mantel aus und setzte sich neben Sheila auf das Sofa. »Die Detektive.«

Sheilas erste Reaktion war Erleichterung – Janis *verließ* sie doch nicht –, gefolgt von Angst. »Nein«, sagte Sheila und schüttelte den Kopf. »Das können sie nicht. Es sei denn«, Sheila hielt inne, als ihr ein Gedanke kam. »Du hast es ihnen doch nicht erzählt?«

»Ich wollte es nicht. Die weibliche Detektivin – Annie – hat es herausgefunden. Wir haben nicht viel Zeit. Sie wird es allen erzählen, und dann wird es die ganze Stadt wissen. Es ist meine Schuld«, Janis' Stimme zitterte. »Du hast gesagt, wir sollten nichts tun und abwarten, aber ich konnte einfach nicht.«

»Was hast du getan?«, keuchte Sheila.

»Ich konnte einfach nicht schlafen, weil ich wusste, was ich weiß. Ich musste etwas tun.«

Plötzlich verstand Sheila. Sie ließ die Information über sich ergehen und versuchte, von ihrem Herzen zu ihrem Kopf zu gelangen. Sie mussten klug sein – logisch. So funktionierte Sheila, während Janis ganz Herz war.

»Es ist in Ordnung«, gab Sheila nach und zog Janis an

sich. »Du hast getan, was du für richtig hieltest.« Sie strich Janis' Haar aus dem Gesicht. »Was jetzt?«

Janis hielt inne und überlegte. »Wir müssen es ihnen sagen, bevor die Detektive es allen anderen erzählen. Das bedeutet –«

»Ja?«, Sheilas Herz raste.

»Wir müssen uns entscheiden, was uns betrifft. Sind wir hundertprozentig dabei oder gar nicht?«

»Du weißt, wo ich stehe«, antwortete Sheila. »Du bist diejenige, die sich nicht sicher ist.«

»Es sind die Kinder. Aber vielleicht auch einfach, dass ich Angst hatte«, sagte Janis. »Aber ich habe keine Angst mehr. Wir werden es beiden sagen. Und dann gibt es kein Zurück mehr.« Sie lehnte sich vor und küsste Sheila, als wäre es das erste Mal. »Und danach sind es nur noch du und ich.«

Sheila lächelte. Das waren die Worte, die sie hören wollte, seit ihre Affäre vor Monaten begonnen hatte, und – obwohl sie immense Schuldgefühle über die Art und Weise empfand, wie sie dazu gekommen waren – sie laut zu hören, sandte eine Welle des Friedens durch ihren Körper. Sie hatte nicht realisiert, wie sehr sie sich das gewünscht hatte, bis es endlich passiert war.

»Du und ich«, flüsterte Sheila, bereit, alles Notwendige zu tun, um diese Vorstellung zu ihrer Realität zu machen.

»Wir werden es ihnen sagen«, fügte Janis hinzu. »Es ist Zeit.«

KAPITEL VIERUNDZWANZIG

FRANK

Eine Abendbrise wehte durch die offenen Schiebetüren am Rand von Frank und Lisas eingesenktem Wohnzimmer herein. Grillen zirpten in der Nachtluft. Normalerweise beruhigten ihre Lieder Frank und waren ein Zeichen dafür, dass keine anderen Geräusche seinen Abend stören würden. Wenn Frank die Grillen hören konnte, war alles in Ordnung mit der Welt. Aber heute Abend empfand Frank ihr Zirpen als Warnung, die in rhythmischen Stößen ausgestoßen wurde.

Vorsicht. Vorsicht. Vorsicht.

Frank richtete seine Aufmerksamkeit auf die beiden Detektive, die vor ihm saßen: Annie und Ethan. Beide lächelten, als wären sie gekommen, um über das Wetter zu reden oder als wären sie hier im Urlaub.

Frank wagte einen Blick auf seine einzige Familie auf der Welt - seine Frau Lisa und seinen Sohn Malcolm -, die jeweils zu seiner Linken und Rechten saßen. Sie hockten neben ihm auf dem Sofa, alle drei sahen aus, als wären sie zum Direktor gerufen worden.

»Wussten Sie, dass Ihr Kellerfenster kaputt ist?«, bemerkte Annie, die weibliche Detektivin, und zeigte durch die Schiebetüren auf einen Teil des Hauses, der in den Hinterhof ragte. Dort stand das Kellerfenster leicht offen, sein verrosteter Rahmen kämpfte gegen den Akt des Schließens an.

»Wir hatten noch keine Gelegenheit, es zu reparieren«, sagte Frank und sträubte sich gegen ihre Worte, als wären sie eine Anschuldigung.

»Sie sollten es reparieren«, sagte Annie emotionslos. »Alle möglichen Schädlinge können eindringen. Es ist sehr schlecht, es so offen zu lassen. Regelrecht gefährlich.«

Ethan räusperte sich, sich völlig bewusst, dass nicht jeder Annies einzigartigen Gesprächsrhythmus genoss. »Danke, dass Sie sich so spät mit uns treffen«, sagte er.

»Es macht überhaupt keine Umstände«, antwortete Lisa. Ihr Ton deutete darauf hin, dass sie von der ganzen Angelegenheit ebenso unbeeindruckt war. Sie hätte genauso gut bei einem Kaffee mit einer der Frauen aus ihrem Strickclub sein können. Aber Frank wusste genau, was seiner Frau durch den Kopf ging: die fehlende Waffe in ihrem Schrank, die sie immer noch nicht finden konnten.

Frank hatte das Haus von oben bis unten durchsucht und sogar sorgfältig das Zimmer seines erwachsenen Sohnes untersucht, als dieser nicht da war, aus Angst, dass Malcolm vielleicht beabsichtigt hatte, die Waffe gegen sich selbst zu verwenden. Schließlich hatte er Malcolm nach dem Verbleib der Waffe gefragt, und Malcolm hatte gesagt, er wüsste es nicht. Frank glaubte ihm. Sein Sohn war ein Mann von Ehre und war es immer gewesen. Er mochte jetzt Probleme haben, aber die einzige Person, an der Malcolm seine Probleme ausließ, war er selbst.

»Sie müssen es leid sein, immer wieder im gleichen Wohnzimmer zu sitzen«, sagte Lisa zu den Detektiven, ihre Stimme riss Frank aus seinen Gedanken. »Die Häuser wurden alle vom selben Bauunternehmer gebaut«, Lisa deutete im Wohnzimmer umher. »Sie sehen sich ziemlich ähnlich.«

»Nein«, Annie lächelte sie an. »Es ist überhaupt nicht

langweilig. Wir haben es geliebt zu sehen, wie jeder seine persönliche Note eingebracht hat. Jedes ist anders. Ihres, nun, es ist -« sie pausierte, suchte nach dem richtigen Wort, »- gemütlich.«

Neben ihr ordnete der männliche Detektiv - Agent Ethan Beckett, wie Frank sich aus seinen verschiedenen Google-Suchen über das Paar erinnerte - einen Stapel Papiere vor sich. »Wir sind hier, um um einige Klarstellungen zu einigen Punkten zu bitten, die während des Gruppentreffens nicht angesprochen wurden.«

»Sie konnten nicht kommen?«, fragte Annie Malcolm und starrte ihn direkt an. »Zum Gruppentreffen«, fügte sie wie zur Klarstellung hinzu.

»Ich wusste nicht, dass es stattfindet«, zuckte Malcolm mit den Schultern.

»Wir hätten es ihm sagen sollen«, warf Frank ein, begierig darauf, die Schuld dorthin zu legen, wo sie hingehörte. »Aber aus dem Brief ging nicht klar hervor, wen Sie erwarteten, dass er teilnimmt. Malcolm ist kürzlich wieder bei uns eingezogen, nachdem sich seine Arbeitssituation verändert hat.«

»Ich war im Irak«, unterbrach Malcolm Frank, mit einer Schärfe in der Stimme. Frank konnte überfürsorglich gegenüber seinem Sohn sein, nur weil er die Hindernisse kannte, denen Malcolm gegenüberstand. Aber manchmal fühlte sich Malcolm dadurch wie ein Kind behandelt. Frank wusste das und versuchte, nicht zu aufdringlich zu sein, aber Malcolm war sein einziges Kind und er hatte so lange Zeit damit verbracht, sich um ihn im Kampf zu sorgen, dass er keine andere Art zu sein kannte. »Ich habe mehrere Einsätze gemacht. War dort bis zum Rückzug«, fügte Malcolm hinzu, mit einer seltsamen Nostalgie in den Augen.

»Und Sie sind wieder bei Ihren Eltern eingezogen, um Ihre nächsten Schritte zu planen?«

Malcolm nickte. »Ich kenne nichts anderes als die Armee. Ich habe Kämpfe erlebt. In der Wüste gelebt. Bessere Männer als mich gesehen, die es nicht geschafft haben. Und jetzt, wo ich die Armee verlasse, muss ich herausfinden, was ich sein will. Es ist wie ein Neuanfang.«

»Irgendwelche Ideen?«, lächelte Annie ihn an.

»Ich würde gerne in der Nachbarschaft wohnen, um in der Nähe meiner Eltern zu bleiben«, erzählte ihr Malcolm. »Aber ich werde es mir wahrscheinlich nie leisten können. Ich wünschte, ich könnte es, da wir alle lange Zeit voneinander getrennt waren, als ich im Einsatz war. Ich möchte eine Familie gründen. Ich mag es, mit Autos zu arbeiten. Könnte mir vorstellen, eines Tages meine eigene Werkstatt zu eröffnen. Müsste mich an den Klang von Fehlzündungen gewöhnen«, er hielt inne und dachte laut nach. »Ich glaube, das tue ich aber. Es wird besser.«

Niemand sprach, und Malcolms Gesicht veränderte sich, als er erkannte, dass er den wichtigsten Teil seiner Geschichte nicht geteilt hatte.

»Wir versuchen, das Haus ruhig zu halten«, fügte Frank hinzu und half seinem Sohn. »Nach all den Kämpfen *braucht* Malcolm Ruhe.«

»PTBS«, sagte Malcolm und schüttelte den Kopf. »Ich mag keine Etiketten, aber das ist es, was sie mir gesagt haben, dass ich habe. Ich mag es nicht so zu sehen. Ich sage lieber, ich habe genug Geräusche für ein ganzes Leben gehört und brauche etwas Zeit, um das abzuschütteln.«

»Das kann ich nachempfinden«, nickte Annie. Frank bemerkte, wie sich ihre Hände um den Rand ihrer Jacke verkrampften. In ihren Augen lag ein Blick, als würde sie sich an etwas erinnern. Für einen Moment hatte Frank das Gefühl, dass er dieser Frau vertrauen konnte, mit seinem Sohn zu sympathisieren. Vielleicht war sie doch nicht der Feind. Trotzdem war dies keine Ahnung, auf die er Malcolms Zukunft setzen konnte. »Ich kann das mehr nachempfinden, als Sie wissen.« Ihre Hände lockerten sich, und sie sah Malcolm mit einem neugierigen Glitzern in den Augen an.

»Die Partys, die Jared und seine Brüder veranstalten. Die müssen Sie doch stören?«

»Nicht zu sehr«, sagte Malcolm, eine Lüge kreuzte seine Augen. »Ich komme damit klar.«

»Wir versuchen, die Nachbarn zu bitten, den Lärm so weit wie möglich zu reduzieren«, fügte Frank hinzu. »Nicht dass jemand zuhört. Sie werfen immer noch ihre Partys und bauen ihre Töpfereistudios, zum Teufel mit dem Rest von uns.«

»Wie können wir in Mr. Markins Fall helfen?«, sprach Lisa und lenkte das Gespräch zurück auf die wesentlichen Punkte. Vor der Ankunft der Detektivin hatte die Gruppe ein Familientreffen abgehalten und vereinbart, die Waffe nicht zu erwähnen. Frank - als Anwalt - hatte seiner Frau und seinem Sohn geraten, sich nur auf die relevanten Punkte zu beschränken, damit nichts, was sie sagten, versehentlich neuen Verdacht erregte. Bei rechtlichen Angelegenheiten war es immer besser, weniger zu sagen. Er hatte seine eigene Regel kurzzeitig vergessen, aber Lisa hatte ihn - glücklicherweise - gerettet.

»Ja«, antwortete die Detektivin und zog ein Foto aus ihrer Aktentasche. »Wir haben uns gefragt, ob Sie etwas Licht auf dieses Ereignis werfen könnten?«

Franks Kehle schnürte sich zu. Das Foto war vor sechs Monaten aufgenommen worden. Auf dem Bild war Malcolm im Vordergrund zu sehen, umgeben von pensionierten Militärveteranen, deren Hüte und Kleidung darauf hindeuteten, dass sie ebenfalls in der Armee gedient hatten. Mr. Markin stand neben Malcolm, seinen Arm um ihn gelegt, wie um einen Sohn. Es gab eine Zeit, in der Frank dankbar war, dass Malcolm jemanden hatte, mit dem er sich austauschen konnte - jemanden, der seine Erfahrungen teilte. Jetzt hatte er das Gefühl, dass die ganze Sache ein großer Fehler gewesen war.

»Mr. Markin hat mich zu seinem Einheitstreffen mitgenommen«, erklärte Malcolm. »Er half mir, mit den - Sie wissen schon - Problemen mit Geräuschen umzugehen. Er dachte, es wäre nützlich, wenn ich mit älteren Veteranen sprechen würde, die weitergezogen waren und andere Erfahrungen gemacht hatten.« Er kaute einen Moment lang auf seiner Wange. »Das ist der schwierigste Teil daran, wissen Sie. Dieses Gefühl, dass man etwas Großes getan hat, das wichtig war, und jetzt - es ist schwer, nach vorne zu blicken und zu glauben, dass es eine Zukunft für einen gibt.«

»Natürlich«, ermutigte Annie. »Und wie ist es gelaufen?«

»Es war schön, mit den Jungs zusammen zu sein«, antwortete Malcolm. »Ich vermisse mein Team. Vermisse es, Teil von etwas zu sein. Es war das gleiche Gefühl dort. Diese Typen - sie würden füreinander sterben. Einige von ihnen hatten jahrelang nicht miteinander gesprochen, aber es war, als hätten sie genau da weitergemacht, wo sie aufgehört hatten.«

»Was ist mit Mr. Markin?«, fragte Annie und beugte sich in ihrem Sitz nach vorne. »Wie ist er mit dem Treffen umgegangen? Es muss schwer gewesen sein.«

Trotz seiner Bemühungen, keine Emotionen zu zeigen, spürte Frank, wie sich seine Augenbrauen überrascht hoben. Auch Malcolm schien von der Art und Weise bewegt, wie Annie Mr. Markins Persönlichkeit zu lesen schien, ohne ihn je getroffen zu haben.

»Lustig, dass Sie das fragen«, antwortete Malcolm. »Es *war* schwierig für ihn. Es hatte vorher schon ein Dutzend Treffen gegeben, und Mr. Markin war nie dabei gewesen. Er ging nur zu diesem, wegen mir.«

»Malcolm«, Annie rutschte auf ihrem Sitz, der Ton im Raum wurde plötzlich ernst. »Ich hasse es, dich unter Druck zu setzen, weil ich weiß, dass Mr. Markin dein Freund war. Ihr habt euch höchstwahrscheinlich Dinge erzählt, die ihr geschworen habt, mit niemandem sonst zu teilen. Stimmt das?«

»Ja«, bestätigte Malcolm ruhig. »Ich habe ihm das versprochen.«

Franks Mund klappte auf. Er wusste, dass Mr. Markin seinem Sohn half, sein Trauma zu überwinden, aber er hatte keine Ahnung, dass es Geheimnisse zwischen ihnen gab.

»Das Problem ist«, fuhr Annie fort, »ich habe eine Ahnung, wer Mr. Markin getötet hat. Und ich kann nicht sicher sein, dass ich richtig liege, ohne einen Verdacht zu bestätigen, den ich bezüglich Mr. Markins Vergangenheit habe. Ich fürchte, dass *du* vielleicht der einzige Mensch bist, der heute noch am Leben ist - abgesehen vom Mörder natürlich - der die Wahrheit über seine Vergangenheit kennt.«

Malcolm nahm das auf, und Frank beobachtete ihn, wieder einmal daran erinnert, dass sein Sohn ein Mann von Ehre war. Malcolm kratzte sich am Bartschatten. »Ich könnte ein Versprechen brechen, wenn es bedeuten würde, seinen Mörder zur Gerechtigkeit zu bringen«, sagte er. »Aber ich bräuchte mehr Details. Um sicherzugehen, dass ich Ihnen das Richtige sage.«

»Einverstanden«, stimmte Annie zu. Sie stand auf und ging plötzlich im Raum auf und ab, verloren in einem Fiebertraum ihrer eigenen Vorstellung. »Was ich über Mr. Markin gelernt habe, ist, dass er ein Mensch mit Ethik und Moral war. Er half anderen. Er ging aus dem Weg, um zu pflegen und zu betreuen. Genau hier in dieser Sackgasse hat er Leben zum Besseren verändert. Aber ich fragte mich - warum würde jemand so engagiert sein, das Richtige zu tun? Sein gesellschaftliches Engagement übertrifft jede spirituelle, moralische oder religiöse Berufung. Und dann traf es mich -«, sie hielt in ihren Schritten inne, als ob ihr die Idee erneut gekommen wäre, »- er büßte. Er büßte für etwas, das in seiner Jugend passiert war.« Sie setzte sich wieder auf ihren Platz. »Ich rief den Leiter des Einheitstreffens an. Sie erzählten mir genau das, was du gesagt hast. Dass dies das erste Treffen war, an dem Mr. Markin teilgenommen hatte. Weißt du, was die Leute normalerweise davon abhält, an einen Ort zu gehen, an dem sie sonst gerne wären?«

Malcolm nickte, ließ Annie aber trotzdem die Antwort aussprechen.

»Scham«, sagte Annie. »Scham hält die Menschen davon ab, dorthin zu gehen, wo sie hin wollen, und das zu tun, was sie tun sollten.« Sie machte eine Pause und sah Malcolm wieder direkt in die Augen. »Mr. Markin schämte sich wegen etwas, das mit seiner Einheit passiert war, nicht wahr?«

Frank beobachtete seinen Sohn auf eine Reaktion. Zunächst schien es, als würde Malcolm überhaupt nichts sagen, aber dann stieß er einen großen Seufzer aus, und seine Schultern sackten nach unten.

»Das tat er«, sagte Malcolm mit schmerzerfüllter Stimme. »Man muss verstehen, dass niemand weiß, wie es dort draußen ist, bis man dem Krieg von Angesicht zu Angesicht gegenübersteht. Jeder denkt, er wird ein Held sein, aber wenn der Moment kommt und überall der Tod lauert, sagt dir alles in dir, dass du weglaufen sollst -«

»Das könnte jedem von uns passieren«, bestätigte Annie.

»In Vietnam hat Mr. Markin viele gute Dinge getan. Er half bei der medizinischen Einheit. War für sein Team da. Aber er war nur ein Kind. Er war jünger als ich, als ich mich verpflichtete, und sie gerieten unter feindliches Feuer. Es war glücklicherweise nicht seine ganze Einheit, nur ein paar Jungs. Aber der Vietcong war über ihnen, und Mr. Markins Leute standen kurz davor, gefangen genommen zu werden, und er sah einen Ausweg. Also -«

»Also hat er ihn ergriffen?«, fügte Annie hinzu.

Malcolm nickte. »Er rannte. Ließ sie zurück und rannte so schnell er konnte. Er bereute es in dem Moment, als er zum Rest der Einheit zurückkam, wegen 'Keiner wird zurückgelassen' und all dem. Er erzählte es dem Rest seiner Einheit, und sie gingen alle gemeinsam los, um die beiden anderen Jungs zu finden, aber es war zu spät - sie waren gefangen genommen worden. Mr. Markin hat nie erfahren, was mit ihnen passiert ist, aber er geht davon aus, dass sie getötet wurden.«

»Blieb er in der Armee?«

»Nein, nicht danach«, antwortete Malcolm. »Er konnte sich entlassen lassen. Aber die Reue - sie verfolgte ihn. Er erzählte mir, dass er jeden Tag an das dachte, was er getan hatte, und er versprach sich selbst, ein besseres Leben zu führen. Dass er jede Chance nutzen würde, jemandem zu helfen, wenn er sie bekäme.« Malcolm hielt inne und blickte zur Decke. »Soweit ich weiß, hat er dieses Versprechen gehalten.«

»Von meiner Warte aus sieht es auch so aus«, stimmte Annie zu. »Und was ist mit dem Klassentreffen?«

»Er sagte mir, er würde zum Klassentreffen gehen, um mir zu beweisen, dass man sich nicht von der Vergangenheit zurückhalten lassen darf. Er tat es, um ein Vorbild zu sein. Wir haben einander geholfen. Wir gingen gemeinsam hin, als Waffenbrüder«, Malcolms Augen füllten sich mit Tränen und seine Wangen röteten sich, aber er hielt das Gefühl zurück. »Sein Tod - Es ist ein weiterer großer Verlust für mich.«

Frank war wie vor den Kopf gestoßen. Plötzlich wurde ihm klar, dass er zwar im selben Haus wie sein Sohn gelebt hatte - sich über Geräusche und Malcolms Wohlbefinden Sorgen gemacht hatte - aber diese Seite von ihm nie wirklich gesehen hatte. Frank streckte seinen Arm aus und legte ihn um Malcolms Schulter.

»Habe ich dir heute schon gesagt, wie stolz ich auf dich bin?«, fragte er und vergaß dabei, dass noch jemand anders im Raum war.

»Erst fünfmal«, grinste Malcolm ihn an.

»Dann machen wir's zum sechsten Mal«, fügte Frank hinzu. Er wandte sich Annie zu, bereit das Interview abzuschließen. »Ich würde das gerne zu Ende bringen. Gibt es noch etwas?«

»Nein«, lächelte Annie, stand auf und glättete ihre Hose.

»Ich kann Ihnen allen gar nicht genug danken. Ethan und ich werden Ihre Gastfreundschaft nicht länger strapazieren.«

Ihr Partner stand auf und streckte Malcolm die Hand entgegen. »Danke für Ihren Dienst«, sagte er aufrichtig. »Und dafür, dass Sie uns heute hier geholfen haben.«

Sie wandten sich zum Gehen, aber Annie hielt an der Tür inne und drehte sich noch einmal zu der Familie um. »Oh«, sie tippte sich an die Stirn, als hätte sie etwas vergessen. »Wie dumm von mir, da war noch eine Sache. Wir konnten Malcolms Dienstakte einsehen, und darin stand, dass er ein Schießchampion ist.«

Frank fühlte sich, als hätte man ihm die Luft aus den Lungen gepresst, aber er versuchte, sich nichts anmerken zu lassen.

»Ja«, antwortete Lisa, ihre Stimme klang weit weg. »Unser Sohn hat mehrere Medaillen für seinen Dienst gewonnen. Das war eine davon.«

»Natürlich!«, rief Annie aus, ihr Ton war munter. »Ich habe mich gefragt... Sie bewahren doch keine Waffen auf dem Grundstück auf, oder?«

Es folgte eine lange Pause, in der niemand etwas sagte, und die Luft im Raum schien schwer zu werden. Malcolm war es, der das Schweigen brach.

»Doch«, antwortete er ehrlich. »Ich bewahre sie alle im Keller in einem Waffenschrank auf. Er ist abgeschlossen, und die Munition wird immer separat aufbewahrt.« Dabei beließ er es, und Frank war erleichtert, dass sein Sohn ein ehrenhafter Mann war, aber kein dummer.

»Ich nehme an, ich könnte ihn nicht sehen?«, fragte Annie.

»Die Waffen sind gerade zur Wartung«, sagte Frank und versuchte, seine Stimme nicht zittern zu lassen.

»Kein Problem«, lächelte Annie. »Das waren alle Fragen, die wir für heute haben. Vergessen Sie nicht, das Kellerfenster zu reparieren«, fügte sie auf dem Weg zur Haustür hinzu. »Eine schreckliche Idee, es so offen zu lassen.«

Damit verabschiedeten sich die Detektive. Sobald die Tür ins Schloss fiel, sank Frank in den Sessel, sein Körper entspannte sich zum ersten Mal in der letzten Stunde.

»Wir brauchen einen Anwalt«, sagte er zu Lisa und Malcolm.

Lisa war schon auf dem Weg zum Herd und stellte einen Topf Tee auf, um ihnen allen etwas Trost zu spenden. »Schatz«, schüttelte sie den Kopf. »Du *bist* ein Anwalt.«

Frank legte die Füße hoch, sein Magen verkrampfte sich vor Sorge. »Wir brauchen einen besseren.«

KAPITEL FÜNFUNDZWANZIG

NACH EINEM RUHIGEN Abendessen im Diner – während dem Annie hauptsächlich ihren eigenen Gedanken über den Fall nachgehangen hatte – waren Annie und Ethan zurück in ihrem malerischen Motel, jeder von ihnen auf dem Treppenabsatz vor seinem jeweiligen Zimmer. Ethan hielt einen Schlüssel in der Hand und spielte damit herum, als könne er das richtige Ende nicht finden.

»Du kaufst Zeit, weil du etwas sagen willst«, bemerkte Annie mit einem Blick auf den Schlüssel.

»Du weißt, wer es getan hat«, sagte Ethan. »Aber du hast es mir nicht gesagt.«

»Ich erinnere Sie daran, mein Herr, dass Sie ein Gesetzeshüter sind«, antwortete Annie. »Es wäre unethisch von mir, es Ihnen zu sagen, wenn ich nicht sicher wäre. Alles, was ich vermute, ist immer noch nur ein Verdacht. Ich brauche mehr Fakten.«

»Damit kann ich leben«, antwortete Ethan und lehnte sich mit dem Rücken gegen die Tür seines Motelzimmers. »Willst du nochmal essen gehen?«

»Wir haben gerade gegessen«, stellte Annie fest.

»Aber du hast die ganze Zeit hauptsächlich nachgedacht.

Das zählt also nicht.« Ethan machte eine Pause und überlegte. »Was ist mit Eis? Du brauchst Nachtisch. Das ganze Denken verbrennt extra Kalorien. Du musst am Verhungern sein.«

»Und du?«

»Ich denke kaum. Deshalb muss ich trainieren.«

»Hast du Angst, allein in dein Zimmer zu gehen?«, fragte Annie.

»Ich? Natürlich nicht. Großer starker Kerl«, Ethan spannte einen Bizeps an. »Aber Malcolm heute zu sehen, was er durchgemacht hat. Es ist wie bei uns, oder? Wir sind wie er. Einfach von Dingen aus der Vergangenheit verfolgt. Manchmal denke ich über alles nach und ich -«

Er hörte auf zu sprechen, hauptsächlich weil Annie auf ihn zugeschritten war und ihre Hand über seinen Mund gelegt hatte.

»Pst«, sagte sie. »Ich stimme dem Eis zu. Aber nur, wenn wir nicht über die Sache reden, über die ich nicht reden kann. Verstanden?«

Er nickte, und sie nahm ihre Hand von seinem Mund.

»Du zahlst«, lächelte Ethan sie an. Aber hinter seinen Augen lag eine Traurigkeit. Eine Traurigkeit, von der Annie wusste, dass keiner von ihnen sie abschütteln konnte. Ethan wurde in seinen wachen Stunden von der Vergangenheit verfolgt, aber für Annie kamen die Albträume über die Vergangenheit tendenziell, wenn sie schlief, uneingeladen und aufdringlich.

Sie würde das Eis mit Ethan holen, aber nur für ihn - nicht für sich selbst oder ihren eigenen Gemütszustand. Denn im Gegensatz zu Ethan wusste Annie, dass sie der Vergangenheit nicht davonlaufen konnte. Sie wusste, dass sie sich nicht von dem ablenken konnte, was tief in ihrem Unterbewusstsein vergraben lag. Zumindest nicht für lange.

Alles, was sie tun konnte, war zu versuchen, jeden Fall zu lösen, der ihr präsentiert wurde, in der Hoffnung, dass es sie näher daran heranführen würde, das zu reparieren, was in ihr zerbrochen war. Und wenn sie es nicht reparieren könnte, würde sie lernen, damit zu leben, genauso wie Herr Markin gelernt hatte, mit seiner Scham zu leben. Sie würde anderen Menschen helfen, die erlebt hatten, was sie erlebt hatte, denn Annie wusste, wie es war, jemanden, den man liebte, durch ein Gewaltverbrechen zu verlieren.

Und sie würde alles in ihrer Macht Stehende tun, um sicherzustellen, dass diejenigen, die ein unschuldiges Leben nahmen, der Gerechtigkeit zugeführt wurden.

KAPITEL SECHSUNDZWANZIG

REGGIE

Reggie knallte die Haustür hinter sich zu, als er aus dem Haus stürmte, das er mit Janis teilte. Er schritt über den Rasen und ließ seine Füße ihn zu einem unklaren Ziel führen.

Es konnte nicht wahr sein. Janis – seine Frau, die Frau, mit der er sein Zuhause aufgebaut hatte – hatte ihm gerade das Undenkbare erzählt. Sie hatte nicht nur eine Affäre, sondern eine ganz besondere Art von Affäre. Eine Affäre mit einer Frau. Und schlimmer noch, mit einer Nachbarin.

Er stolperte in das Meer aus schwarzem Asphalt, das die Sackgasse bildete, und versuchte, einen Tsunami der Wut zurückzuhalten. Er war nicht so sehr darüber verärgert, dass Janis jemand anderen liebte. Damit könnte er leben. Es war die Tatsache, dass sie es gewagt hatte, etwas zu tun, das so außerhalb seines moralischen Kompasses lag. Als er *sie* zu seiner Frau gewählt hatte, hatte Reggie einen Vertrauenssprung gewagt. Er hatte seinen Ruf in ihre Hände gelegt. Janis war – in Reggies Augen – eine Erweiterung seiner selbst und seines Vermächtnisses. Und jetzt hatte sie alles ruiniert.

Wie konnte sie nur, kochte Reggie vor Wut und zog seine Jacke enger um die Schultern. Sein Atem kam in spiralförmigen Wolken heraus, als er sich mit der kühlen Abendluft vermischte. Reggie versuchte, sein Tempo gleichmäßig zu halten, in der Hoffnung, dass es – falls einer der Nachbarn ihn sah – nur wie ein gewöhnlicher Spaziergang aussehen würde.

Er machte die Runde um die Aspen Lane und passierte dabei die namensgebenden Bäume am Rande der eisernen Tore. Normalerweise vermittelten diese Tore Reggie ein Gefühl von Sicherheit. Sie waren ein Symbol für das Leben, für das er so hart gearbeitet hatte. Ein Leben, das ihm ein gewisses Maß an Stabilität versprach und ihn unangreifbar machte. Doch heute Abend erinnerten die Tore Reggie an die Tür eines Käfigs. Heute Abend hielten die Tore nicht andere draußen. Sie sperrten Reggie *ein*.

Er bog an der Ausfahrt vorbei und nahm Ottos Sicherheitshäuschen zur Kenntnis, aus dessen Glasfenstern ein warmes Licht strahlte. Seine Beine trugen ihn vom Eingang weg und zwangen ihn nach Norden in Richtung des oberen Teils der Sackgasse, als er es plötzlich sah. Melissas und Sheilas aufgewertetes Haus am Ende der Straße, mit seinem aufdringlichen Garagenumbau, der für alle sichtbar war. Es gab keine Vorhänge an den breiten Schiebefenstern, die an der Stelle angebracht worden waren, wo früher das Garagentor war, sodass man die Töpferscheibe und das riesige Sofa vom Eingang der Gemeinde aus sehen konnte. Der Umbau war ohne jegliche Rücksicht auf die Nachbarschaft durchgeführt worden. Der Baulärm. Das Hämmern Tag und Nacht. Reggie hatte das alles im Namen der guten Nachbarschaft ertragen, nur damit die Hexe ihr Töpferstudio haben konnte.

Und die ganze Zeit über hat sie meine Frau gevögelt. Reggie hätte nie gedacht, dass er diese Worte jemals sagen müsste. Sie in seinem eigenen Kopf zu hören, war alarmierend, als wäre er versehentlich in das Leben eines anderen getreten.

Überwältigt ließ Reggie seine Füße ihn zum Haus führen. Er würde diesen Frauen seine Meinung sagen. Bisher war er höflich gewesen, aber jetzt war es an der Zeit, ihnen zu zeigen, was er wirklich dachte. Er stampfte über den Rasen, während die Außenbeleuchtung auf ihn herabschien, als er uneingeladen zur Haustür ging. Er ballte seine Hand zur Faust und hämmerte hart gegen das handgeschnitzte Holz. Seine Brust hob und senkte sich vor Erregung einer bevorstehenden Konfrontation, und er konnte es kaum erwarten, dieses Böse aus sich herauszulassen. Er würde sich erleichtert fühlen, wenn es vorbei wäre. Die Wut in ihm hatte sich in Gift verwandelt, und der einzige Weg, es loszuwerden, war, das Biest auf jemand anderen loszulassen.

Mit einem langsamen Knarren öffnete sich die Tür. Reggie holte Luft.

»Du verdammte Sch-«, begann er zu sagen, hielt aber inne, erschrocken über das, was er vor sich sah.

Da stand Melissa, Tränen liefen ihr unter der Brille über die Wangen. Ihr braunes, lockiges Haar war mit einem Scrunchie zurückgebunden, und sie trug einen lose offenen Bademantel über ihrem Schlafanzug. Ihre Wangen waren gerötet und sie hatte Mühe zu stehen, vermutlich wegen der Whiskeyflasche, die sie in der linken Hand hielt.

Es folgte eine lange Pause, in der sowohl Melissa als auch Reggie zu überrascht waren, um etwas zu sagen. Dann brach Melissa das Schweigen. »Sie hat es dir erzählt, hm?«

Der Bruch in Melissas Stimme schien Reggies Wut zum Schmelzen zu bringen. Ihre Traurigkeit spiegelte etwas in ihm wider, das er unterdrückt hatte. Ein tiefer, tragischer Schmerz, den er lieber unter Wut verbarg, die unendlich produktiver war. Bei ihrem Anblick wallte dieser Schmerz auf, und Reggie spürte eine seltsame Nässe im Gesicht, die er seit seiner Kindheit nicht mehr erlebt hatte.

»Alles wird jetzt anders sein«, hörte er sich selbst sagen.

Melissa nickte. Sie hielt die Whiskeyflasche hin, und Reggie nahm sie. Er nahm einen Schluck und folgte dann Melissa in ihr Haus, direkt in das Büro seines Feindes. Sie führte ihn ins Wohnzimmer und deutete auf das Sofa.

»Du kannst dich setzen«, sagte sie vage, mit leeren Augen.

»Ist Sheila hier?«, fragte Reggie, aus Angst vor dem, was er tun könnte, wenn sie da wäre.

»Sie übernachtet bei einer Freundin«, antwortete Melissa. »Wollte mir ›etwas Raum‹ geben«, sie machte Anführungszeichen in der Luft um die Worte »*etwas Raum*« und spottete über die Idee. »Aber die Wahrheit ist, sie wollte einfach nicht mehr in meiner Nähe sein.« Melissa starrte an die Decke, als ob dort ein Rätsel geschrieben stünde, das sie lösen könnte. »Wo sind wir nur so falsch abgebogen? Ich dachte, sie liebt mich. Sie hat mir all diese Dinge erzählt, die ich getan habe und die sie genervt haben. Anscheinend rede ich zu viel über mich selbst. Was völlig daneben ist, denn ich bin wirklich eine gute Zuhörerin.«

Reggie wollte gerade etwas sagen, aber Melissa bemerkte es nicht und redete einfach weiter, was Reggie nicht ohne Ironie zur Kenntnis nahm.

»Sie sagte, ich sei elitär und besessen von meinem Job, aber hallo?! Ich arbeite in der Akademie. Wir sind alle *Intellektuelle*. Was hat sie erwartet? Sie sagte, ich lasse sie sich nicht besonders fühlen und dass ich sie nicht wirklich *sehe*. Dass sie nur ein Anhängsel in meinem Leben sei. Das ist so unfair!«

»Sag mir was davon«, nickte Reggie. »Anscheinend behandle ich meine Frau wie ein weiteres Haushaltsgerät. Mir wurde vorgeworfen, *ihre Bedürfnisse zu ignorieren*, was auch immer zur Hölle das bedeuten soll.«

»Ja, also, wenn du so viele Bedürfnisse hast, sag was!«, fügte Melissa hinzu, ihre Worte leicht lallend. »Ich bin kein Gedankenleser.« Sie hielt inne und richtete ihren Bademantel, als wäre er ein wichtiges Modeaccessoire. »Die Wahrheit ist, ich bin nicht sensibel. War schon mein ganzes Leben lang ein Problem. Hier laufe ich als Frau herum und bin nicht *sensibel* genug. Die Leute hassen das. Dass mein Äußeres nicht zu meinem Inneren passt. Aber was soll ich tun? Ich nenne die Dinge beim Namen. Ich lebe für *mich*. Ich bin im Grunde -«, sie deutete auf Reggie, »du. Aber in all *dem hier* -«, sie fuhr mit den Händen über ihren Körper. »Es passt nicht zusammen. War schon immer so. Wird immer so sein.« Sie streckte sich und legte die Füße auf den Tisch. »Ich arbeite hart. Ich sorge für uns, während sie ihre Kunst macht oder was auch immer. Verdammt, ich habe ihr sogar erlaubt, ein Töpferstudio zu bauen.«

»Das war nett«, stimmte Reggie zu.

»So nett war's nicht«, fügte Melissa hinzu. »Ich hab's hauptsächlich gemacht, um *dich* zu ärgern. Mir gefiel die Vorstellung, dass du den Baulärm ertragen musst. Ich fand's toll, als du so sauer warst, dass du sogar Frank überredet hast, dagegen zu protestieren-«

»Stimmt«, lachte Reggie. »Ich hab ihn sogar rechtliche Schritte einleiten lassen, um den Bau zu stoppen. Hab dich wenigstens ein bisschen ausgebremst, oder?«

»Ja, das hast du.«

»Gut gespielt«, stimmte Reggie zu und nahm noch einen Schluck Whiskey. »Weißt du, wie immer ein Auto vor deinem Haus parkt, wenn Müllabfuhr ist, sodass du deine Tonnen auf die andere Straßenseite bringen musst?«

»Ja, ist ein weiter Weg«, bestätigte Melissa.

»Das bin ich«, sagte Reggie. »Wir haben die alte Karre meines Vaters in der Garage stehen. Nicht fahrbereit. Und jede Woche am Mülltag stehe ich um 6 Uhr morgens auf, um sie vor deinem Haus zu parken. Nur weil ich es mag, dass du deine vollen Tonnen weiter die Straße runter schleppen musst. Ich wollte, dass du dich irgendwie schwach fühlst. Ist das nicht krank?«

Melissa sah einen Moment lang verblüfft aus, dann brach sie in Gelächter aus. Bevor sie es merkten, lachte Reggie auch.

»Du und ich«, sagte Melissa atemlos. »Wir können beide nicht kommunizieren. Wir ignorieren beide unsere Frauen. Und wir wurden beide betrogen.« Sie griff nach der Whiskey-flasche und schenkte sich noch ein Glas ein, ließ die bernsteinfarbene Flüssigkeit den Tumbler auf ihrem Tisch füllen. »Hätte nie gedacht, dass ich das mal sagen würde. Du und ich? Wir sind uns ähnlicher, als wir unterschiedlich sind.«

Reggie ließ das auf sich wirken und sah Melissa plötzlich in einem neuen Licht. Er war schnell dabei gewesen, sie wegen ihres »Lebensstils« zu verurteilen. Aber vielleicht stimmte es ja, dass die Menschen, die wir hassen, uns am ähnlichsten sind. Hier vor ihm saß eine Verbündete. Diese Frau hatte für ihre Frau gesorgt. Sie hatte ihr ein gutes Zuhause gegeben und war jeden Tag hinausgegangen, um sich den Anforderungen des Kapitalismus zu stellen. Sie war klug. Furchtlos. Und, verdammt noch mal - Reggie mochte sie.

»Du und ich«, er streckte die Hand aus und Melissa ergriff sie. Die beiden waren plötzlich vereint durch das, was sie gerade erfahren hatten.

KAPITEL SIEBENUNDZWANZIG

ES WAR DREI UHR MORGENS, als Annie mit einem Ruck erwachte und die Decken von ihrem schlaffen Körper riss, um der Hitzewelle zu entkommen, die sie umgab. Für einen Moment fühlte sich Annie durch die ungewohnte Umgebung, als wäre sie noch in einem Traum gefangen. Die Kaffeemaschine des Motels in der Ecke wirkte seltsam fremd. Der Wecker neben ihrem Bett sah völlig falsch aus. Die abblätternde Deckenfarbe schien sich in Fetzen zu lösen. Alles war fremd, eine seltsame, zerfließende Simulation ihres Schlafzimmers zu Hause.

Annie atmete tief ein und hielt den Atem vier Sekunden lang an, genau wie die Therapeuten es ihr als Teenager beigebracht hatten. Sie wartete, ließ den Atem ruhen und atmete dann langsam aus.

»Du bist in einem Motel«, flüsterte sie laut. »Du berührst die Decken. Du liegst auf dem Bett.« Diese Dinge halfen ihr, sich zu erden. Das Benennen ihrer Umgebung brachte sie zurück in den Moment, als sie einen Traum wie diesen gehabt hatte. Das Problem war natürlich, dass Annies Albträume überhaupt keine Träume waren. Es waren Erinnerungen, die sich tief in ihrem Unterbewusstsein eingenistet hatten, mit peinlicher Genauigkeit für bestimmte Details.

Das war die Schönheit und der Fluch von Annies Verstand, der schon immer eine angeborene Neigung gezeigt hatte, winzige Elemente in einem großen Bild zu katalogisieren. Als Kind hatte sie die Dosen in der Speisekammer ihrer Familie mit einem bloßen Blick gezählt und sich für immer gemerkt, dass am Dienstag, dem 25. März, zwanzig Dosen da waren, aber am Mittwoch, dem 36., nur noch achtzehn. Als ihre Mutter eine neue gewebte Decke für ihr Schlafzimmer kaufte, wurde Annie so besessen von dem verworrenen Muster der Fäden im Stoff, dass sie weggenommen werden musste, aus Angst, Annie könnte nie wieder schlafen. Ihre Besessenheit von einzelnen Teilen erstreckte sich auch auf Menschen. Annie erinnerte sich an alles über jeden. Geburtstage. Vorlieben und Abneigungen. Lieblingsfarben. Sie konnte die einzelnen Elemente, die eine Person ausmachten, übereinanderstapeln, anstatt mit dem zusammenhängenden Ganzen zu interagieren. All das geschah ohne Anstrengung. Annie hatte die Welt nie *so* erleben wollen, aber so war sie verdrahtet, und jetzt – als Erwachsene – hatte sie gelernt, es zu ihrem Vorteil zu nutzen.

Sie rollte sich zur Seite des Bettes und stellte ihre Füße auf den Boden, ließ ihre Fersen in den schmutzigen Motelteppich sinken. Annie wusste, was sie tun würde, bevor sie es tat, und verurteilte sich sofort dafür. Trotzdem, gegen ihren Protest, strafften sich Annies Beine und ihr Körper erhob sich, schwebte zur Tür ihres Motelzimmers. Sie öffnete sie, die kalte Nachtluft ein Schock für ihren Körper, der nur durch ein dünnes Nachthemd geschützt war.

Sie trat hinaus und ließ die Tür hinter sich ins Schloss fallen. Ihre Haut prickelte, als sie sich der Eingangstür des Zimmers hinter ihr näherte, wo sie wusste, dass Ethan schlief, wahrscheinlich auf seine leise Art schnarchend. Ethan schlief, als würde er sich dafür entschuldigen, müde zu sein, mit gedämpften, halbherzigen Schnarchern und einem Körper, der sich so oft drehte, dass er noch teilweise wach zu sein schien.

Annie stand vor seiner Tür, ohne sich die Mühe zu machen zu klopfen. Sie berührte den Griff. Drehte den Knauf. Die Tür schwebte auf. Ethan hatte sie unverschlossen gelassen, wahrscheinlich weil er den Blick in ihren Augen gesehen hatte, als sie am Abend zuvor in ihre jeweiligen Zimmer gegangen waren. Er hatte gewusst, dass sie ihn brauchen würde, noch bevor sie es selbst wusste.

Annie stieß die Tür auf und enthüllte Ethan, der aufrecht in seinem Bett saß.

»Wieder?«, fragte er.

Annie nickte. Ethan schlug die Bettdecke zurück und lud sie ein. Ohne ein Wort bewegte sich Annie auf ihn zu, kroch unter die Decken. Ethan legte seinen Arm um sie und schuf einen Raum, in dem sie sich an ihn drücken und sich selbst vergessen konnte.

Eine Weile sprachen sie nicht. Ethan hielt Annie einfach fest, strich sanft mit dem Daumen über ihren Handrücken, den er behutsam in seiner Hand hielt.

»Ich hoffte, dies würde unsere Chance sein, es zu lösen«, flüsterte Annie. »Dieser hier fühlte sich anders an.«

»Ich weiß«, stimmte Ethan zu. »Annie, es ist möglich – der Fall ist seit so vielen Jahren abgeschlossen. Wir werden ihn vielleicht nie lösen –«

»Sag das nicht«, unterbrach Annie ihn. »Du darfst das *nie* sagen.«

»Ich träume auch noch davon«, antwortete Ethan.

Das Geständnis traf Annie wie ein Schlag in den Magen. Sie war offen mit ihren Albträumen umgegangen, weil sie Ethans Unterstützung in Momenten wie diesem gebraucht hatte. Aber er hatte ihr nie erzählt, dass er sie auch noch hatte.

Der Albtraum, der eigentlich eine Erinnerung war, kam in Blitzen zu Annie zurück. Das Haus. Ihr Bruder, sein Körper auf dem Boden des makellosen Hauses, das zum Verkauf stand. Ethans Schwester, ihr Bild auf Vermisstenanzeigen verteilt. Die Kameras. Die Zeitungen. Die Suche, die nichts ergab.

Annie war erst sechzehn, als das Verbrechen geschah. Sie hatte von dem Mörder in den Nachrichten gehört, bevor es sie je persönlich betraf – sie nannten ihn den »Immobilien-Ripper« – einen Serienmörder, der scheinbar Menschen in ihren Häusern ins Visier nahm, besonders wenn dieses Haus zum Verkauf stand. Irgendwie tauchte entweder der Käufer oder der Verkäufer tot auf, mit nichts als einem weißen Umschlag und einem dreiwörtigen Brief darin, der die Behörden verwirren und in die falsche Richtung lenken sollte.

Ethans ältere Schwester war so stolz auf die kleine Eigentumswohnung, die sie gekauft hatte. Es war ein Eigenheim für den Anfang. Sie war dort, um die Papiere für den Abschluss des Verkaufs vom neuesten Immobilienmakler der Stadt zu unterzeichnen – Annies Bruder.

Annies Bruder war gerade erst erwachsen geworden, als es passierte, und lebte noch zu Hause. Sie erinnerte sich, wie er an diesem Tag am Frühstückstisch saß und Annie und ihren Eltern erzählte, dass der Abschluss dieses Geschäfts bedeutete, dass sein Geschäft in Schwung kam. Er fühlte, dass die Zukunft ihm gehörte.

Bis es nicht mehr so war.

Sie erinnerte sich an die Bilder, die über die Fernsehbildschirme flimmerten, von seinem Körper, bäuchlings, der Kopf blutend. Ihre Eltern hatten versucht, sie davor zu schützen, aber natürlich hatte Annie sich nicht vor der landesweiten Berichterstattung verstecken können. Und Ethans Schwester wurde nie gefunden, ihr Gesicht jahrelang auf »Vermisst«-Plakaten zu sehen. Sie war verschwunden, mit nichts als einem weißen Umschlag und einem kurzen, handgeschriebenen Brief darin. Er lautete einfach: »Weil sie es wussten.«

Die Polizei wusste nicht, was sie damit anfangen sollte, und der Fall wurde nie gelöst.

Ethan und Annie waren an diesem Tag durch einen unsichtbaren Faden verbunden worden. Beide fanden sich im Mittelpunkt eines Medienrummels wieder. Jeder von ihnen trauerte öffentlich um den Verlust eines Geschwisterteils. Sie waren bis zu dem Verbrechen nur flüchtig bekannt gewesen, aber danach – waren sie Freunde geworden. Ethan hatte Annie vor den Kindern in der Schule beschützt, die es wagten, Kommentare über das Geschehene abzugeben. Und Annie hatte Ethan geholfen, als er durch seine Kurse fiel, indem sie nicht nur ihre eigenen Aufgaben erledigte, sondern auch seine. Sie hatten die Art von Loyalität zwischen sich, die nur durch das Überleben eines Traumas entsteht. Sie waren wie Soldaten, die zusammen im Krieg gewesen waren.

Das Verbrechen hatte das Leben beider für immer verändert. Es war der Grund, warum Ethan dem FBI beitrat und was Annie dazu brachte, ihr Büro als Privatdetektivin zu eröffnen. Aber selbst als das Leben sie auf ihre jeweiligen Wege zog, hatten die beiden alten Freunde nie das Versprechen vergessen, das sie einander gegeben hatten:

Eines Tages würden sie den Fall lösen, der sie zusammengebracht hatte.

»Versuch's mit Aspen Lane«, flüsterte Annie laut. »Es waren sogar drei Buchstaben. Es *muss* damit zusammenhängen. Anders ergibt es einfach keinen Sinn.« Annie hasste es, wenn alle Teile da waren, aber das Bild, das sie ergaben, nicht ihren Vorstellungen entsprach. Ihr fehlte etwas. Es gab keine andere Erklärung. »Wenn ich es nur aus dem richtigen Blickwinkel betrachten könnte, würde ich es herausfinden. Es gibt etwas, das ich noch nicht gesehen habe. Irgendein Teil, das alles zusammenfügen wird.«

Ethan küsste ihren Scheitel und zog sie näher an sich heran.

»Manchmal ergeben die Dinge einfach keinen Sinn. Lass

es gut sein«, sagte er und bemerkte, wie sie bei diesem Vorschlag erstarrte. Dann fügte er hinzu: »Nur für heute Abend. Nicht für immer.«

Daraufhin entspannte sich Annie und gab den Kampf auf, um den Krieg zu gewinnen. Sie schloss die Augen und lehnte sich an den einen Menschen – den einzigen Menschen –, der es je geschafft hatte, das unlösbarste Rätsel zu entschlüsseln. Das Rätsel, mit dem Annie täglich kämpfte. Das Rätsel in ihr selbst.

KAPITEL ACHTUNDZWANZIG

LICHT SICKERTE hinter den staubigen Vorhängen des Motels herein und kündigte einen neuen Tag an. Annie drehte sich im Bett um und bemerkte ihr Unbehagen, in Ethans Zimmer zu sein. Die Geheimnisse, die sie für sich behielt, fühlten sich nur sicher an, wenn sie unter dem Schutz der Nacht geteilt wurden. Im Kontext eines neuen Tages offenbart, waren sie zu verletzlich, um preisgegeben zu werden. Annies Schwächen beschämten sie. Sie verspürte einen Anflug von Reue, ähnlich dem Gefühl nach einer durchzechten Nacht oder einem One-Night-Stand. Alles, was sie getan hatte, war, einen Moment der Verletzlichkeit mit einem Mann zu teilen, der sie den Großteil ihres Lebens gekannt hatte – doch der Schachzug fühlte sich wie eine Sünde gegen die Frau an, die sie sich geschworen hatte zu werden. Die Frau, die niemanden brauchte.

Sie hoffte, Ethan würde so tun, als wäre nichts passiert.

Glücklicherweise für Annie war Ethan nicht da. Sie blickte über ihre Schulter und fand nichts als die andere Hälfte des Bettes, perfekt gemacht. Das Surren der Wandheizung war das einzige Geräusch im Raum außer Annies eigenem Atem.

Annie stand auf und nahm die Bettdecke wie einen Schal um ihre Schultern gewickelt mit. Sie ging zum Couchtisch, wobei ihr perfektes Gedächtnis die Szene vom Vorabend rekonstruierte. Letzte Nacht hatten Ethans Brieftasche und Schlüssel am Rand des Tisches gelegen, neben der Lampe. Jetzt fehlten beide.

Er hatte sie allein im Zimmer zurückgelassen. Genau so, wie er wusste, dass sie es gewollt hätte.

Erleichtert über die fehlende Gesellschaft ließ Annie die Bettdecke fallen und ging ins Badezimmer. Sie stellte die Dusche an, betrat die kleine Höhle und ließ das heiße Wasser über ihre Haut laufen.

Sie dachte über die Fakten ihres Falls nach. Sie war fast fertig mit ihrer Untersuchung des Mordes an Mr. Markin. Zu diesem Zeitpunkt hatte Annie alle drei Punkte der Ermittlung gelöst, obwohl sie die entsprechenden Beweise brauchte, um ihre Schlussfolgerungen unwiderlegbar zu machen. Annie glaubte zu wissen, wer Mr. Markin getötet hatte, obwohl ihr die notwendigen forensischen Beweise fehlten, um ihre Behauptung zu untermauern. Sie wusste, wer den Raubüberfall begangen hatte, und hatte dessen Verbindung zu Mr. Markins ultimativem Schicksal definiert. Und sie wusste, wer den Brief geschickt hatte, der sie für den Fall engagierte, obwohl die Antwort nicht das war, was sie erhofft hatte.

Annie war fast bereit, ihre Erkenntnisse zu teilen, abgesehen von einem kleinen Puzzleteil, das sie einfach nicht einordnen konnte.

Die Mordwaffe.

Der forensische Bericht hatte ergeben, dass Mr. Markin mit einer bestimmten Art von Handfeuerwaffe erschossen wurde. Um genau zu sein, einer Colt Model 1911A1. Die Waffe war in den 1970er Jahren ein Standardausrüstungsgegenstand, der vom US-Militär während des Vietnamkriegs verwendet wurde. Es war eine interessante Wahl, angesichts der Verbreitung von Waffen mit größerer Feuerkraft und moderneren Vorteilen.

Annie wusste, dass sie – um ihren Fall wasserdicht zu machen und sicherzustellen, dass die für Mr. Markins Tod verantwortliche Person zur Rechenschaft gezogen würde – die Herkunft der Mordwaffe zurückverfolgen und mit dem Mörder in Verbindung bringen musste. Bis dahin konnte sie ihre Erkenntnisse mit niemandem teilen. Nicht einmal mit Ethan. Bevor sie ihre Schlussfolgerungen präsentierte, musste sie sich sicher sein.

Annie stieg aus der Dusche, fest in ihrem Entschluss. Sie trocknete ihre Haare – immer noch die Fakten des Falls bedenkend – und schlüpfte dann in ihre Kleidung vom Vortag. Sie zögerte vor Ethans Koffer, bevor sie hineingriff und eines seiner Flanellhemden herauszog. Sie zog es über ihr Tanktop und schuf so ein quasi brandneues Outfit. Dann trat sie aus dem Motel, verriegelte den Türknauf von innen, bevor sie ihn hinter sich zufallen ließ.

Sie marschierte die Treppe hinunter zum Parkplatz. Dort lehnte Ethan an der Motorhaube seines schwarzen, nicht gekennzeichneten FBI-Dienstwagens und hielt in jeder Hand einen Kaffee. Ethan sah aus, als wären die Ereignisse der letzten Nacht vergessen. Annie fragte sich, ob er gelernt hatte, ihren Zyklus des Näherkommens und sich dann wieder Entfernens zu akzeptieren. Letzte Nacht war nicht das erste Mal, dass sie ihn an seiner Hoteltür aufgesucht hatte, aber dieser Morgen war das erste Mal, dass er es ohne Anhaftung loszulassen schien.

»Dachte, du möchtest einen Moment allein sein, bevor ich dir die Neuigkeiten mitteile«, lächelte er sie an. Annie nahm den Kaffee dankbar entgegen.

»Neuigkeiten?«

»Sie verlesen heute das Testament.«

»Wer ist eingeladen?«, fragte Annie.

»Anscheinend hat Mr. Markin der ganzen Nachbarschaft etwas hinterlassen.«

»Dann sollten wir wohl besser dabei sein«, lachte Annie und öffnete die Beifahrertür des Wagens.

»Natürlich«, antwortete Ethan und drückte den Startknopf, sodass der Motor zum Leben erwachte. »Ich würde ungern eine Show verpassen.«

KAPITEL NEUNUNDZWANZIG

DIE NACHBARN WIRKTEN ALARMIERT, als sie sich wieder im Konferenzraum des Country Clubs wiederfanden. Annie konnte verstehen warum. In vielerlei Hinsicht repräsentierte dieser Ort – mit seinen mehrstöckigen Springbrunnen und geschnitzten Statuen, umgeben von perfekt grünem Rasen – eine Art Immunität. Innerhalb der Grenzen des Country Clubs herrschte ein Gefühl der Sicherheit, als ob eine Mitgliedschaft jemanden davor bewahren könnte, die härtesten Seiten des Lebens zu erfahren. Nun war diese Sicherheit unterbrochen worden – in Frage gestellt auf eine Art und Weise, die die heiligsten Räume der Nachbarschaft verletzte.

Die Teilnahme an der Testamentseröffnung – wie vom Nachlassverwalter von Herrn Markins Nachlass vorgeschrieben – war freiwillig. Jeder Bewohner der Aspen Lane war telefonisch von Laemle & Leamle, Esq., der Anwaltskanzlei, die Herrn Markins Angelegenheiten betreute, kontaktiert worden. Sie wurden darüber informiert, dass sie als Empfänger genannt wurden, erhielten aber keine weiteren Informationen. Stattdessen wurde ihnen lediglich mitgeteilt, dass es Herrn Markins Wunsch war, dass sie alle bei der Verlesung anwesend sein sollten.

Nun saßen sie im Kreis in einem der verspiegelten Konferenzräume des Country Clubs, ihre Stühle vor einem langen Tisch angeordnet. Hinter dem Tisch saß Herr Laemle, ein alter Freund von Herrn Markin, der zufällig auch sein Anwalt war. Herr Laemle trug einen Anzug mit Krawatte für diesen Anlass und verhielt sich äußerst professionell. Er war ein kleiner Mann mit Schnurrbart und strahlte eine gewisse richterliche Aura aus, als würde er die Heiligkeit des Gesetzes überall mit sich tragen. Er öffnete einen Aktenkoffer aus Krokodilleder und räusperte sich, während er einen Stapel Papiere herauszog.

»Sie werden verstehen, dass die Verlesung dieses Testaments in Übereinstimmung mit Herrn Markins Wünschen erfolgt«, erklärte Herr Laemle. »Er hatte seinen Nachlass gut geregelt und war außerordentlich klar, was die endgültige Abwicklung seiner Angelegenheiten betraf.«

Ein paar Kopfnicken gingen durch den Raum. Vor ihm präsentierten die Nachbarn eine ziemlich bunte Truppe. Krystal spielte mit dem Rand eines Taschentuchs, das an ihren Haaren befestigt war, und konnte nicht aufhören, unruhig herumzuzappeln.

»Wird das wie, sehr lange dauern?«, fragte Krystal mit zitternder Stimme. »Ich habe eine Sitzung, zu der ich muss, und die Zukunft wartet nicht.«

»Überhaupt nicht lange«, versicherte ihr Herr Laemle. »Wir kommen gleich zur Sache.«

»Toll«, antwortete Krystal. Neben ihr ließ Jared sein Bein auf und ab wippen, während seine Brüder an den Einstellungen einer Videokamera herumfummelten.

»Aufnahmen sind nicht gestattet«, sagte Herr Laemle zu Jareds Brüdern. Edmonte legte die Kamera ab, mit einem trotzigen Blick in den Augen.

»Wer sind Sie, dass Sie uns sagen können, was wir filmen

dürfen und was nicht-«, begann Edmonte zu sagen, wurde aber von einem Ellbogenstoß von Jared in die Rippen unterbrochen.

»Hör auf damit«, murmelte Jared. »Lass ihn das einfach hinter sich bringen.«

»Hinter sich bringen ist genau richtig«, antwortete Reggie. Er saß am Ende der Stuhlreihe, Melissa neben ihm anstelle seiner Frau. Die beiden hatten die Arme verschränkt und sahen wie Spiegelbilder voneinander aus, beide in Buttondown-Hemden und mit Brillen gekleidet. Die Ähnlichkeit entging Janis und Sheila nicht, die am anderen Ende des Raumes saßen und gelegentlich Blicke auf ihre Ex-Partner warfen.

»Ziemlich alarmierend, nicht wahr?«, flüsterte Sheila Janis ins Ohr und erkannte die Art und Weise an, wie Reggie und Melissa einander zu spiegeln schienen. Janis brachte sie zum Schweigen, konnte aber innerlich nicht leugnen, dass sie dasselbe gedacht hatte.

In der Mitte der Gruppe saßen Frank, Lisa und Malcolm, der sich entschieden hatte, mit seinen Eltern an dem Treffen teilzunehmen. Frank hob die Hand zum Gruß an zwei vertraute Gestalten, die an der hinteren Wand lehnten: Annie und Ethan. Sie überwachten das Treffen, als wären sie Besucher im Zoo, die Tiere in Glaskäfigen beobachteten. Annie winkte Frank zurück, ihr stets freundlicher Gesichtsausdruck unverändert. Frank sagte sich, dass es produktiv sei, in einem ausgezeichneten Verhältnis zu den Detektiven zu stehen, aber er war besorgt über die immer größer werdende Verbindung seines Sohnes zum Verbrechen. So besorgt sogar, dass er letzte Nacht einen alten Freund aus dem Strafrecht kontaktiert und einen Anwalt für seinen Sohn engagiert hatte. Aber er hoffte, dass es nicht so weit kommen würde. Er war jedoch nicht beruhigt, angesichts der Anwesenheit von zwei zusätzlichen Personen, die links und rechts von Herrn Laemle positioniert waren:

Polizeibeamte.

Eine davon erkannte Frank als Chief Hardgrave. Er hatte sie vor vielen Jahren kennengelernt, als er der Vertreter der Aspen Lane in der örtlichen Nachbarschaftswache war und sie gekommen war, um vor dem Club über die Schaffung sicherer Gemeinschaften zu sprechen. Er hatte sie als kompetent und effizient empfunden, wenn auch übermäßig besorgt um den nächsten Wahlzyklus. Neben ihr stand ein junger Mann in Uniform – so jung, dass er am Anfang seiner Laufbahn als Beamter zu stehen schien. Der Mangel an Auszeichnungen auf seiner Uniform verriet Frank, dass dieser Mann als Hardgraves Unterstützung hier war, obwohl ihr muskulöser Körperbau darauf hindeutete, dass sie diese kaum benötigen würde. Die Anwesenheit der Strafverfolgungsbehörden erschien Frank übertrieben bei einer einfachen Testamentsverlesung, aber vielleicht erwarteten sie eine Art Empörung oder Schlägerei.

»So«, begann Herr Laemle, seine Worte rissen Frank zurück in den gegenwärtigen Moment. »Lasst uns anfangen.« Er räusperte sich, und es schien, als würde alle Luft aus dem Raum weichen. Eine seltsame Stille legte sich über die Gruppe. »Jeder von Ihnen ist heute hier anwesend, weil Sie in irgendeiner Form in Herrn Markins letztem Willen und Testament genannt werden. Das Testament wurde in meinem Büro in Anwesenheit eines Zeugen notariell beglaubigt und unterzeichnet, und eine Kopie wurde beim Obergericht hinterlegt. Seine Zuweisungen sind endgültig.«

Herr Laemle rückte seine Brille zurecht, blickte auf das Testament hinunter und begann zu lesen. »An meine Gemeinschaft, die in diesem Testament erwähnt wird. Ich möchte sagen, wie viel ihr alle mir bedeutet habt. Ich lernte als junger Mann, was es bedeutet, Teil eines Teams zu sein, und ich vergaß nie den Wert, die Gruppe vor sich selbst zu stellen. Danke für das, was ihr zu meinem Leben beigetragen habt, und dafür, dass ihr mir erlaubt habt, zu eurem beizutragen.«

Frank konnte sich die Worte in Mr. Markins charakteristischem tiefen Grummeln beinahe vorstellen. Es war seltsam, wie der Rhythmus der Stimme einer Person sich auf das geschriebene Wort übertragen konnte. Er sah sich im Raum um, um zu sehen, ob jemand anderes dasselbe empfand, und war überrascht von den Emotionen, die er dort vorfand. Krystal hatte ihre Hand über dem Mund, Tränen liefen ihr über die Wangen. Es sah aus, als würde sie um Atem ringen, jedes scharfe Einatmen lieferte gerade genug Luft für den nächsten Moment. Neben ihr war Jareds Gesicht gerötet, seine Augen zur Decke gerichtet, als könnte er jeden Moment die Fassung verlieren. Am anderen Ende des Flurs lehnten Janis und Sheila aneinander, ein leichtes Zittern durchfuhr Janis' Finger, die das Ende von Sheilas Pullover umklammerten. Selbst Reggie schien von der Ernsthaftigkeit des Moments betroffen zu sein, seine Arme waren nun nicht mehr verschränkt und lagen schlaff auf seinem Schoß, als hätte er sich seinem Schicksal ergeben und endlich akzeptiert, dass nichts im Leben durch seine eigenen Bemühungen verändert werden konnte.

»Dem Key Club von Watersborough«, fuhr Mr. Laemle fort, »hinterlasse ich zehntausend Dollar, die für alle wohltätigen Aktivitäten nach ihrem Ermessen verwendet werden sollen. Der Friendship Society der Zweiunddreißigsten Legion hinterlasse ich zehntausend Dollar, ebenfalls für alle wohltätigen Aktivitäten nach ihrem Ermessen zu verwenden. An meine Brüder dort möchte ich hinzufügen, dass ich mich entschuldige, dass es so lange gedauert hat, bis ich meinen Weg nach Hause gefunden habe. Danke, dass ihr mich mit offenen Armen empfangen habt, als ich endlich an eure Tür klopfte.« Mr. Laemle machte eine Pause, als wüsste er, dass er nun zu dem Moment kam, auf den der ganze Raum gewartet hatte.

»Den Bewohnern der Aspen Lane hinterlasse ich dreißigtausend Dollar, die für die Verbesserung der Straße, die

Botanik und die allgemeine Instandhaltung der Tore und Gemeinschaftsräume verwendet werden sollen.« Keuchen und leises Gemurmel erfüllten den Raum. An der hinteren Wand beobachtete Annie jede einzelne Reaktion der Nachbarschaftsbewohner. Nach den überraschten Gesichtsausdrücken zu urteilen, hatte niemand damit gerechnet. »Ich bitte darum, dass zusätzliche Espen rund um den Eingang unserer Straße gepflanzt werden«, fuhr Mr. Laemle fort, »um einen Raum für Vögel zu schaffen und das Gefühl der Privatsphäre in dieser kleinen Enklave zu verstärken. Als Bewohner der Aspen Lane seit mehr als dreißig Jahren habe ich mich nirgendwo so zu Hause gefühlt wie bei euch allen. Der Testamentsvollstrecker ist mit der Verwaltung der Gelder beauftragt und wird Zugangsanfragen für Verbesserungsprojekte in der Gemeinschaft von Fall zu Fall genehmigen. Was mein Haus selbst betrifft...« Mr. Laemle zögerte, schnäuzte sich in ein Taschentuch, das er dann in seine Tasche steckte. »Ich hinterlasse das Grundstück, die Möbel und alle darin enthaltenen Vermögenswerte... Mr. Malcolm Havvendish.«

Köpfe drehten sich um, als alle Augen im Raum auf Malcolm fielen. Frank konnte sein Herz in den Ohren pochen hören. Normalerweise wäre es ein Segen, wenn jemand ein Haus von einem Freund erben würde. Aber angesichts der Umstände des Mordes und der fehlenden Waffe hatte Frank nicht das Gefühl, dass dies ein glücklicher Moment für seinen Sohn war.

»Ich?«, fragte Malcolm, Schock schwang in seiner Stimme mit. Niemand antwortete ihm, und Malcolm blieb in seiner Überraschung sitzen, sein Mund noch immer offen, als die Schwere dessen, was gerade geschehen war, deutlich wurde.

»Ich hoffe, dieses Geschenk ermöglicht es ihm, in der Nähe seiner Familie, in der Nachbarschaft, die er sich nie leisten zu können glaubte, einen Neuanfang zu machen«, schloss Mr. Laemle.

Von da an schien die Zeit sich zu beschleunigen. Mr.

Laemle beendete das Testament mit dem Verlesen des letzten Satzes. »Der Rest meines Vermögens wird dem Boys and Girls Club von Watersborough hinterlassen. Ich hoffe, diese Beiträge können zur Unterstützung zukünftiger Generationen verwendet werden«, leierte er herunter, aber zu diesem Zeitpunkt hörte niemand mehr zu. Es wurden noch ein paar Worte gewechselt und ein Klicken ertönte, als Mr. Laemle das Testament zurück in seinen Aktenkoffer schob und den Deckel schloss, als würde er verkünden, dass die Vorstellung vorbei sei. In dem Moment, als die Verlesung beendet war, bewegte sich Chief Hardgrave wie ein Leopard auf der Jagd um den Tisch herum. Frank stand auf und zog seinen Sohn am Arm hoch, Lisa auf der anderen Seite, die beiden zogen Malcolm in Richtung der Doppeltüren, die ihren Ausgang markierten. Aber sie waren nicht schnell genug.

Hardgrave erreichte den Ausgang vor ihnen, ihren Dienstausweis in der Hand. Sie zeigte ihn ihnen, und das Trio blieb wie angewurzelt stehen.

»Malcolm Havvendish?«, fragte sie.

»Das bin ich«, antwortete Malcolm, ohne eine Spur von Angst in seiner Stimme. Stattdessen klang sein Ton resigniert.

»Sind Sie der registrierte Besitzer einer Colt 1911 Handfeuerwaffe?«

»Das bin ich«, bestätigte Malcolm.

»Können Sie uns erlauben, diese Waffe zu untersuchen?«

»Um ehrlich zu sein«, Malcolm schluckte, »ich weiß im Moment nicht, wo sie ist.«

Frank zuckte zusammen, absolute Verzweiflung durchströmte seinen Körper. *Wir hätten es ihnen sofort sagen sollen, als wir bemerkten, dass die Waffe fehlte*, dachte Frank, angewidert von sich selbst, wie dumm er gewesen war. Er hätte jedem Klienten geraten, sofort zur Polizei zu gehen, aber wenn es um seinen Sohn ging, war er von Liebe geblendet gewesen. Von dem Wunsch zu beschützen. Und nun hatte er sein Kind auf ein Scheitern vorbereitet. Frank hatte sich noch nie so sehr gehasst.

»Das ist ein Missverständnis-«, begann Frank zu sagen, aber Officer Hardgrave hob eine Hand und brachte ihn zum Schweigen.

»Er kann für sich selbst sprechen«, fügte sie hinzu, und Frank wusste sofort, dass diese Frau bereits entschieden hatte, dass sein Sohn schuldig war. Sie wandte sich wieder Malcolm zu und winkte ihrem Kollegen zur Unterstützung. Ein anderer Officer erschien wie aus dem Nichts und zog Malcolms Hände hinter seinen Rücken. »Malcolm Havvendish, Sie sind verhaftet wegen des Mordes an Mr. Harold Markin.« Officer Hardgrave legte Malcolm ein Paar Handschellen an und führte ihn durch die Doppeltüren. »Sie haben das Recht zu schweigen. Alles, was Sie sagen, kann und wird gegen Sie verwendet werden. Sie haben das Recht auf einen Anwalt. Wenn Sie sich keinen leisten können, wird Ihnen einer gestellt...«

Frank hörte die Miranda-Rechte, während er zusah, wie sein Sohn einen hilflosen Blick über die Schulter warf und durch die Tür verschwand.

»Sag nichts, Sohn!«, rief Frank ihm nach und versuchte sicherzustellen, dass Malcolm ihn über Lisas Weinen hinweg hörte. »Kein Wort! Es wird alles gut. Alles wird gut werden!«

Die Lüge verließ seinen Mund mit Leichtigkeit, obwohl er ohne Zweifel wusste, dass absolut nichts in Ordnung sein würde. Frank drehte sich um und sah in den Raum. Dort standen seine Nachbarn, die Augen weit aufgerissen, völlig schockiert von dem, was gerade passiert war. Für einen Moment tat niemand etwas. Dann trat Reggie vor.

»Wir werden ihn rausholen, Frank«, sagte er und legte ihm eine Hand auf die Schulter. »Jeder hier weiß, dass es nicht Malcolm war.«

Der Raum brach gleichzeitig in Zustimmung aus.

»Ich kann seine Karten lesen«, bot Krystal an und kramte

in ihrer Handtasche nach einem Deck, das sie sofort auf einem Stuhl ausbreitete.

»Wir stellen es ins Internet«, sagte Jared, während sein Bruder immer noch die Videokamera hielt, die vermutlich alles aufgezeichnet hatte. »Unschuldiger Mann des Verbrechens beschuldigt. Wir werden viral gehen und Geld für eine Verteidigung sammeln. Wir holen ihn raus-«

»Ich kann nachsehen, ob die Universität eine Verbindung zum Innocence Project hat-«, fügte Melissa hinzu.

Die Nachbarn krächzten wie ein Schwarm Möwen, jeder von ihnen warf eine Idee über die andere, bis Detective Annie Hudsons Stimme die Menge durchdrang.

»Es scheint«, sagte Annie, ohne die Stimme zu erheben, »dass es fast Zeit für mich ist, meine Schlussfolgerungen zu teilen.«

Alle starrten sie an, als hätten sie vergessen, dass sie da war. Sie wandte sich an Ethan, der hinter ihr stand, immer in ihrem Kielwasser. »Gibt es etwas, das Sie kurzfristig tun können?«, fragte sie.

»Ich kann sie verlangsamen«, bot Ethan an. »Ich kann Zuständigkeitsprobleme geltend machen, die eine laufende Ermittlung mit dem FBI behindern. Aber ich kann sie nicht für immer aufhalten. Sie haben das Recht, Anklage zu erheben, wenn der Staatsanwalt meint, genug Beweise zu haben.«

Annie nickte, trat dann vor und sprach direkt zu Frank und Lisa.

»Nach ihrer Körpersprache zu urteilen und nach dem, was ich über ihre Arbeitsweise weiß, wird Officer Hardgrave allen Grund haben, ihren Fall gegen Malcolm so schnell wie möglich aufzubauen«, erklärte Annie, Bedauern in ihren Augen. »Um sicherzustellen, dass er freikommt, muss ich ein kleines Spiel spielen.« Sie machte eine Pause und ließ den Moment wirken. »Habe ich Ihre Erlaubnis, das zu tun, was ich tun muss, um den wahren Mörder aus der Reserve zu locken? Es könnte bedeuten, dass Ihr Sohn für kurze Zeit in

Gewahrsam bleibt. Aber wenn er freikommt - wird er *wirklich* frei sein. Er wird über jeden vernünftigen Zweifel hinaus entlastet sein.«

Frank und Lisa tauschten einen Blick aus, beide entsetzt darüber, in welch eine Lage sie geraten waren.

»Tun Sie alles, was Sie können«, sagte Frank zu Annie. Sie nickte und damit war die Verlesung des Testaments beendet.

KAPITEL DREISSIG

»DIE FORENSIK HAT das Einschussloch einer ganz bestimmten Pistole zugeordnet«, sagte Chief Hardgrave und lehnte sich gegen ein Fenster im Inneren der Polizeistation von Watersborough. Auf der anderen Seite der Scheibe saß Malcolm an einem Metalltisch, seine Hände waren nicht gefesselt, und vor ihm stand ein Pappbecher mit Kaffee. Er war allein im Raum, sein Gesichtsausdruck war ausdruckslos. Er war schon früher im Kampf gewesen, und das sah man ihm an. Nicht ein einziges Mal blickte er auf den zweiseitigen Spiegel vor ihm, obwohl er sicherlich wusste, dass er von der anderen Seite beobachtet wurde. Seine Entschlossenheit war kühl und stählern. Für Chief Hardgrave sah es verdammt nach Schuld aus.

»Die bei der Autopsie entnommene Kugel stammte von einer Colt 1911«, fügte Hardgrave hinzu. »Wir haben eine Suche im Waffenregister nach Besitzern in der Gegend durchgeführt, und stellen Sie sich unsere Überraschung vor, als Malcolm auftauchte. Er besitzt nicht nur die Waffe, er lebt auch in derselben Gemeinde wie Mr. Markin. Finden Sie das nicht seltsam?« Sie schüttelte den Kopf in Richtung Annie und Ethan, die ihr gegenüberstanden und im Beobachtungsraum der Station fehl am Platz wirkten.

»Verdächtigungen sind keine Tatsachen«, erwiderte Annie, so umgänglich wie immer. »Sie haben sich auf Malcolm festgelegt, das ist klar. Aber die Beweise deuten überwältigend in eine andere Richtung.«

»Die Beweise«, spottete Officer Hardgrave, »deuten auf Malcolm. Während wir hier sprechen, durchsucht eine Gruppe von Beamten sein Haus. Die Waffe wird dort sein, mit seinen Fingerabdrücken überall darauf.«

»Die Waffe *wird nicht* dort sein«, sagte Annie ihr. »Ich konnte es an ihren Gesichtern sehen, nachdem ich die Familie befragt hatte. Sie zeigten die körperlichen Anzeichen von Täuschung. Augen, die von mir wegschauten. Zappeln. Sie sagten, die Waffe sei zur Reinigung, aber ihre Körpersprache sagte, sie sei verschwunden.«

»Weil er sie nach der Tat entsorgt hat.«

»Weil jemand *anderes* die Waffe genommen hat, in der Hoffnung, alles Malcolm anzuhängen«, korrigierte Annie sie.

»Und die Familie dachte nicht daran, es zu melden?«

»Malcolm hat viel durchgemacht«, antwortete Annie. »Er ist ein erwachsener Mann, der Kämpfe überlebt hat, die sich jeder in diesem Raum nur vorstellen kann. Aber sein Vater sieht ihn, wie so viele Eltern, immer noch als Kind. Ein Kind, das er zu schützen versucht. Sie sind nicht damit an die Öffentlichkeit gegangen, weil meine Anwesenheit die Dinge verkompliziert hat. Sicher dachten sie, dass das Hinzukommen einer Detektivin die Situation noch komplizierter machte.«

»Sie sind nicht die Einzigen«, antwortete Hardgrave und verdrehte die Augen.

Annie fuhr fort. »Er ist unschuldig. Wir müssen nur den Mörder aus der Reserve locken.«

»Und wie schlagen Sie vor, dass wir das tun?«

Annie blickte zu Ethan, der sich räusperte und sich auf den harten Verkauf vorbereitete. »Das FBI möchte in Zusammenarbeit mit dem Polizeipräsidium von Watersborough eine öffentliche Bekanntmachung herausgeben. Das war bisher als vertraulich eingestuft, aber ich habe die Genehmigung erhalten, es Ihnen jetzt mitzuteilen...« Er griff in Annies Tasche und zog eine Akte heraus, die er Chief Hardgrave überreichte. »Wir glauben, dass dieser Fall mit einer Reihe von Morden in Verbindung stehen könnte, die vor fünfzehn Jahren begangen wurden.«

»Der Immobilien-Ripper?«, fragte Hardgrave, während sie durch die Akte blätterte und die darin enthaltenen Fallinformationen prüfte.

»Ja«, bestätigte Ethan. »Er hinterließ einen Brief mit drei Worten am Tatort jedes Verbrechens. Schwarze Tinte auf weißem Papier. Jedes Mal dasselbe.«

»Der Fall wurde nie gelöst«, las Hardgrave laut vor, Frustration in ihrem Ton. Sich um ihre unmittelbare Gemeinschaft zu kümmern, war genug. Sie zu bitten, sich um einen Serienmörder zu kümmern, der zuletzt vor einem Jahrzehnt aktiv war, war zu viel. »Was hat das mit unserem Mord zu tun?«

»Annie wurde durch einen ähnlichen Brief beauftragt, Aspen Lane zu untersuchen.«

»Ich dachte, das FBI hätte sie angeheuert«, fragte Hardgrave, plötzlich besorgt.

»Das haben wir«, versicherte Ethan ihr. »Aber Annie erhielt den Brief – zusammen mit etwas Bargeld – bevor der Mord öffentlich bekannt wurde. Sie brachte ihn zu uns, und wir beauftragten sie, bei dem Fall zu helfen.« Er beobachtete Hardgraves Gesicht, ihr Ausdruck war entsetzt. »Ihre Erfolgsbilanz ist tadellos. Wir haben schon früher mit ihr zusammengearbeitet. Der Brief war überflüssig.«

Hardgrave lachte. »Mehr noch, er ist nicht relevant. Der Brief könnte von einem Nachahmer sein-«

»Das FBI glaubt, dass es das Original ist, angesichts

Annies Geschichte«, er blickte zu Annie, als ob er um Erlaubnis bäte. Sie nickte leicht.

»Ihre Geschichte?«

»Annie steht in Verbindung mit einem der Morde, die vom Immobilien-Ripper begangen wurden«, er machte eine Pause. »Ihr Bruder war ein Opfer.«

Hardgrave nahm das auf und ließ einen langen Seufzer über ihre Lippen entweichen. Sie wandte sich von ihnen ab, ihre Hände griffen nach ihren Schläfen. Es war eine lange Woche gewesen. Sie hatte sich darauf gefreut, die Verhaftung eines möglichen Verdächtigen bekannt zu geben. Sie hatte sich die Pressekonferenz bereits vorgestellt, die Kameras des lokalen Nachrichtensenders bereit. Wie einfach es wäre, die Gemeinde zu beruhigen, jetzt, da der Mörder in Gewahrsam genommen worden war. Wenn sie Annie und Ethan ihren Willen ließe, würde diese Vision zerbröckeln.

»Was brauchen Sie von mir?«, fragte sie.

»Wir möchten, dass Sie eine Erklärung abgeben, dass Sie keine Anklage erheben werden, bis Sie die Mordwaffe finden«, antwortete Ethan. »Es muss öffentlich sein, über jeden Fernsehsender im Landkreis ausgestrahlt werden. Was Reichweite und Presse angeht, kann das FBI dabei helfen.«

Hardgrave überlegte sein Angebot. Es gab keinen Grund, warum sie ihre öffentliche Bekanntmachung nicht mit dem, worum er bat, verbinden konnte. Die Fähigkeit des FBI, nationale Nachrichten zu erreichen, könnte ihre Botschaft sogar weiter tragen, als sie erwartet hatte. *Örtliche Polizeichefin nimmt Verhaftung in gefährlichem Fall vor.* Die potenzielle Schlagzeile spielte sich in ihrer Vorstellung mit einem musikalischen Tenor ab.

»Das könnte möglich sein«, stimmte Hardgrave zu. »Was noch?«

»Lassen Sie Malcolm frei«, fügte Ethan hinzu. Hardgrave wollte Einspruch erheben, aber Ethan drängte vorwärts. »Sie haben nicht genug, um ihn festzuhalten. Er ist unschuldig, ein Kriegsveteran-«

»Wie wäre es damit?«, warf Hardgrave ein. »Ich halte meine Pressekonferenz ab und gebe bekannt, dass wir den Betreffenden zur Befragung festhalten. Angenommen, meine Beamten haben die Waffe nach einer gründlichen Durchsuchung seines Hauses nicht gefunden-«

»Sie *werden sie nicht finden*«, fügte Annie hinzu.

»-werde ich erklären, dass wir glauben, genug Beweise zu haben, um fortzufahren, aber Informationen über den Verbleib der Mordwaffe suchen. Ich werde eine Belohnung für jeden aussetzen, der Informationen über die Waffe hat. Klingt das fair?«

»Wir müssen den Mörder glauben lassen, dass Malcolm nicht angeklagt wird, es sei denn, die Waffe taucht auf«, erwiderte Ethan.

»Das ist das Beste, was ich anbieten kann«, sagte Hardgrave, verschränkte die Arme und lehnte sich gegen die Wand, ihre Stimme klang wie die eines Autoverkäufers. »Nehmen Sie es oder lassen Sie es.«

Ethan und Annie tauschten einen Blick aus und überlegten den Deal.

»Wir nehmen es«, sagte Annie. Sie schüttelte Hardgraves Hand und besiegelte Malcolms Schicksal in einem einzigen Moment.

KAPITEL
EINUNDDREISSIG

KRYSTAL

Krystal war gerade dabei, ein Chia-Samen-Parfait zuzubereiten, als die Nachricht im Fernsehen kam. Sie war mitten im Hinzufügen einer Mischung aus Früchten und Gewürzen – alle bekannt für ihre heilenden Eigenschaften –, als Malcolms Gesicht auf ihrem Wohnzimmerfernseher erschien, der auf die Abendnachrichten eingestellt war. Ein Bild von Aspen Lane tauchte auf, wobei die vertrauten Eisentore, die sich normalerweise tröstlich anfühlten, plötzlich bedrohlich wirkten, als sie in den lokalen Nachrichten ausgestrahlt wurden. Krystal griff nach der Fernbedienung und drehte die Lautstärke auf, um den Bericht hören zu können.

»... eine spezielle Pressekonferenz, abgehalten von Polizeichefin Hardgrave«, sagte eine prägnante weibliche Nachrichtensprecherin, bevor der Bildschirm zu einer Live-Übertragung wechselte. Dort stand Polizeichefin Hardgrave vor einer Ansammlung von blitzenden Kameras auf den Stufen vor dem Polizeipräsidium von Watersborough.

Krystal rannte zur Couch, setzte sich auf ihren üblichen Platz und zog ihre Beine unter sich, wobei sie ein Fransenkissen benutzte, um ihre Position zu stützen. Sie zündete ein

Streichholz aus einer Schachtel auf dem Beistelltisch an, entzündete einen nahegelegenen Räucherstäbchen und steckte es in den Halter. Angesichts dieser neuen Entwicklung war sie entschlossen, gute Energie zu erzeugen.

»Wir haben den Verdächtigen in Gewahrsam genommen und befragen ihn derzeit«, sagte Polizeichefin Hardgrave vom Fernsehbildschirm. Krystal konnte nicht umhin zu bemerken, dass sie zufrieden wirkte, die Nachricht zu überbringen, dass Malcolm in ihre Hände geraten war. »Es ist die Position der Abteilung, dass das Motiv klar ist, da er als Hauptbegünstigter im Testament des Opfers genannt wurde.«

Wir waren alle im Testament, dachte Krystal. *Warum kommst du dann nicht gleich für die ganze Nachbarschaft?* Sie schalt sich selbst für den kurzen Moment der Fehleinschätzung. Wie dumm, das Negative einzuladen. Sie war bereits gefährdet, angesichts der Vereinbarung, die sie mit Mr. Markin getroffen hatte. Ja, sie hatte die Beweise für ihre Abmachung zerstört, aber es bestand immer noch die Möglichkeit – wie gering auch immer –, dass sie auffliegen könnte. Diese Möglichkeit war jetzt noch größer, da der Fall nationale Aufmerksamkeit erhielt.

Auf dem Fernsehbildschirm machte Polizeichefin Hardgrave eine Pause. Dann erklärte sie mit zusammengebissenen Zähnen: »Wir suchen derzeit nach der Mordwaffe, die von der Forensik als eine Colt 1911 Handfeuerwaffe identifiziert wurde. Nach einer Durchsuchung des Hauses des Verdächtigen wurde die Waffe nicht gefunden.«

Sie konnten die Waffe nicht finden? überlegte Krystal und fragte sich, ob das gute Nachrichten für Malcolm waren.

»Wir betrachten das Auffinden der Mordwaffe als einen nächsten Schritt von hoher Priorität, um Anklage gegen Mr. Malcolm Havvendish zu erheben«, fuhr Hardgrave fort. »Wir fordern alle Bürger auf, die Informationen über die Schusswaffe haben, sich bei uns zu melden. Diese Angelegenheit ist von so entscheidender Bedeutung für unsere Ermittlungen, dass wir in Zusammenarbeit mit dem FBI eine Belohnung von 20.000 Dollar für jeden aussetzen, der Informationen liefert, die zum Auffinden der Waffe führen.«

Krystal wedelte das Räucherstäbchen näher heran und atmete seinen süßen Duft ein. Sie glaubte nicht, dass Malcolm schuldig war. Sie war sich sicher, dass er es nicht war. Aber trotzdem wünschte sich ein kleiner Teil von ihr, sie wüsste irgendetwas Nützliches – irgendetwas überhaupt – über diese Waffe.

Denn im Moment könnte sie diese zwanzigtausend Dollar wirklich gut gebrauchen.

KAPITEL ZWEIUNDDREISSIG

REGGIE

Reggie hämmerte gerade auf eine alte Jukebox in seiner am wenigsten geliebten Bar ein, als die Nachrichtenmeldung über Malcolm über seinem Kopf erschien, ausgestrahlt auf dem Flachbildschirm, der über der verspiegelten Wand in O'Reilly's Pub hing. O'Reilly's war der Ort, an dem Reggie zwischen Arbeitsende und Heimweg Halt machte. Es war eine Art Zufluchtsort, eine Zwischenstation für Reggie, wenn er eine Atempause zwischen seinen beruflichen Verpflichtungen und seinem Privatleben brauchte. Er war hier schon in Schwierigkeiten geraten – das ließ sich nicht leugnen. Gelegentlich hatte er eine Frau auf dem Stuhl neben sich getroffen und sich erlaubt, ein wenig zu lange mit ihr zu plaudern. Vielleicht sogar Nummern auszutauschen. Es führte nie zu etwas, aber es ließ Reggie fühlen, dass er noch immer Anziehungskraft besaß. Das war die Ironie an Janis' Verfehlung. Reggie hatte natürlich in der Vergangenheit auch seine Gelegenheiten gehabt. Er hatte sie nur aus Pflichtgefühl abgelehnt – eine Vorstellung, die Janis offenbar völlig fremd war.

Reggie blickte zum Bildschirm hoch und sah, wie Malcolms Gesicht in einem Einschub neben der Nachrichtensprecherin erschien. Er konnte nicht verstehen, was sie sagte, aber er wusste, dass es mit Aspen Lane zu tun hatte. Er fragte sich, wie sich all das auf seine Immobilienwerte auswirken würde, besonders jetzt, wo er und Janis sich trennten und möglicherweise das Haus verkaufen mussten. Er würde *ihr* nicht erlauben, ihr gemeinsames Zuhause zu behalten, wenn es nach ihm ginge.

»Hey«, sagte Reggie zum Barkeeper und winkte ihn heran. »Können Sie lauter stellen?«

Der Barkeeper hörte auf, ein Glas auszuwischen, um die Fernbedienung aus einer Schublade zu holen. Er richtete sie auf den Bildschirm, und die Meldung hallte durch die Bar.

»... und jetzt schalten wir zu unserer Korrespondentin live vor Ort«, sagte die Nachrichtensprecherin im Fernsehen. Der Bildschirm wechselte zu einer Totalen des Watersborough Police Department. Reggie erkannte Chief Hardgrave von der Testamentseröffnung wieder, die an einem Rednerpult oben auf den Stufen stand. Als sie mit ihrer vorbereiteten Erklärung begann, gab Reggie die Jukebox auf und kehrte zu seinem Platz zurück, nun da etwas Relevanteres für sein eigenes Leben aufgetaucht war.

Er erreichte die Bar und ließ sich auf einen Hocker neben seiner Begleitung für den Abend plumpsen: Melissa. Sie kippte ihr zweites Bier hinunter und hielt dem Barkeeper einen Finger entgegen.

»Noch eins«, sagte sie.

»Wie viele Stunden sind wir schon hier?«, fragte Reggie.

»Ungefähr drei«, antwortete Melissa.

»Glaubst du, sie vermissen uns schon?« Reggie hatte sich angewöhnt, seine Bald-Ex-Frau nur mit Pronomen wie »sie«, »ihr« oder sogar »die Hexe« zu bezeichnen. Wenn er gezwungen war, Janis und Sheila als Paar zu erwähnen, benutzte er nur »sie« oder »die beiden«, als ob die Verrats der beiden seine Erinnerung an ihre tatsächlichen Namen ausgelöscht hätte.

»Wahrscheinlich nicht«, sagte Melissa. »Aber ich will trotzdem noch nicht nach Hause gehen.«

»Hast du die Meldung über Malcolm gesehen?« Reggie zeigte auf den Fernseher.

Melissa beugte sich vor und lauschte Chief Hardgraves Bitte, die durch die Bar dröhnte. »Sie suchen nach der Mordwaffe?« Sie grinste und nahm einen Schluck von ihrem frischen Bier, das der Barkeeper gebracht hatte. »Diese Nacht war so seltsam«, sagte sie, sich erinnernd.

»Was meinst du?«, fragte Reggie, seine Neugier geweckt.

»Ach nichts, nur«, sie war angetrunken und drehte sich auf ihrem Hocker. »Na ja, ich kann es dir jetzt wohl erzählen. Weil wir doch Brüder im Geiste sind, oder?«

»Stimmt«, bestätigte Reggie, und seine Haut kribbelte.

»Und ich habe keinen Grund mehr, *ihr* gegenüber loyal zu sein«, fuhr Melissa fort und bezog sich auf Sheila, ohne ihren Namen zu nennen, genau wie Reggie es getan hatte. »Nach der Art, wie sie mich behandelt hat.«

»Natürlich nicht«, bestätigte Reggie. »Wir schulden ihnen nichts.«

»Tatsache ist, ich habe gelogen, als ich den Detektiven erzählte, wir wären in der Nacht, als Mr. Markin getötet wurde, intim gewesen. Das stimmte überhaupt nicht«, lallte Melissa. »Die Wahrheit war, ich war ganz allein in der Badewanne. Und die laute Musik, die spielte? Die war nur für mich. Ich mache das immer, wenn Sheila und ich streiten. Sie schreit. Ich schreie. Dann gehe ich ins Bad und knalle die Tür zu. Ich lasse die Wanne volllaufen und stelle die Musik laut, damit sie weiß, dass ich nichts mehr hören kann, was sie sagt, und dass sie nicht mehr mit mir reden darf.«

»Okay«, sagte Reggie und zog das Wort in die Länge, um anzudeuten, dass er den Punkt immer noch nicht verstand.

»Das Seltsame war, als ich an diesem Abend aus dem Bad kam, stimmte etwas mit Sheila nicht. Sie war in ihrem Töpferatelier gewesen und hatte irgendeine blöde Schüssel gemacht«, Melissa wedelte mit der Hand in der Luft. »Aber als ich aus der Wanne kam, saß sie auf dem Sofa im Wohnzimmer und ... *weinte*.«

»Weinte?«, wiederholte Reggie.

»Ja. Sie sah aus, als hätte sie einen Geist gesehen. Ich dachte zuerst, es wäre wegen unseres Streits, aber sie hatte noch nie wegen uns geweint«, schnaubte Melissa und nahm einen weiteren Schluck von ihrem Drink. »Wäre wohl zu viel verlangt, dass es sie einen Scheißdreck interessiert, oder?«

»Worüber hat sie geweint?«

»Sie wollte es nicht sagen«, antwortete Melissa. »Sie kauerte einfach auf dem Sofa, ihre Wangen ganz rot, Tränen liefen ihr über die Wangen. Sie sagte immer wieder: ,Es gibt sowieso nichts, was ich jetzt noch daran ändern kann.'«

Reggie atmete scharf ein, alarmiert von dieser neuen Information.

»Und du hast nicht daran gedacht, der Polizei davon zu erzählen?«, fragte er, entsetzt über Melissas Verhalten.

»Warum?«, zuckte Melissa mit den Schultern. »Sheila ist Künstlerin. Sie wird manchmal...« Melissa machte das Zeichen für ,verrückt', indem sie mit dem Finger neben ihrem Ohr kreiste. »Sie hat wahrscheinlich ihre dumme Schüssel zerbrochen oder so und beschlossen, ein paar Tage lang emotional darüber am Boden zerstört zu sein. Ich dachte erst, es wäre nicht so seltsam, bis die Detektive anfingen herumzuschnüffeln. Aber selbst dann habe ich nichts gesagt, denn – komm schon. Es ist ja nicht so, als wäre Sheila eine *Mörderin*.« Melissa lachte bei dem Gedanken.

Reggie sagte nichts.

»Sie mag eine Betrügerin sein«, sagte Melissa. »Aber sie ist keine *Mörderin*.« Es folgte eine lange Pause. »Oder?«

Es gab einen Moment, in dem Melissa und Reggie einen bedeutungsvollen Blick austauschten. Die Wahrheit war, dass die beiden sich schon einmal in ihren Ehepartnern getäuscht hatten. Sie hatten Häuser mit Menschen geteilt, die sie kaum kennengelernt oder auf einer tieferen Ebene *gesehen* hatten. Wenn Sheila fähig war zu betrügen und darüber zu lügen, wer wusste schon, welche anderen Verbrechen sie möglicherweise im Geheimen begangen hatte?

»Wir werden noch eine Runde brauchen«, sagte Reggie und winkte dem Barkeeper erneut zu.

KAPITEL DREIUNDDREISSIG

JANIS & Sheila

Janis und Sheila lagen zusammengekuschelt auf der Couch, als die Nachricht über Malcolm als Eilmeldung auf Sheilas Handy erschien. Sie hatten seit der Bekanntgabe an ihre Ehepartner ungestörte, glückselige Zeit miteinander verbracht, wobei diese seither praktischerweise immer spät nach Hause kamen. Was die Kinder betraf, hatte Janis beide Jungen zur Seite genommen und ihnen erklärt, dass Mama sie selbst sein müsse und das einige Veränderungen im Leben bedeute. Sie schienen von der Information unbeeindruckt, aber sie waren beide so jung, dass Janis sich nicht sicher war, ob sie die Situation in ihrer Gesamtheit verstanden hatten. Sie hoffte, ihr Leben während der bevorstehenden Trennung so ungestört wie möglich zu gestalten, vielleicht indem sie im Haus in der Aspen Lane blieb - wenn Reggie ihr dabei nicht in die Quere kommen würde, wovon Janis überzeugt war, dass er es tun würde. Reggie hatte Janis weiterhin die volle Verantwortung für die Betreuung ihrer Kinder überlassen, während er seine Gefühle über ihr Handeln verarbeitete. Aber Janis wusste, wenn es um materielle Werte ging, würde Reggie plötzlich die Energie finden, sich darum zu kümmern. Janis wollte das Haus nicht wegen seines finanziellen Wertes, sondern nur, weil es bedeuten würde, die Jungen weiterhin an einem Ort großzuziehen, an den sie gewöhnt waren. Sie hatte es vermieden, die Jungen Sheila vorzustellen, bis sie sicher war, dass die Beziehung von Dauer sein würde. Sie schliefen bereits oben, als sie Sheila bat vorbeizukommen, und falls sie zufällig aufwachen und ins Wohnzimmer tappen würden, könnte Janis ihnen immer noch erzählen, Sheila sei eine Nachbarin. Schließlich wäre das keine Lüge.

»Sie suchen nach der Waffe«, sagte Sheila plötzlich und las von der Eilmeldung auf ihrem Handy ab. »Sie haben eine Belohnung ausgesetzt.« Sheila machte eine Pause und dachte über die Ereignisse in der Nacht nach, als Mr. Markin getötet wurde. »Bist du sicher, dass wir nichts öffentlich sagen sollten?«

Janis schüttelte den Kopf. »Die Detektivin - Annie - sie sagte, sie habe einen Plan, um den Mörder aus der Reserve zu locken. Sie wird unsere ehrliche Aussage brauchen, aber zum richtigen Zeitpunkt.«

»Und du vertraust ihr?«

Janis überlegte. »Ja, das tue ich«, sagte sie. »Es schien, als würde sie wirklich mit uns mitfühlen. Sie wird das Richtige tun.«

»Und Malcolm?«, fragte Sheila. »Er muss im Gefängnis sitzen, während wir alle warten?«

»Du und ich wissen beide, wie sich das anfühlt, oder?«, sagte Janis. »Es ist der einzige Weg, um sicher zu gehen. Sie müssen beweisen, dass es jemand anderes war, ohne jeden Zweifel.«

»Unsere Aussage würde nicht ausreichen?«, bohrte Sheila nach.

Janis verdrehte die Augen. »Hallo, Große Jury«, sie stand auf und imitierte einen Anwalt. »Ich möchte Ihnen unsere besten Zeugen vorstellen! Zwei lügende Lesben, die mitten in einer Affäre waren, als sie sahen, wie Mr. Markin kaltblütig erschossen wurde.« Sie richtete eine imaginäre Krawatte und ging im Wohnzimmer auf und ab. »Sie hatten Sex bei offenen Vorhängen, als sie sahen, wie ihr Nachbar von jemandem ermordet wurde, den sie beide kennen. Sie haben ihre Ehepartner über die Affäre belogen und *auch* die Detektive bei der Befragung direkt angelogen-«

»Stimmt«, lachte Sheila. »Ich verstehe, worauf du hinaus willst.«

Janis ließ sich auf die Couch fallen, der Humor des Moments wich einer tieferen Dunkelheit. »Wir haben uns selbst unglaubwürdig gemacht, indem wir nicht sofort zur Polizei gegangen sind.«

Janis erinnerte sich an die Nacht, als es passiert war. Sie waren in Sheilas Töpferei gewesen, wo sie sich immer trafen, wenn es möglich war. Sheila und Melissa hatten gerade gestritten und - so verdreht es auch war - ihre Streitigkeiten machten Sheila immer eher geneigt, anzurufen. Als Janis angekommen war, waren sie so hungrig nacheinander und in solcher Eile gewesen, dass sie nicht bemerkt hatten, dass die Vorhänge, die normalerweise die großen Fenster an der Vorderseite des Studios bedeckten, offen waren. Ehrlich gesagt *hätte* Janis vielleicht bemerkt, dass die Vorhänge nicht zugezogen waren, aber sie hatte sich nicht die Mühe gemacht, etwas zu sagen, weil die Aspen Lane eine so ruhige Straße war - niemand war je so spät draußen. Oder vielleicht, wie sie seit dem Mord oft gedacht hatte, hatte sie sich nicht die Mühe gemacht, die Vorhänge zu schließen, weil ein Teil von ihr sich so schuldig fühlte für das, was sie tat, dass sie insgeheim erwischt werden und das Leid für alle Beteiligten beenden wollte.

Wie auch immer, es war mitten in einer Umarmung, als Janis und Sheila den Schuss hörten. Es war ein einzelner Schuss, der durch die Sackgasse hallte wie das Knistern eines Feuerwerks. Janis erinnerte sich, wie sie beide instinktiv aufgesessen waren und in Richtung der Geräuschquelle blickten.

Und da hatten sie es gesehen.

Mr. Markin, sein Körper auf dem Asphalt ausgestreckt, ein roter Blutpool umgab seine schlaffe Gestalt. Es war klar, dass er sofort tot war. Seine Brust bewegte sich nicht, und etwas an der Art, wie seine Gliedmaßen angeordnet waren, sprach von seiner Leblosigkeit.

Vor ihm stand der Mörder deutlich sichtbar und hielt noch immer die glänzende silberne Handfeuerwaffe.

Janis erinnerte sich, wie sie nach Luft schnappte und ihren Mund bedeckte angesichts des Grauens. Sie war aufgestanden, um nach dem Handy zu greifen, das sie in ihrer Tasche aufbewahrte. Sie hatte es sogar geschafft, das Telefon herauszuholen, aber dann - hatte sie einen Blick auf den Mörder riskiert.

Der Mörder hatte eine Hand an die Lippen geführt: das universelle Zeichen für »Psst«.

Ohne Worte wusste Janis, was der Mörder androhte. Sie hatte über ihre Schulter zu Sheila geblickt, die halbnackt auf der Couch lag. Der Mörder kannte sie beide persönlich und war sich bewusst, welche Verwüstung die Enthüllung der Affäre in beider Leben anrichten würde. Und mit einer einzigen Geste und einem kleinen Lächeln hatte der Mörder sie beide zum Schweigen erpresst.

»Es würde sowieso nichts bringen«, hatte Sheila geflüstert, Tränen liefen über ihr Gesicht. »Es ist schon geschehen. Es ist schon geschehen.« Janis erinnerte sich, wie klein Sheila in diesem Moment ausgesehen hatte, trotz ihrer stattlichen Größe.

»Wir hätten sofort die Polizei rufen sollen«, sagte Sheila und riss Janis zurück in die Gegenwart, als könnte sie die Erinnerung vor ihnen ablaufen sehen. »Es war meine Schuld. Ich habe dir gesagt, du sollst nicht anrufen. Ich bin in Panik geraten-«

Janis bemerkte erst, dass sie weinte, als sie spürte, wie ihre Nase lief. Sie wischte es weg, während Sheila einen Arm um sie legte. »Du bist eine bessere Frau als ich.«

»Ich denke nur immer wieder, dass Mr. Markin, wenn unsere Plätze vertauscht wären, das Richtige getan hätte. Wenn du oder ich dort draußen gelegen hätten, auf dem Asphalt, hätte er angerufen.«

»Das hätte er«, sagte Sheila.

»Er war ein guter Mensch«, fügte Janis hinzu. »Ich habe mich schon lange nicht mehr wie ein guter Mensch gefühlt.«

»Aber es ist noch Zeit!«, sagte Sheila. »Wir können uns ändern. Ab jetzt schließen wir einen Pakt«, sie streckte eine Hand aus. »Ein Leben in Ehre und Ehrlichkeit. Keine Geheimnisse mehr. Keine Lügen mehr. Ab jetzt, wenn wir die Chance haben, das Richtige zu tun, tun wir es, egal wie schwer es ist. Für Mr. Markin.«

Janis schüttelte Sheilas Hand und entschied sich, an die Idee zu glauben, dass sie wirklich noch einmal von vorn anfangen konnte.

»Für Mr. Markin.«

Es war eine Qual gewesen, die Person, die ihren Nachbarn getötet hatte, weiterhin im täglichen Leben in der Aspen Lane zu sehen. Diese Person gab weiterhin vor, ein angesehenes Mitglied der Gemeinschaft zu sein, und dachte, sie hätte die Detektive getäuscht. Aber das hatte sie nicht. Annie war ihnen auf der Spur. Und mit ihrer Hilfe war Janis bereit, die Wahrheit zu sagen.

KAPITEL VIERUNDDREISSIG

JARED

Jared war gerade mitten in einem Videospiel, als die lokale Nachrichtenmeldung über Aspen Lane in seinem Feed auftauchte. Er saß vor seinem Computer, der an eine teure Spielkonsole angeschlossen war, den Controller in der Hand und eine Virtual-Reality-Brille über den Augen. Die Benachrichtigung kam mit einem Klingelton, der Jared an eine Türklingel erinnerte. Es war ein pawlowscher Auslöser, den er gelernt hatte, meistens zu ignorieren, aber aus irgendeinem Grund erregte diese bestimmte Meldung seine Aufmerksamkeit. Er nahm seine Brille gerade lange genug ab, um den Feed des Computers zu überprüfen, wo die Geschichte zusammen mit einem Bild von Aspen Lane und Malcolms Gesicht erschien.

»Deck meine rechte Seite!«, rief Edmonte. Er klickte an seinem Controller und schob die Virtual-Reality-Brille, die er trug, weiter nach oben auf seinem Gesicht. Das Schießspiel beinhaltete militärische Strategie, und alle drei Brüder sollten als Team teilnehmen.

»Ich kann dich nicht sehen«, fügte Marcus hinzu, der wie immer an letzter Stelle lag. »Jared, deck seine rechte Seite!«

Jared antwortete nicht. Er war damit beschäftigt, den Nachrichtenartikel zu lesen und alles aufzusaugen, was er über Mr. Markins Fall erfahren konnte. Plötzlich spürte er eine Hand auf seiner Schulter. Es war Edmonte, und Marcus hinter ihm, beide sahen Jared mit ernsten Gesichtsausdrücken an.

»Was?«, fragte Jared.

»Du hast uns da draußen sterben lassen, Mann«, sagte Edmonte. »Und jetzt ist es dir scheißegal.«

»Es ist nur ein Spiel«, zuckte Jared mit den Schultern.

»Das hier auch«, Edmonte zeigte auf den Nachrichtenartikel und griff dann nach der Maus, um den Bildschirm zu schließen. »Du warst besessen von dem alten Mann, als er noch lebte, und du bist es immer noch, jetzt wo er tot ist.«

»Du weißt einen Scheiß«, murmelte Jared und schob seinen Stuhl unter dem Schreibtisch hervor. »Mr. Markin hat sich wirklich für mich als Person interessiert. Für dich bin ich nur ein Gehaltsscheck.«

Edmonte trat auf seinen Bruder zu, sein Gesicht vor Wut verzerrt. »Wenn er dich das glauben ließ, ist es vielleicht gut, dass er tot ist!«

Später würde Jared sagen, er könne sich nicht daran erinnern, es getan zu haben. Aber blitzschnell war er auf Edmonte, schlug ihm ins Gesicht und zerrte ihn durch den Raum, den Kopf seines Bruders in seinem Arm eingeklemmt, dessen Hände wild um sich schlugen.

»Sag keinen Scheiß über ihn!«, schrie Jared und ließ Edmonte schließlich los, indem er ihn gegen eine Wand stieß. Edmonte schien zusammenzusinken, sein Bruder Marcus stand neben ihm, und die beiden starrten Jared an, als würden sie ihn zum ersten Mal treffen.

»Es tut mir leid«, sagte Jared und hasste sich einmal mehr. »Ich kann - ich will die Videos nicht mehr machen.« Er ließ die Information in der Luft hängen und wünschte sich, seine Brüder würden ihm sagen, dass es in Ordnung sei aufzugeben. »Es ist vorbei. Alles. Es ist zu Ende«, fügte er hinzu, bevor er sich auf dem Absatz umdrehte und den Raum verließ.

ben. »Es ist vorbei. Alles. Es ist zu Ende«, fügte er hinzu, bevor er sich auf dem Absatz umdrehte und den Raum verließ.

KAPITEL
FÜNFUNDDREISSIG

OTTO

Otto mochte das Fernsehen nicht besonders. Er fand die nervige Kiste zu stimulierend, mit ihrem blau beleuchteten Hintergrund und den ständigen Lautstärkeschwankungen. Otto bevorzugte seine Bücher über den Krieg, wenn er Sicherheitsdienst hatte, und – wenn er gerade keines davon las – schaltete er gelegentlich einen Podcast oder das Radio im Hintergrund seines Autos oder Hauses ein, nur um sich weniger einsam zu fühlen. Er hatte ein kleines Radio in der Wachhütte am Aspen Lane genau für solche Gelegenheiten, aber heute Abend war Otto nicht einsam. Er schaltete das Radio nicht ein, um Gesellschaft zu haben, obwohl sich seine winzige Wachhütte manchmal leer anfühlte. Stattdessen schaltete Otto das Radio ein, weil er wusste, dass Aspen Lane im Mittelpunkt eines sich entfaltenden Dramas stand, und er konnte es sich nicht leisten, eine einzige Entwicklung zu verpassen.

Otto schob seine Bücher beiseite und räumte Stapel weg, um Platz für die kleine schwarze Box zu machen. Er lehnte seinen Rücken gegen die Kante des Fensters in der Wachhütte und gab seinen Augen etwas Abstand von der elektronischen

Anzeige, die den aktuellen Radiosender anzeigte. Er durchsuchte die Stationen, Rauschen und Stimmen klickten, bevor er schließlich bei einer Nummer stehenblieb, von der er wusste, dass es sich um lokale Nachrichten in Watersborough handelte. Tatsächlich waren die Ätherwellen voll mit einer Geschichte über Aspen Lane.

»Sie bieten eine Belohnung für denjenigen, der die Waffe findet«, sagte ein Radiomoderator mit Bassstimme. »Zwanzigtausend. Hey Suzie, könntest du etwas zusätzliches Geld gebrauchen?«

»Ich nicht«, hallte die Stimme seiner weiblichen Co-Moderatorin in die Nacht. »Aber irgendetwas sagt mir, Malcolm Havvendish könnte das Geld gebrauchen... um einen guten Anwalt zu bekommen!« Ein summendes Geräusch versuchte, dem geschmacklosen Witz einen komischen Effekt zu verleihen. Otto schüttelte den Kopf. Die Leute nahmen diese Dinge nicht ernst genug. Er hasste die Art und Weise, wie die Welt Themen wie Gewalt, Krieg, Liebe und Rache ins Lächerliche zog.

Otto war mit all dem vertraut. Als Veteran, der viel Zeit im Kampf verbracht hatte, kannte er die Gefahren, die überall um uns lauern. Er verstand, dass es bestimmte Dinge gab, für die es sich zu sterben und zu töten lohnte. Diese Clowns – die Radiomoderatoren – würden nie eine solche Tiefe des Gefühls kennen, weil sie nur als bloße Schatten der menschlichen Erfahrung existierten.

»Um den Fall zu kommentieren«, fuhr der Radiomoderator fort, »haben wir eine von Watersboroughs Top-Strafverteidigerinnen im Studio. Frau Reynolds, Anwältin. Danke, dass Sie vorbeigekommen sind.«

»Gerne«, antwortete eine Frauenstimme, deren Tonfall ein gleichmäßiger Honigton war, der angenehm für das Ohr war.

»Also, wie stehen ihre Chancen, einen Fall gegen Malcolm ohne die Waffe aufzubauen?«

»In der heutigen Welt trumpft die Forensik alles«, sagte

die Anwältin. »Es ist aus mehreren Quellen ersichtlich, dass sie ein Motiv beweisen können, da Malcolm Havvendish als Hauptempfänger von Eigentum in Herrn Markins Testament aufgeführt war. Aber soweit wir wissen, gab es keine Zeugen für das Verbrechen. Ein Wachmann hörte den Knall und rief den Notruf an-«

Otto spürte, wie seine Wangen bei der Erwähnung seiner Rolle in den Ermittlungen rot wurden.

»-aber er sah niemanden den Tatort verlassen. Das bedeutet, dass die Staatsanwaltschaft, um ihren Fall wasserdicht zu machen, Beweise vorlegen muss, die die Jury über jeden vernünftigen Zweifel hinaus überzeugen. Hier kommt die Mordwaffe ins Spiel. Das Auffinden der Waffe würde ihnen helfen, die Abfolge der Ereignisse nachzuvollziehen. Sie können argumentieren, dass Malcolm sie entsorgt hat, als er vom Tatort floh. Vielleicht sogar Fingerabdrücke finden. Es festigt die Geschichte. Macht einen wasserdichten Fall.«

Otto hörte dem Bericht zu, als wäre es eine Gutenachtgeschichte, und blickte auf die Bücher auf dem eingebauten Schreibtisch vor ihm, die alle vom Ersten und Zweiten Weltkrieg handelten. Otto bevorzugte Bücher, die die Tragödie der Menschheit reflektierten – die Art und Weise, wie Menschen so oft danach strebten zu zerstören, anstatt aufzubauen. Otto wünschte, er könnte die Spielregeln angleichen, sodass die Menschen, die Unrecht begingen, zur Rechenschaft gezogen würden, und diejenigen, die Gutes taten, belohnt würden. Aber Otto war nur ein Wachmann, der in einer kleinen Hütte saß, in einer Sackgasse, wo nie etwas passierte.

Nichts, bis jetzt.

KAPITEL SECHSUNDDREISSIG

FRANK

Seit Malcolms Verhaftung bewegten sich Frank und Lisa in ihrem Haus wie in einem wachen Traum. Sie bereiteten ihr Frühstück zu. Putzten die Holzböden. Sie führten ihr Leben so gut es ging weiter, aber die ganze Zeit über schwebten Sorgen um ihren Sohn im Hintergrund und verlangten ihre Aufmerksamkeit. Spät in der Nacht durchforstete Frank Internetsuchmaschinen auf der Suche nach obskuren Gesetzen, von denen er glaubte, sie könnten seinem Sohn helfen.

Heute Abend saßen Frank und Lisa vor dem Fernseher, zwei Fertiggerichte auf Tellern balancierend, ihre Augen auf den Bildschirm geheftet. Weder Frank noch Lisa hatten es laut ausgesprochen, aber beide wussten, worauf sie warteten.

»Hast du heute etwas Neues gefunden?«, fragte Lisa und erkundigte sich nach Franks Suche nach einer rechtlichen Lücke.

»Heute nicht«, sagte Frank. Seine Gabel schwebte in der Luft, seine Hand weigerte sich, einen weiteren Bissen zu nehmen, bis die Angelegenheit geklärt war. »Aber es ist nur eine Frage der Zeit. Ich werde weiter lesen – irgendetwas wird sich ergeben.«

Lisa antwortete nicht, sondern blickte auf das volle Mikrowellenessen-Tablett vor ihr. Ihr Appetit war mit Malcolm verschwunden, und wenn sie aß, dann nur, um die Kraft zu behalten, die sie brauchte, um für ihren Sohn zu kämpfen.

»Der Anwalt, den wir engagiert haben-«

»Er ist der Beste«, antwortete Frank. Sie hatten dieses Gespräch immer und immer wieder geführt, sich im Kreis drehend. Es führte nie zu etwas anderem als einem Streit.

»Aber vielleicht gibt es jemanden Besseren-«

»Es wird dem Mann mehr als ein paar Tage brauchen, um eine Verteidigung aufzubauen-«

Sprudelnde Titelmusik aus dem Fernseher signalisierte, dass die lokalen Sechs-Uhr-Nachrichten begonnen hatten. Frank und Lisa verfielen in sofortiges Schweigen, ihre Augen auf den Bericht geheftet. Was in der Aspen Lane geschehen war, war die größte Story, die Watersborough seit Jahren getroffen hatte, und sie wussten, dass alle Neuigkeiten zum Fall zuerst hier kommen würden.

Eine Nachrichtensprecherin bot eine traditionelle Begrüßung, bevor sie mit den Abendnachrichten begann. Ein Bild von Malcolm blitzte als Einblendung über ihrem Kopf auf, genau wie Frank und Lisa es erwartet hatten.

»Heute Abend bittet die Polizei weiterhin um Informationen, die Anwohner möglicherweise über eine Mordwaffe haben, die bei der Tötung eines Ortsansässigen verwendet wurde«, sagte die Sprecherin. »Ein Verdächtiger wurde in Gewahrsam genommen-«

Frank zuckte zusammen, wie er es immer tat, wenn er hörte, wie sein Sohn auf diese Weise beschrieben wurde. Malcolm war kein Verdächtiger. Malcolm war ein Held, der für sein Land gekämpft hatte. Er war ein mutiger Mann, der nichts davon verdient hatte. Frank wollte aufspringen, den Fernseher packen, das Kabel aus der Steckdose reißen und ihn quer durch den Raum werfen, um dann zuzusehen, wie die Teile mit einem befriedigenden elektronischen Knirschen zersplitterten. Stattdessen saß er regungslos da, unfähig zu begreifen, wie surreal sich dieser Moment anfühlte. Es war, als hätte jemand sein Leben auf den Kopf gestellt und es ihm dann mit einem Lächeln zurückgegeben. Nichts – absolut nichts – ergab einen Sinn.

»Die Polizei glaubt, dass die Mordwaffe ein entscheidendes Beweisstück für den Versuch der Staatsanwaltschaft sein könnte, einen wasserdichten Fall aufzubauen«, fuhr die Sprecherin fort. »Wenn Sie Informationen haben, bitten die Behörden Sie dringend, diese Nummer anzurufen.« Eine gebührenfreie Hotline-Nummer erschien auf dem Bildschirm.

Wie ein Uhrwerk begannen Frank und Lisas Mobiltelefone zu summen. Beide Telefone lagen gestapelt auf dem Kaminsims, absichtlich außer Sichtweite. Frank stand auf und schleppte sich zu den Telefonen, obwohl er am liebsten weggelaufen wäre.

»Wir müssen nicht rangehen«, sagte Lisa.

Frank nahm trotzdem beide Mobiltelefone und scrollte durch die Nachrichten. Wann immer ein Bericht ausgestrahlt wurde, wurden sie von Anfragen nach Kommentaren bombardiert. Journalisten aus der gesamten größeren Ostküstenregion versuchten, Frank und Lisa anzurufen, zu schreiben, SMS zu senden und E-Mails zu schicken. Aber das war nicht das, was Frank am meisten störte. Was er am meisten hasste, waren die besorgten Kontaktaufnahmen von entfernten Bekannten. Die Textnachrichten, die »Wie geht es euch?« oder »Wie hält Malcolm durch?« sagten, von Leuten, die nie mehr als eine entfernte Verbindung gewesen waren. Plötzlich hielten es diese sogenannten »Freunde von Freunden« für angebracht, sich um Frank und Lisa zu kümmern, obwohl sie sich nie einen Deut um sie geschert hatten. Frank wusste, dass diese Leute nicht daran interessiert waren, seiner Familie zu helfen. Alles, was sie wollten, war, Teil von etwas Größerem zu sein, auf seine Kosten. Sie wollten einen Hauch von Drama, um eine Geschichte mit nach Hause zum Abendessen zu bringen oder bei der nächsten Party, die sie besuchten, zu erzählen.

»Noch nichts von ihr?«, fragte Lisa und beobachtete, wie Frank durch das Telefon scrollte.

»Noch nicht«, sagte Frank. Er legte die Telefone zurück auf den Kaminsims und kehrte zu seinem Platz zurück, wo er in die Couch sank. »Aber sie wird anrufen, wenn sie etwas hat. Sie hat es versprochen.«

Tatsache war, dass Franks und Lisas Telefone seit all dem klingelten. Aber es gab nur eine Person auf der Welt, von der sie begierig waren zu hören. Eine Frau, die das Schicksal ihres Sohnes in ihren Händen hielt:

Detective Annie Hudson.

KAPITEL SIEBENUNDDREISSIG

ANNIE UND ETHAN saßen in ihrem neuen Lieblings-Diner und genossen in Fett triefende Cheeseburger, als der Anruf kam. Sie hatten eine Live-Nachrichtensendung über den Fall verfolgt, die auf dem Wandfernseher des Diners übertragen wurde. Kellnerinnen in roten Schürzen huschten vorbei und verdeckten gelegentlich den Bildschirm. Jedes Mal, wenn seine Sicht versperrt wurde, reckte Ethan den Hals um die vorbeigehende Gestalt, um kein einziges Detail der Sendung zu verpassen. Annie hingegen biss ruhig und entschlossen in ihren Burger und behandelte die laufende Übertragung, als wäre es ein einfacher Wetterbericht.

»Du wirst dir noch den Hals verrenken, wenn du dich weiter so reckst«, sagte Annie und deutete auf Ethans Haltung, als die Kellnerin erneut vorbeikam.

»Es sind schon drei Tage vergangen«, antwortete Ethan. »Sogar die nationalen Nachrichten haben es aufgegriffen. Drei Tage, und keine Waffe.«

»Sie wird auftauchen«, sagte Annie unbeeindruckt. »Ein beobachteter Topf kocht nie.«

Ethan zwang sich, den Blick vom Bildschirm abzuwenden und sich dem Teller vor ihm zuzuwenden. Sein Burger lag unberührt da und wurde kalt. »Das ist eine Menge, Annie«, sagte er. Er fuhr sich mit der Hand durchs Haar, und der zerzauste Effekt blieb Annie nicht verborgen, die versuchte, das Gefühl zu unterdrücken, das sie manchmal in seiner Nähe hatte. »Es erinnert mich daran, als die Geschichten über meine Schwester und deinen Bruder überall waren. Ich konnte nicht die Straße entlanggehen, ohne ihr Gesicht in einer Zeitung zu sehen. Konnte nicht in den Supermarkt gehen, ohne auf ein Vermisstenplakat zu stoßen.«

Annie streckte die Hand über den Tisch aus und berührte seine Hand. Sie verstand. Sie hatte gesehen, wie das Bild ihres Bruders – kaltblütig ermordet – im Nachrichtenzyklus verbreitet wurde, als wäre es nichts als eine weitere Geschichte. Und das war es auch... für alle anderen. Aber für Annie war es eine traumatische Erinnerung. Ein Bild, das sie nie wieder vergessen konnte. Sie hasste es, Malcolm's Eltern das anzutun, aber es war der einzige Weg, um seine Zukunft zu sichern.

»Wir locken den wahren Mörder aus der Reserve. Es gibt keinen anderen Weg. Vertrau mir. Wenn wir es richtig anstellen, wird Malcolm freikommen.«

Die Art, wie Ethan seine Augenwinkel kräuselte, verriet Annie, dass er Zweifel an ihrem Plan hatte. Sie brauchte Ethan in ihrem Team und wollte ihn gerade beruhigen, als sein Handy vibrierte.

Ethan und Annie blickten sich an, und Annies Puls beschleunigte sich mit der süßen Intensität, die ihr sagte, dass sie kurz davor war, einen Fall zu lösen. Ethan griff nach seinem Handy und las eine Nachricht, die auf dem Bildschirm erschien.

»Na?«, drängte Annie.

Ethan blickte ungläubig auf. »Du hattest Recht«, sagte er. »Sie haben die Waffe gefunden.«

Annie zerknüllte ihre Serviette zu einem Ball und erhob sich dann aus der Nische, bereit, diese Untersuchung abzuschließen und Aspen Lane in eine neue Normalität zurückzuführen. »Das nächste Mittagessen geht auf dich«, lächelte sie Ethan an und legte Bargeld auf den Tisch. Sie steuerten auf die doppelten Glastüren zu, die den Eingang zum Diner markierten, und Ethan hatte das Gefühl, dass dieser Fall fast abgeschlossen war und sie einen Schritt näher daran waren, Watersborough für immer zu verlassen und nie wieder zu diesen ausgefransten Plastik-Nischen zurückzukehren.

Plötzlich hungrig, murmelte er leise: »Ich hätte meinen Burger essen sollen.«

KAPITEL ACHTUNDDREISSIG

ETHANS UNMARKIERTER LIEFERWAGEN schlängelte sich eine enge Seitenstraße entlang, die an einer Böschung endete. Überwuchertes Chaparral reichte über den Rand des Flussufers, trockene Äste landeten auf dem Asphalt. Für Annie sah es aus, als würden die Bäume versuchen, dem Bach zu entkommen. Als wüssten sie, dass dies ein Ort war, den man besser mied.

Die Autotür knallte zu, als Annie und Ethan ausstiegen und auf eine Ansammlung geparkter Polizeiwagen mit blinkenden Lichtern zugingen. Chief Hardgrave bemerkte ihre Ankunft und kam ihnen entgegen, eine blaue Windjacke eng um ihre Schultern geschlungen.

»Wir haben eine positive Identifizierung«, sagte sie und übersprang die Begrüßung. »Die Waffe passt zu der Kugel, die die Forensik in unserem Opfer gefunden hat.« Sie bedeutete Ethan und Annie, ihr zu folgen, und winkte dann einen anderen Beamten heran, der eine Plastiktüte hielt. Hardgrave nahm die Tüte entgegen und hob sie hoch, damit Annie und Ethan den Inhalt begutachten konnten. Darin befand sich eine silberne Handfeuerwaffe, die im Mondlicht glänzte. »Eine

Colt 1911«, sagte Hardgrave. »Wir haben die Registrierung überprüft. Sie gehört einem gewissen Malcolm Havvendish.«

»Dieses Flussufer«, sagte Annie und ignorierte die Waffe. »Es grenzt an die Aspen Lane...«

»An der Ostseite«, bestätigte Hardgrave. »Verläuft direkt hinter Malcolm Havvendishs Haus.«

»Aber die ganze Straße ist von einem Eisenzaun umgeben«, sagte Annie. »Er schließt an die Tore an und setzt sich von dort aus fort. Auf welcher Seite der Böschung wurde die Waffe gefunden?«

»Unsere Beamten haben sie auf der Straßenseite gefunden«, sagte Hardgrave.

Annie bewegte sich in Richtung der Böschung und begutachtete die Geographie des Flusses. Er war etwa sechs Meter breit und grenzte auf der gegenüberliegenden Seite an die öffentliche Straße. Der Fluss selbst führte zu dieser Jahreszeit wenig Wasser und war eher als Bach zu bezeichnen. Es war ein kleiner Auslass für einen Wasserkanal, der nur etwa einen Meter breit war. Ohne Vorwarnung ließ sich Annie die Böschung hinunter und ging auf das Wasser zu.

»Annie?«, rief Ethan hinter ihr her, aber sie war schon unterwegs. Sie stieg in den Fluss und stellte fest, dass das Wasser ihr nur bis zu den Knien reichte. Ihre Beine zitterten vor Kälte, als sie durch den Kanal watete und nach wenigen Schritten sicher auf der anderen Seite ankam. Sie zog sich aus dem Wasser und stieg mühelos die Böschung auf der anderen Seite hinauf. Mit ein paar schnellen Bewegungen von Händen und Beinen gelangte sie nach oben, wo sie sich an der Wurzel eines Baumes festhielt, um sich hochzuziehen. Sie war jetzt auf der anderen Seite und blickte auf eine Baumreihe, hinter der sich etwas von Menschenhand Geschaffenes befand. Annie griff durch ein Gewirr von Ästen und schloss ihre Hand um einen Pfosten, der zu dem Eisenzaun gehörte, der die Aspen Lane umgab.

»Das ist Malcoms Haus«, rief Hardgrave über die Entfernung. »Grenzt direkt daran.« Annie schob die Äste auseinander und blickte durch die Latten des Zauns in den Garten dahinter. Dahinter stand ein Haus, das Annie als das von Frank, Lisa und Malcolm erkannte. Sie hatte es erst kürzlich aus der entgegengesetzten Perspektive gesehen, als sie Gast in deren Wohnzimmer gewesen war.

Annie holte einmal tief Luft, als ob sie ihrer Schlussfolgerung erlaubte, in ihren Lungen zu köcheln, wie ein Rezept, das zur Vollendung kochte. Dann rutschte sie die Böschung wieder hinunter und fand Ethan im Wasser stehend vor, eine Hand ausgestreckt, auf sie wartend.

»Madame«, sagte er. Annie verdrehte die Augen, ließ sich aber von ihm über den Bach helfen. Gemeinsam erklommen sie die Straßenseite der Böschung und präsentierten sich Hardgrave wie ein Paar zitternder Hunde.

»Matthews!«, rief Hardgrave einem anderen Beamten zu. »Holen Sie uns ein paar Decken her?«

Der Beamte verschwand im Kofferraum eines Streifenwagens und kehrte mit zwei Rettungsdecken zurück, die er Annie und Ethan reichte.

»Es war nicht Malcolm«, sagte Annie. Sie setzte sich auf die Motorhaube eines Streifenwagens und wickelte die Decke um ihre nasse Jeans. »Um die Waffe von *innerhalb* der Aspen Lane zu entsorgen, hätte er in seinen Hinterhof rennen und die Waffe dann *über* einen fast vier Meter hohen Zaun, zehn Meter über die Böschung werfen müssen. Das ist einfach nicht möglich«, fügte Annie mit klappernden Zähnen hinzu. Ethan strich mit einer Hand über ihren Rücken und versuchte, sie aufzuwärmen. »Wer auch immer diese Waffe fallen gelassen hat, hat es von der Straße aus getan. Sie sind diese Straße entlanggefahren, die fast niemand kennt.«

»Sie ist von der Hauptstraße aus schwer zu sehen«, stimmte Ethan zu.

»Was uns sagt, dass es jemand aus der Nachbarschaft ist«, sagte Annie. »Jeder, der in der Aspen Lane wohnt, würde wissen, dass dieser Nebenarm an das Grundstück grenzt. Jemand *wusste*, dass diese bestimmte Stelle an Malcolms Haus grenzt, und sie fuhren diese Straße hinauf und ließen die Waffe auf der Straßenseite fallen.«

Chief Hardgrave stieß einen leisen Pfiff aus, als ob es ihr schwerfiele zuzugeben, was sie gleich sagen würde. »Ob Sie's glauben oder nicht, ich stimme Ihnen zu«, bestätigte sie. »Als der Mord gemeldet wurde, haben unsere Kadetten diesen Ort von oben bis unten durchsucht. Wenn die Waffe im Fluss gewesen wäre, hätten sie sie gefunden. Sie wurde neu platziert, gut sichtbar, kein einziger Ast oder ein Blatt verdeckte sie. Es sah aus, als wäre sie von jemandem platziert worden, der sichergehen wollte, dass wir sie sehen«, fuhr Hardgrave fort. »Ganz zu schweigen davon, dass Malcolm verdammt dumm sein müsste, die Waffe in der Nähe seines eigenen Hauses wegzuwerfen.«

»War sie geladen?«, fragte Annie.

»Fünf Schuss«, bestätigte Hardgrave.

»Malcolm hat beim Militär gedient«, fügte Annie hinzu. »Er war Pistolenchampion. Er wüsste es besser, als eine geladene Waffe so wegzuwerfen.«

»Trotzdem brauche ich mehr, um eine neue Verhaftung vorzunehmen«, Hardgrave lehnte sich gegen einen Streifenwagen. »Und es muss dieses Mal verdammt richtig sein.«

»Das wird es«, sagte Annie. »Wenn Sie mir vertrauen«, sie machte eine kurze Pause und überlegte. »Wie wurde die Waffe gemeldet?«

»Anonymer Anruf«, nickte Hardgrave und stimmte Annies Schlussfolgerung zu, bevor sie sie aussprach. »Von einem öffentlichen Telefon unten in der Main Street aus. Verdächtig, ich weiß«, sie bemerkte Annies Gesichtsausdruck. »Welche Person, die eine Belohnung von zwanzigtausend Dollar in Aussicht hat, entscheidet sich dafür, die Information anonym zu liefern? Ich bin bei Ihnen, Annie«, sagte sie, und die Worte fühlten sich seltsam an, als sie über ihre Lippen kamen. »Wo gehen wir von hier aus weiter?«

»Ich glaube«, lächelte Annie, »es ist Zeit für ein letztes Nachbarschaftstreffen. Aber zuerst muss ich einen kurzen Zwischenstopp einlegen.«

»Wo?«, fragte Ethan.

Es folgte eine lange Pause, dann gab Annie eine Antwort, die Ethan nicht erwartet hatte. »Zum Wachhäuschen an der Aspen Lane.«

KAPITEL NEUNUNDDREISSIG

DER POESIE WEGEN BESCHLOSS ANNIE, die Sache dort zu beenden, wo sie begonnen hatte. Nachdem sie Polizisten losgeschickt hatte, um an jeder Tür zu klopfen, versammelten Annie und Ethan die Nachbarn in der Mitte der Sackgasse am Aspen Lane. Jeder von ihnen war besorgt über diese neue Entwicklung. Krystal stand da, mit einem Schal um die Schultern gewickelt, an dessen Fransen silberne Armreifen klirrten. Jared und seine beiden Brüder hatten sich in einer Art Dreieck im hinteren Teil der Gruppe aufgestellt, wobei Edmonte und Marcus etwas abseits von ihrem Bruder standen, als fürchteten sie, durch Assoziation für schuldig erklärt zu werden. Janis und Sheila standen Seite an Seite, letztere schüttelte immer noch getrockneten Ton von ihren Händen. Sie war in ihrem Töpferstudio gewesen, als sie den ganzen Tumult bemerkt hatte, diesmal tatsächlich damit beschäftigt, etwas anderes als Liebe mit Janis zu machen. Reggie und Melissa standen an gegenüberliegenden Enden der Gruppe, beide wirkten einsam und ein wenig fehl am Platz. Schließlich ging Otto hinter Annie und Ethan auf und ab, jeden Anwohner so anschauend, als könnte er der Schuldige sein, und blockierte den Ausgang, damit niemand weglaufen konnte. Annie hatte ihn gebeten, bei der Versammlung für Sicherheit zu sorgen - eine Angelegenheit, die er ziemlich ernst nahm.

»Wir haben euch hier versammelt«, erklärte Annie, »um eine Lösung in der Frage anzubieten, wer Mr. Markin getötet hat. Ich komme gleich zum Punkt. Der Mörder ist unter uns.«

Gemurmel ging durch die Gruppe, als alle nach links und rechts schauten. Die Nachbarn kannten sich gut genug, um Beschwerden zu haben. Aber sie hatten diese Probleme immer gegenseitig als eher kleinlich betrachtet. Nie hätten sie gedacht, dass sie versuchen würden, einen Mörder in ihrer Mitte zu identifizieren. Es gab einen Moment der Stille, dann sprach Krystal als Erste.

»Niemand hier würde Mr. Markin etwas antun. Wir kommen vielleicht nicht immer gut miteinander aus, aber -«

»Wir sind Nachbarn«, beendete Reggie ihren Satz. »Ich kann die Hälfte dieser Leute nicht ausstehen und einige von ihnen können mich nicht ausstehen, aber wir bringen uns deswegen nicht gegenseitig um. Wir sind nicht diese *Art* von Nachbarschaft.«

In diesem Moment ertönte ein quietschendes Geräusch, als sich die eisernen Tore öffneten. Otto drehte sich überrascht um, als er sah, wie die Tore sich von selbst bewegten. Hinter ihm fuhr eine Kolonne von Polizeistreifenwagen in die Sackgasse ein und bildete eine Barriere zum Ausgang.

»Ich hoffe, es macht dir nichts aus, Otto«, sagte Annie lächelnd. »Aber das FBI hat bei der Torfirma angerufen und die Kontrolle übernommen. Wir brauchen dich trotzdem noch für die Sicherheit.«

»Kein Problem«, sagte Otto, wobei sein Blick verriet, dass es *sehr wohl* ein Problem war. Aber für den Moment beschloss er, es angesichts der Wichtigkeit seiner Rolle bei diesem Verfahren zu ignorieren.

»Nur noch ein Gast«, Annie deutete auf das erste Polizeiauto. Officer Hardgrave stieg auf der Fahrerseite aus und öffnete die hintere Tür, um eine Gestalt im Inneren zu enthüllen. Malcolm stieg aus dem Wagen, Frank und Lisa an seiner Seite. Die Familie machte sich auf den Weg zu den anderen Nachbarn, ihre Schritte von einer gewissen Leichtigkeit geprägt. Malcolms Gesichtsausdruck verriet nichts, außer dass er etwas mitgenommen aussah, mit einem fleckigen Bartschatten am Kinn.

»Wie hältst du dich, Malcolm?«, fragte Annie.

»Ganz gut, Annie«, log er und zeigte ihr einen Daumen nach oben. Seine Handgelenke waren frei, nicht mehr durch die Handschellen eingeschränkt, die zuvor seine Bewegungen eingeschränkt hatten. Er nahm seinen Platz in der Gruppe der Nachbarn ein, Frank und Lisa an seiner Seite.

»Jetzt, wo die ganze Straße hier ist, werden wir beginnen«, sagte Annie. »Ob ihr es wisst oder nicht, jeder Einzelne von euch hat eine wesentliche Rolle in diesem Fall gespielt, meist durch unbeabsichtigte Lügen und Täuschung.«

»*Entschuldigung*?«, begann Melissa zu sagen, bevor Ethan sie zum Schweigen brachte.

»Nicht weil ihr alle dieses bestimmten Verbrechens schuldig seid, sondern wegen der Kultur hier in Watersborough. Noch nie in meinem Leben habe ich eine Gemeinschaft gesehen, die so sehr auf das Erscheinungsbild bedacht ist.«

»Ja, erzähl mir davon«, gab Krystal leise zu.

»Wenn irgendeiner von euch mehr daran interessiert gewesen wäre, Mr. Markin Gerechtigkeit widerfahren zu lassen, als euren eigenen Ruf zu schützen, hätte dieser Fall vielleicht viel schneller gelöst werden können, und der arme Malcolm hätte nicht leiden müssen.«

Schuldige Blicke in der Gruppe richteten sich auf Malcolm, der sich keinen Millimeter bewegte.

»Wenn auch nur *einer* von euch weniger selbstbezogen gewesen wäre, hättet ihr vielleicht den Schuss überhaupt gehört, und es gäbe kein Rätsel zu lösen. Es ist ironisch, dass Malcolm die Schuld auf sich genommen hat, da alles mit ihm begann.«

»Wie das?«, fragte Frank. Er war erleichtert, seinen Sohn zurück zu haben, aber immer noch besorgt, wohin Annies Ermittlungen führen würden.

»Malcolm mag keinen Lärm«, antwortete Annie. »Tatsächlich bringt Lärm Malcolm zurück auf das Schlachtfeld. Mit der Diagnose PTBS kam Malcolm zu seinen Eltern, in der Hoffnung auf ein wenig Frieden. Ein Ziel, das ihr *alle* -« Annie zeigte im Kreis herum, »- völlig unmöglich gemacht habt.«

»PTBS?«, keuchte Sheila entsetzt. »Der Garagenumbau. Frank, ist das der Grund, warum -«

»Ja, das ist es«, antwortete Frank. »Als Reggie zu mir kam und dagegen kämpfen wollte, stimmte ich zu, weil ich wusste, dass der Lärm es für Malcolm schwieriger machen würde. Es ging nicht darum, dass ich nicht wollte, dass du dein Studio hast -«

»Ich hätte darauf verzichten können«, antwortete Sheila schnell. »Malcolm, warum zum Teufel hast du nichts gesagt?«

»Ich komme damit klar«, zuckte Malcolm mit den Schultern. »Ich wollte nicht, dass jemand sein Leben wegen mir umstellen muss.«

»Unsere Partys«, sagte Jared. »Wenn wir es gewusst hätten, wären wir nicht so laut gewesen -«

»Aber ihr *wusstet* es«, sagte Annie. »Nicht über Malcolm, aber darüber, wie die Nachbarschaft über eure Wochenend-Raves dachte. Die Polizei wurde mehrmals gerufen. Eine Lärmbeschwerde nach der anderen. Und ihr drei habt trotz allem weitergemacht, so sehr in eurer egoistischen Welt gefangen, dass ihr keine Ahnung hattet, dass ein Veteran die Straße runter zu kämpfen hatte. Aber andererseits«, Annie ging auf und ab und genoss das Gefühl, das Puzzle zusammenzusetzen, »kann ich euch kaum hervorheben. Jede Person in dieser Straße war so selbstbezogen, dass sie weder nach links noch nach rechts geschaut hat. Seht ihr das nicht?« Annie machte eine Pause, um die Wirkung zu verstärken. »Ihr vermisst einander. Ihr fahrt jeden Tag aneinander vorbei. Aber ihr *seht* einander nicht.«

Die Nachbarn blickten zu Boden, jeder von ihnen spürte das Gewicht ihrer Worte.

»Die einzige Person, die ihre Nachbarn *wirklich* sah, war Mr. Markin«, sagte Annie. Sie beendete ihr Auf-und-ab-Gehen und blieb vor der Gruppe stehen. »Er sah jeden Einzelnen von euch. Er versuchte, euch zu helfen, eure Schwierigkeiten zu überwinden. Angefangen bei dir«, sie zeigte auf Jared. »Mr. Markin sah in dir eine jüngere Version seiner selbst. Einen verlorenen jungen Mann, der versuchte, vor seinen Fehlern wegzulaufen, aber nicht in der Lage war, sie allein zu überwinden.«

»Er versuchte, mir zu helfen, clean zu werden«, gestand Jared der Gruppe. Die Nachbarn rückten unbehaglich hin und her. Watersborough war kein Ort, an dem Sucht offen diskutiert wurde. »Ich bin süchtig nach Schmerzmitteln. Er versuchte, mir zu helfen, nüchtern zu werden.«

Edmonte und Marcus tauschten schockierte Blicke aus. »Du hast nie-«, stotterte Edmonte, plötzlich besorgt um seinen Bruder. »Du hast es mir nicht gesagt. Wir hätten es verhindern können-«

»Herr Markin bemerkte die Menschen um sich herum«, fuhr Annie fort, »und deshalb sah er, dass Jared Hilfe brauchte. Er freundete sich mit ihm an und baute Vertrauen auf. Das bringt uns zu dem Einbruch eine Woche vor dem Mord. Zunächst schien es, als müssten die beiden Ereignisse zusammenhängen. Das Auftreten des Einbruchs so kurz vor dem Mord stellte eine falsche Ablenkung dar, unbeabsichtigt verursacht von jemandem, um den sich Herr Markin sorgte.«

»Ich war es«, antwortete Jared. Alle starrten ihn an. »Ich bin in Herrn Markins Haus eingebrochen. Ich habe dort Drogen versteckt und bin zurückgekommen, um sie zu holen.

Ich habe die Vase mitgenommen, damit es wie ein Einbruch aussah, aber das war es nicht. Ich habe nur geholt, was ich zurückgelassen hatte.«

»Die Gartenmöbel an dem Tag!«, rief Reggie aus und wandte sich zu Jared. »Hast du meine Garnitur umgeworfen, um deine Spuren zu verwischen? Du weißt, dass diese Garnitur eine Sonderanfertigung war-«

»Eigentlich war ich das«, hob Janis die Hand. »Na ja, nicht ich allein, aber Sheila war da und-«

»Ich mag die Sonne auf meiner Haut«, zuckte Sheila mit den Schultern. »Das ist so eine australische Sache.«

»Du bist früher nach Hause gekommen«, sagte Janis zu Reggie, »also hatten wir keine Zeit, die Möbel zurückzustellen.«

Reggie raufte sich die Haare, am Ende seiner Weisheit mit der ganzen Farce. »Gibt es noch *irgendwelche* anderen Ungerechtigkeiten, die ich ertragen muss-«

»Jared war für den Einbruch bei Herrn Markin verantwortlich«, fuhr Annie fort. »Der Einbruch bot dem Mörder die perfekte Gelegenheit zuzuschlagen. Sehen Sie, der Mörder hatte schon eine Weile gewartet. Diese Person hatte Herrn Markins Gewohnheiten recherchiert. Der Mörder behandelte diese Übung wie die Handlung eines Buches und versuchte absichtlich, die Fäden zu verwirren, in der Hoffnung, die Strafverfolgungsbehörden zu verwirren. Der Einbruch bot die perfekte Tarnung. Eine Woche später würde der Mörder zuschlagen.« Annie machte eine Pause und fügte dann hinzu: »Aber lassen Sie uns zurückspulen. Jared war nicht der einzige junge Mann, den Herr Markin betreute. Sechs Monate zuvor hatte er Frank und Lisas Sohn Malcolm kennengelernt und ihm geholfen, der gerade nach Hause gezogen war.«

»Das stimmt«, wandte sich Malcolm an die Gruppe. »Herr Markin war mein Freund.«

»Herr Markin war der Einzige in der Straße außer Frank und Lisa, der wusste, was Malcolm durchmachte. Und er nahm Malcolm zu einer besonderen Veranstaltung mit. Malcolm?«

»Es war ein Treffen seiner Einheit«, sagte Malcolm. »Er nahm mich mit, um die Männer zu treffen, mit denen er in Vietnam gedient hatte. Einige von ihnen hatte er seit fünfzig Jahren nicht mehr gesehen.«

»Und da haben wir es«, rief Annie aus und streckte den Finger so schnell in die Luft, dass der Rest der Gruppe erschrocken zusammenzuckte. »Der Schlüssel zum Verständnis von Herrn Markin. Als ich Malcolms Geschichte hörte, fragte ich mich, wie ich das übersehen konnte. Herr Markin tat so viele Akte der Güte für die Gemeinschaft. Er handelte mit solcher Anmut, dass es fast aussah, als würde ein Mann für etwas büßen. Denn er *büßte* tatsächlich für etwas.«

Annie warf Malcolm einen bedeutungsvollen Blick zu, der schwer schluckte. Es fühlte sich falsch an, Herrn Markin zu verraten, aber um seinen Mörder zur Gerechtigkeit zu bringen, war es notwendig, die Wahrheit zu enthüllen.

»Herr Markin war jung, als er eingezogen wurde«, sagte Malcolm. »So etwa neunzehn. Er war noch ein Kind. Er erzählte mir- er erzählte mir, dass er dort einen großen Fehler gemacht hatte. Er war mit ein paar anderen Soldaten seiner Einheit zusammen und sie wurden hart getroffen. Er verließ sie. Ließ seine Kameraden dort im Stich. Sie wurden gefangen genommen, und er konnte es nie loslassen. Er versprach, von da an nur noch Gutes zu tun. Aber es verfolgte ihn trotzdem für den Rest seines Lebens.«

»So sehr«, sagte Annie, »dass er nie an einem einzigen Treffen seiner Einheit teilnahm. Bis er Malcolm traf und eine Art Heilung fand. Er war bereit, sich seinen Ängsten zu stellen und an dem Treffen teilzunehmen, solange es bedeutete, Malcolm zu helfen.« Annie wandte sich zu Malcolm und sah ihm direkt in die Augen. »Du hast ihm geholfen zu heilen«, sagte sie. »Ich hoffe, du weißt das.«

»Was hat das alles mit dem Mord zu tun?«, fragte Reggie, begierig darauf, zum Punkt zu kommen.

»Natürlich«, sagte Annie. »Lassen Sie uns in der Zeit vorspringen, zum Abend, an dem Herr Markin getötet wurde. Ich fragte mich: 'Warum würde der Mörder ihn mitten auf die Straße locken?' Wäre es nicht einfacher gewesen, Herrn Markin einfach in seinem eigenen Haus zu erschießen? Aber dann wurde mir klar, dass Herr Markin bereits auf der Straße war, selbst zu so später Stunde, weil er vorhatte, irgendwohin zu Fuß zu gehen. Angesichts des Winkels, in dem sein Körper lag, und der Tatsache, dass er durch seinen linken Brustmuskel geschossen wurde, sah es so aus, als ob Herr Markin einfach die Straße überquerte. Das bedeutet, der Mörder hat ihn gar nicht herausgelockt. Der Mörder wartete einfach auf die Gelegenheit und ergriff sie.«

»Aber wohin wollte er gehen?«, fragte Lisa, erleichtert, dass die Spur der Enthüllungen von Malcolm wegzuführen schien.

»Krystal?«, sagte Annie sanft und trat einen Schritt vor.

Krystal sah sich im Wendehammer um, als könnte es irgendwo eine andere Version von ihr geben. »Wer? Ich?«

»Möchten Sie der Gruppe mitteilen, warum Herr Markin in dieser Nacht die Straße überquerte?«

Krystal schüttelte den Kopf. Tränen stiegen ihr in die Augen.

»Komm schon«, drängte Jared. »Ich habe bereits zugegeben, dass ich süchtig bin und ein Einbrecher. Wie viel schlimmer kann deins schon sein?«

»Sie haben Herrn Markin kostenlose Lesungen gegeben«, drängte Annie.

»Weil ich ihm etwas schuldete«, sagte Krystal, ihre Unterlippe zitterte. »Ich wollte das Geschäft mit Markenprodukten und einem Online-Shop erweitern. Ich habe- ich habe Herrn Markin dazu gebracht, zu investieren. Aber ich schwöre, ich dachte, es würde diesmal funktionieren!«, fügte sie hinzu.

»*Diesmal*?«, spottete Melissa.

»Das Geschäft lief hier so viel besser als in Kalifornien. Weniger Konkurrenz, schätze ich. Und egal, was ihr alle glaubt«, Krystal zeigte mit dem Finger auf die Gruppe, »ich *bin* eine echte Hellseherin. Ich bin nur schlecht mit Zahlen! Und die Karten sagten mir, dass es diesmal funktionieren würde. Aber dann ging das Geld aus und-«

»Und Sie haben aufgehört, Herrn Markins Anrufe entgegenzunehmen?«

Krystal nickte. »Er rief mich in dieser Nacht an«, fügte sie hinzu, Tränen liefen über ihre Wangen. »Vielleicht zehnmal. Ich weiß, er wollte, dass ich anfange, den Kredit zurückzuzahlen, den er mir gegeben hatte, damit er andere Dinge mit dem Geld machen konnte, aber ich hatte nichts, was ich ihm geben konnte. Es war alles so schnell weg-«

»Haben Sie in dieser Nacht den Schuss gehört?«

»Ja«, sagte Krystal. »Aber ich wusste nicht, dass es ein Schuss war. Alles, was ich wusste, war, dass Herr Markin mich fünf Minuten zuvor angerufen hatte. Er hinterließ eine Nachricht auf der Mailbox, dass er mit mir sprechen müsse, und wenn ich nicht antworten würde, würde er an meine Tür klopfen. Ich glaube-«, ihre Stimme zitterte, »ich glaube, er konnte nicht schlafen, weil ihn das, was ich getan hatte, so sehr störte.«

»Nicht wegen des Geldes«, stellte Annie klar. »Sondern weil Sie keine Verantwortung für das übernehmen wollten, was mit dem Geld passiert war.«

»Ich hörte den Knall draußen, wagte es aber nicht, meine Vorhänge zu öffnen«, sagte Krystal. »Erst später, als die Polizeiautos kamen, setzte ich alles zusammen.«

»Und Sie haben die Beweise für Ihre Vereinbarung vernichtet?«, fragte Annie, obwohl sie die Antwort bereits kannte.

»I-ich bin zu seinem Hau-Haus gegangen«, schluchzte Krystal jetzt. »U-und habe alle Unterlagen verbrannt.« Sie wischte sich die Tränen weg. »Ich war schon immer schlecht darin, mit Geld umzugehen, aber so etwas habe ich noch nie getan. Ich hatte einfach solche Angst, dass sie mir die Schuld geben würden. Oder dass alles herauskommen würde, und-«

»Und Sie Ihren Stand in der Gemeinschaft verlieren würden«, sagte Annie. »Typisch für diese Straße, wie es scheint. Und in diesem Zusammenhang fiel mir auf, dass die Wahrscheinlichkeit, dass keine einzige Person in dieser ruhigen Enklave den Schuss gehört hat, verschwindend gering war. Fünf Häuser, neben Herrn Markin, und ich sollte glauben, dass nicht eine einzige Person den Schuss gehört hat? Ethan, klingt das für dich plausibel?«

»Nein, Ma'am«, antwortete Ethan. Er genoss diesen Teil immer.

»Aber natürlich, wie wir jetzt wissen, hat *jemand* den Schuss gehört. Krystal. Und zwei *andere* Personen, die zu diesem Zeitpunkt wach waren.« Annie machte eine Pause und richtete ihre Aufmerksamkeit auf Janis und Sheila. »Janis?«

Janis weinte bereits. Es schien, als hätte sie seit der Nacht von Herrn Markins Ermordung nichts anderes getan, als zu weinen. »Sheila und ich haben es gesehen«, sagte Janis. »Wir haben es gesehen, weil-«

»Weil sie eine *Affäre* haben«, sagte Reggie für sie. Die Nachbarn keuchten auf.

»Das war nicht deine Geschichte zu erzählen!«, schrie Sheila ihn an.

»Fühlte sich verdammt noch mal nach meiner Geschichte an, da es *mir* passiert ist«, antwortete Reggie.

Janis fuhr mit ihrem Geständnis fort, bevor die beiden den Streit eskalieren lassen konnten. »Sheila und ich hatten gerade einen intimen Moment im Töpferstudio in der Nacht, als Herr Markin getötet wurde. Es war so spät, wir dachten nicht, dass jemand draußen sein würde. Wir- vergaßen, die Vorhänge zuzuziehen. Und diese großen Fenster im Studio, sie gehen direkt auf die Straße hinaus. Man kann die gesamte Sackgasse sehen.«

»Eine perfekte Sichtlinie«, bestätigte Annie.

»Wir hörten den Knall. Er war zuerst so laut, dass ich dachte, es wäre ein Feuerwerkskörper, aber dann, als ich aus dem Fenster sah, sah ich es. Herr Markin lag am Boden. Und der Mörder stand über ihm, hielt die Waffe. Ich wollte die Polizei rufen, aber-«

»Sie konnten nicht«, beendete Annie Janis' Satz für sie. »Weil der Mörder Sie erpresst hat. Mit einer einfachen Geste.« Annie brachte ihren Finger an die Lippen in dem universellen Zeichen für »Psst«, und ahmte nach, was der Mörder getan hatte. »Sie wussten, dass diese Person die Macht hatte, Sie vor allen bloßzustellen. Ihren Ruf zu zerstören. Also haben Sie geschwiegen. Nun«, Annie machte eine Pause und lächelte. »Nicht ganz geschwiegen.« Sie ging wieder auf und ab und bahnte sich Wege über den Asphalt. »Als wir mit dieser Übung begannen, sagte ich Ihnen allen, dass wir drei Geheimnisse zu lösen hätten. Den Raub, der jetzt dank Jared aufgeklärt ist. Den Mord, den wir gerade erst zu entwirren beginnen. Und schließlich die Frage meiner Anstellung. Wer auch immer mir diesen Brief geschickt hat, wusste von dem Mord, bevor das FBI davon erfuhr. Diese Person hat mich anonym engagiert.«

»Das war ich«, antwortete Janis. »Ich konnte in dieser Nacht nicht schlafen und fühlte mich so schrecklich. Ich habe Sie engagiert. Ich ließ einen Kurier den Umschlag mit Ihrem Honorar per Express versenden. Es kostete ein Vermögen, aber das war mir egal. Ich dachte, wenn Sie der Sache auf den Grund gehen könnten, ohne Sheila und mich hineinzuziehen, würde Herr Markin vielleicht Gerechtigkeit erfahren.«

»Ja«, stimmte Annie zu. »Es wäre wunderbar, wenn so etwas möglich wäre. Aber leider bedeutet eine Augenzeugenaussage der Welt für eine Jury alles. Und so, Janis? Sheila?

Möchten Sie uns sagen, wen Sie in dieser Nacht über Herrn Markins Leiche stehen sahen?«

Janis und Sheila sahen sich an und hoben dann gleichzeitig ihre Hände, um nicht auf Annie zu zeigen, sondern auf eine Gestalt hinter ihr.

»*Otto*«, sagte Janis. In ihrer Stimme lag eine Schärfe, als hätte sie seinen Namen seit dem Vorfall im Mund getragen und wäre nun endlich froh, ihn loszuwerden. »Otto hat Herrn Markin getötet.«

Alle Augen richteten sich auf Otto, der - während dieses Gesprächs - die Polizeiabsperrung nach einem Ausweg abgesucht hatte. Da er keinen fand, hatte er sich an den Rand der Gruppe bewegt, als hoffte er, unbemerkt zu bleiben. Er starrte die Gruppe an, sein Mund weit vor Schock geöffnet.

»*Ich?*« Otto lachte. »Das kann nicht Ihr Ernst sein. Sie haben keine Beweise. Er ist derjenige mit dem Motiv-« Otto zeigte auf Malcolm. »Warum sollte ich Herrn Markin tot sehen wollen?«

»Ah ja, ein Glückstreffer für Sie, dass Malcolm zufällig in Herrn Markins Testament genannt wurde. Sie wussten nicht, dass Ihnen die perfekte Tarnung in den Schoß fallen würde, als Sie die Waffe aus Malcolms Haus stahlen. Sie hofften nur, dass die Verwendung einer seiner Waffen die Polizei davon überzeugen würde, dass die Schuld woanders lag. Sie sprachen häufig mit den Nachbarn und wussten, dass Malcolm ein Pistolenchampion war. Also sind Sie in Frank und Lisas Keller eingebrochen - leicht zugänglich durch das defekte Kellerfenster im Hinterhof.« Sie blickte zu Lisa und Frank. »Ich sagte Ihnen, es ist sehr gefährlich, diese Dinge offen zu lassen.« Das Paar blinzelte, als ihnen die Realität des Geschehenen dämmerte. Annie konzentrierte sich wieder auf Otto. »Sie warteten, bis sie außer Haus waren, brachen dann ein und durchsuchten Malcolms Waffensammlung, wobei Sie die Colt 1911 mitnahmen. Ich nehme an, Sie haben sie wegen ihrer symbolischen Bedeutung gewählt, nicht wahr?«

Otto antwortete nicht. Annie wandte sich wieder der Gruppe zu und erklärte: »Die Colt 1911 war die Standardhandfeuerwaffe während des Vietnamkriegs. Ein Krieg, an dem Otto gekämpft hat, stimmt's, Otto?«

»Gekämpft?«, spottete Otto. »Eher zum Sterben hingegangen. Sie haben keine Ahnung, was es dort draußen braucht.«

»Ich schon«, sagte Malcolm. »Es braucht Ehre, etwas, das Sie nicht haben-«

»Otto gehörte zu Herrn Markins Trupp in Vietnam, aber nicht nur irgendein Teil«, fuhr Annie fort. »Otto war einer der Männer, die Herr Markin zurückließ. Einer von denen, die gefangen genommen wurden und - wie Herr Markin fälschlicherweise annahm - schließlich in Feindeshand getötet wurden. Aber Sie wurden *nicht* getötet, nicht wahr, Otto? Sie haben es lebend herausgeschafft. Und Sie haben nie vergessen, was Ihnen passiert ist.«

»Verdammt richtig, ich habe es nie vergessen!«, schrie Otto, seine Stimme ein brodelnder Vulkan inmitten der ansonsten ruhigen Straße. »Der Blick auf dem Gesicht des Bastards, als er wegrannte! Er hatte die Chance zu kämpfen. Seine Brüder zu retten oder gemeinsam unterzugehen. Der Feigling ließ uns zurück.« Er bewegte sich näher zu Annie, fast Nase an Nase mit ihr. »Waren Sie schon mal in einem Gefangenenlager? Haben Sie eine Ahnung, wie es ist, ein Kriegsgefangener zu sein? Folter. Hunger. Aber ich überlebte. Weil ich einen Zweck hatte. Ich schwor, mir meine Macht zurückzuholen.«

»Aber als Sie herauskamen, konnten Sie ihn nicht finden«, sagte Annie. »Weil Herr Markin sich aus jeder möglichen Datenbank entfernt hatte. Er wollte den Krieg vergessen und vergessen, was er getan hatte, und die Vergangenheit hinter sich lassen. Auf unerwartete Weise schützten ihn seine Scham und seine Schuld. Bis...«

»Bis er mich zum Treffen des Trupps mitnahm«, sagte

Malcolm, Entsetzen überzog sein Gesicht. »Wir machten alle zusammen ein Foto. Sie stellten es auf die Website.«

»Ja«, sagte Annie. »Eine schnelle Internetsuche zeigte uns, dass das Bild prominent auf der Website der Klassentreffen-Gruppe veröffentlicht war«, sie wandte sich an Otto. »Und dort haben Sie den Mann erkannt, der Sie zurückgelassen hatte. Von da an war es nicht schwer herauszufinden, wo er wohnte. Sie waren bereits als Sicherheitsbeamter angestellt, und Ihr militärischer Hintergrund machte es Ihnen leicht, die strengen Einstellungsanforderungen zu erfüllen. Sie nahmen den Job in Aspen Lane an und warteten. Sie beobachteten jeden seiner Schritte. Sie planten das Verbrechen. Und als der Raubüberfall geschah, wussten Sie, dass Sie endlich das kurze Zeitfenster gefunden hatten, nach dem Sie gesucht hatten - Ihre Gelegenheit, sich ein für alle Mal an Herrn Markin zu rächen.«

»Das ist eine reizende Theorie«, knurrte Otto. »Aber die Mordwaffe gehört *ihm*«, er zeigte auf Malcolm. »Viel Glück dabei, eine Jury davon zu überzeugen, dass ich irgendetwas damit zu tun hatte.«

»Ja«, nickte Annie. »Mein Lieblingsteil. Ich fragte mich... was machte der Mörder nach der Tat mit der Waffe? Warum hat er sie nicht einfach entsorgt? Natürlich, weil Sie keine Zeit hatten. Nachdem Sie Herrn Markin erschossen hatten, gingen Sie direkt zurück zur Wachkabine, wo Sie so schnell wie möglich den Notruf tätigen mussten. Sie mussten die Waffe irgendwo in der Kabine verstecken, wo niemand sonst nachsehen würde, gerade lange genug, um sie zu verstauen und einer Entdeckung zu entgehen.« Annie blickte zur Polizeichefin Hardgrave, die einem anderen Beamten an Ottos Wachkabine ein Zeichen gab.

»Bringen Sie es her«, sagte Hardgrave. Der Beamte kam aus der Kabine, ein einzelnes Buch in der Hand. Beim Anblick des Buches wich die Farbe aus Ottos Gesicht.

»Möchten Sie die Ehre haben oder soll ich?«, fragte Annie,

nahm das Buch vom Beamten entgegen und lächelte Otto an. »Ich mache es«, sagte sie und schlug den vorderen Einband auf. Dort, in den Seiten, befand sich ein ausgeschnittener Hohlraum, der ein kleines Fach bildete. Das Papier war geschickt in einer bestimmten Form entfernt worden, die das Äußere des Buches nicht veränderte, aber es dem Besitzer ermöglichte, etwas darin zu verstecken. »Ethan?«, fragte Annie.

Ethan zog den Plastikbeutel mit der Waffe aus seiner Jackentasche. Vorsichtig, um die Waffe selbst nicht zu berühren, benutzte er den Beutel als Handschuh, drehte ihn um und ließ die Waffe in den Ausschnitt des Buches fallen.

»Eine perfekte Passform«, sagte Annie. »Nachdem Otto Herrn Markin getötet hatte, rannte er zurück zu seiner Sicherheitskabine und versteckte die Waffe in einem seiner vielen Bücher, von denen er wusste, dass die Polizei sie nie untersuchen würde. Später, als er von unserem falschen Bericht hörte, dass die Waffe ein wichtiges Beweisstück für den Aufbau eines Falles gegen Malcolm sei, fuhr er die Nebenstraße entlang des Flusses hinunter und warf sie auf die Böschung in der Nähe von Malcolms Haus.« Annie wandte sich an Otto und schüttelte den Kopf. »Clever, außer dass Sie die Straßenseite des Flusses wählten, nicht die Seite, die dem Tor am nächsten war. Das war wirklich der Punkt, an dem Sie einen Fehler machten. Nichts, wofür man sich schämen müsste. Jeder bringt sich irgendwie selbst in Bedrängnis.« Annie klatschte in die Hände, sehr zufrieden mit dem, was sie erreicht hatte. »Und da haben wir es! Alle drei Teile des Rätsels gelöst. Befriedigend, nicht wahr?«

Was als Nächstes geschah, entfaltete sich mit solcher Heftigkeit, dass die Nachbarn später sagten, die Zeit schien sich zu verlangsamen, als ob das Leben zu einem Zeitlupenfilm geworden wäre. Mit einer einzigen Bewegung stieß Otto den neben ihm stehenden Beamten beiseite und rang ihm die Waffe aus dem Holster. Nur um Annie besorgt, zog Ethan sie hinter sich, positionierte sich vor ihr, so dass sein ganzer Körper den ihren bedeckte. Polizistin Hardgrave sprang nach vorne und zog ihre Waffe, aber es war zu spät. Otto hatte die Waffe bereits in der Hand und richtete sie auf Ethan, Annie und die Nachbarn, wobei er die Sicherung mit der Hand eines geübten Experten ausschaltete.

»Sehr befriedigend«, sagte Otto, seinen Finger fest am Abzug.

KAPITEL VIERZIG

»EINE WUNDERBARE WENDUNG«, sagte Annie. Ethan stand immer noch vor ihr und schirmte ihren Körper mit seinem eigenen ab. Otto hielt die Waffe waagerecht und suchte nach Öffnungen, die ihm einen Fluchtweg ermöglichen könnten. Eine nervöse Energie durchfuhr die Nachbarn, und einige – instinktiv handelnd – hoben sogar die Hände, als wollten sie signalisieren, dass sie keine Gefahr darstellten. Die Gruppe von Polizisten, die den Ausgang blockierte, hatte alle ihre Waffen gezogen, ein Dutzend tödlicher Läufe auf Otto gerichtet.

»Ich bin so neugierig, wie das enden wird«, fuhr Annie fort. Ihr Ton war aufrichtig, und sie schien von der Bedrohung vor ihr unbeeindruckt zu sein. Während alle anderen in der Aspen Lane den Atem anhielten – aus Angst, verletzt zu werden, sollte die Pattsituation zu einer Schießerei führen – blieb Annie ruhig. Sie behandelte diesen Moment, als wäre er nur ein Moment unter vielen. Nichts Besonderes daran. Vielleicht lag es daran, dass ihre Albträume sie mehr erschreckten als alles, was die reale Welt ihr je wieder entgegenwerfen konnte.

»Bleib hinter mir«, sagte Ethan zu Annie und schob sie weiter zurück.

»Lass die Waffe fallen!«, rief Hardgrave und kam mit gezogener Waffe näher. »Sie sind umzingelt, Otto. Es gibt keinen Ausweg von hier.«

Ottos Augen scannten die Szene und versuchten, einen Ausweg zu finden. Die Gruppe von Polizisten blockierte immer noch den Ausgang, und die eisernen Tore zur Sackgasse waren geschlossen. Es gab keine Möglichkeit für ihn, auszubrechen, es sei denn, er versuchte vielleicht, eine Geisel zu nehmen. Selbst dann riskierte er, von einem Scharfschützen aus dem richtigen Winkel getötet zu werden. Es musste einen Ausweg geben. Otto grübelte über das Problem nach, und als keine Antwort kam, richtete er seinen Blick auf Annie, mit einer neuen Entschlossenheit. »Vielleicht gehe ich unter«, sagte er. »Aber das heißt nicht, dass ich sie nicht mitnehmen kann.«

Ottos Finger zog sich fester um den Abzug, doch dann geschah ein kleines Wunder für die Gruppe. Eine Stimme ertönte aus dem hinteren Teil der versammelten Nachbarn.

»Sie müssen zuerst an mir vorbei«, sagte Frank. Er trat vor, schritt auf Annie zu und gesellte sich zu Ethan, um vor ihr zu stehen.

»Und an mir«, erklang die Stimme seiner Frau Lisa hinter ihm. Sie lief zu Frank und schlang ihre Arme um ihn.

»Ich auch«, sagte Malcolm. Er stellte sich neben seine Mutter und seinen Vater und nahm die Hand seiner Mutter in seine. Die drei bildeten eine menschliche Blockade um Annie und Ethan und schirmten sie von Ottos nächstem Zug ab.

»Und, ich schätze, ich auch«, sagte Krystal. Sie schien überrascht, ihre eigene Stimme zu hören, die sich in das Getümmel einmischte, aber dann überkam ein stählerner Entschluss ihr Gesicht. Ihre Stilettoabsätze klackerten über den Asphalt, als sie sich neben Malcolm positionierte. »Ich habe Mr. Markin im Stich gelassen«, sagte sie mit zitternder Stimme. »Aber das Mindeste, was ich tun kann, um sein Andenken zu ehren, ist zu versuchen, von nun an besser zu sein.«

»Das ist es, was Mr. Markin getan hat«, sagte Janis und bahnte sich ihren Weg durch die anderen Nachbarn. »Er hat einen Fehler gemacht, aber er widmete den Rest seines Lebens der Wiedergutmachung.« Sie schritt über die Sackgasse und stellte sich neben Krystal, fügte sich dem wachsenden menschlichen Zaun hinzu, der Annie und Ethan schützte. »Ich habe in letzter Zeit einige wirklich große Fehler gemacht«, sie blickte zu Reggie, etwas Unausgesprochenes wurde zwischen den beiden ausgetauscht. »Aber ich habe vor, es in Zukunft besser zu machen. Ich hätte die Polizei rufen sollen, in dem Moment, als ich Sie über seiner Leiche stehen sah, Sie erbärmlicher, kranker Mistkerl«, sagte sie direkt zu Otto. »Ich habe so viel von meinem Leben in Angst verbracht, und ich habe Mr. Markin im Stich gelassen. Aber ich werde Annie nicht im Stich lassen. Wenn Sie sie wollen, müssen Sie zuerst an mir vorbei.«

»Und wenn Sie *sie* wollen«, sagte Sheila und stellte sich vor Janis. »Müssen Sie durch mich hindurch.«

»Und mich«, sagte Jared. Er gesellte sich zu der Gruppe vor Annie, Edmonte und Marcus folgten ihm dicht auf den Fersen. »Mr. Markin hat uns beigebracht, dass Nachbarn einander helfen. Also, wenn Sie hier jemandem wehtun wollen, müssen Sie durch uns hindurch.« Hinter ihm nickten Marcus und Edmonte, wobei Edmonte eine Faust in seine Hand schlug.

»Sie mögen schnell am Abzug sein, Mann«, sagte Edmonte. »Aber es gibt mehr von uns als von Ihnen.«

»Viel mehr«, sagte Reggie. Er schloss sich dem Kreis an, Melissa an seiner Seite. Jetzt war die Blockade um Annie vollständig, jeder Nachbar bildete einen schützenden Schild um sie und Ethan. »Ich mag vielleicht nicht jeden, der in dieser

Straße wohnt«, sagte Reggie. »Aber ich habe gelernt, dass ich mich in Menschen irren kann«, er blickte zu Melissa, die jetzt zweifellos seine Freundin war.

Melissa starrte Otto an und schob ihre Brille höher auf ihre Nase. »Es sind nicht Sie, die die Aspen Lane schützen, oder diese dummen Tore.« Sie nickte in Richtung des verschlungenen eisernen Eingangs, der ihnen so lange ein Gefühl der Sicherheit gegeben hatte. »Wir sind es, die diese Straße besonders machen. Wir alle. Mr. Markin hat das gesehen. Er war ein guter Nachbar. Und Sie werden für das, was Sie ihm angetan haben, zur Rechenschaft gezogen.«

Melissa ergriff Reggies Hand, der die Hand der Person neben ihm nahm, die wiederum die Hand der nächsten Person nahm, und plötzlich stand die ganze Nachbarschaft da, vereint, und bildete eine undurchdringliche Barriere, die Otto nicht durchbrechen konnte. Hinter der Sicherheit ihrer verschränkten Finger konnte Annie nicht umhin zu bemerken, dass die vereinten Nachbarn etwas wie die eisernen Tore vor ihnen aussahen. Jede Person erinnerte sie an einen Stab in der schützenden Struktur, ihre unterschiedlichen Größen ahmten die Art und Weise nach, wie die Oberseite der Sicherheitstore in der Höhe zu variieren schien.

Es gab einen atemlosen Moment, in dem alle darauf warteten, dass ein Schuss ertönte, aber der Klang kam nie. Auf einmal ließ Otto die Waffe fallen. Er sank zu Boden, kauerte auf seinen Fersen. Er ließ seinen Kopf in seine Hände fallen und projizierte sich für einen Moment an einen anderen Ort oder in eine andere Zeit. Niemand konnte sagen, wohin er gegangen war, aber die klagenden Laute, die aus seinem Mund drangen, sagten, dass es ein Ort war, an dem er nicht sein wollte.

Annie trat um die Gruppe herum und ging auf Otto zu. Die Polizei stürmte vor und nutzte die Gelegenheit, um die Verhaftung vorzunehmen. Hardgrave nahm Handschellen von ihrem Gürtel und legte sie Otto an. »Sie haben das Recht zu schweigen«, sagte sie und begann mit der Belehrung über die Miranda-Rechte. Annie kickte die Waffe von Otto weg und kauerte sich dann neben ihn. Sie legte eine Hand auf seinen Rücken und rieb in kreisenden Bewegungen, ihr Tempo dem von Otto angepasst, während Hardgrave ihn zum Polizeiwagen schob. Otto machte den Eindruck eines untröstlichen Tieres, seine kehligen Schreie erfüllten immer noch die Luft. Annie flüsterte ihm etwas zu, und es schien ihn für einen Moment zu beruhigen. Er sah sie an, etwas Sanftes in seinen Augen, und dann wurde er in den Polizeiwagen gestoßen, und der Moment war vorbei.

Die Nachbarn umarmten sich, die kleinlichen Streitigkeiten der Vergangenheit waren nur noch eine ferne Erinnerung. Annie kehrte zur Gruppe zurück und lehnte sich an Ethan, völlig unbeeindruckt von dem, was gerade passiert war.

Krystal lachte über Annies schlendernde Haltung. »Hattet ihr Leute keine Angst?«, sagte sie.

»Ich war zu Tode erschrocken«, scherzte Ethan. »Außer, dass ich daran gewöhnt bin. Es ist nicht das erste Mal, dass diese hier mich in die Schusslinie gebracht hat«, er zwinkerte Annie zu.

»Ich hatte keine Angst«, Annie betrachtete die Nachbarn und bemerkte, wie sie – zum ersten Mal – wie Freunde wirkten, statt wie entfernte Fremde, die nebeneinander getrennte Leben führten. »Schließlich war ich bei euch allen.«

Sie lächelte die Gruppe an, in dem Wissen, dass die Aspen Lane nie wieder solche Probleme sehen würde. Selbst im Tod hatte Mr. Markin diese Menschen verändert, indem er das Licht seiner eigenen Freundlichkeit nutzte, um das gleiche Feuer in einer anderen Person zu entfachen. Diese unterschiedlichen Nachbarn mochten als Einzelne zerbrochen gewesen sein, aber zusammen bildeten sie ein vollständigeres, funktionierendes Ganzes. *Wie poetisch es ist*, dachte Annie bei sich, dass genau hier auf dem Asphalt, mitten auf der

Straße, ein Neuanfang an dem Ort geboten wurde, an dem alles begann.

Die Idee war mehr als eine Vermutung. Es war eine klare Tatsache für Annie und eine wunderschöne Wahrheit:

An dem Ort, wo Mr. Markin gestorben war, war die Nachbarschaft wiedergeboren worden.

KAPITEL EINUNDVIERZIG

DIE ABWICKLUNG des Falls war unkompliziert und sachlich. Es gab Papierkram zu erledigen. Anwälte mussten benannt werden. Presseinterviews waren zu arrangieren. Annie und Ethan übergaben alles schnell an die Polizei von Watersborough und Chief Hardgrave, die mehr als glücklich darüber war, die Lorbeeren für Ottos Verhaftung einzuheimsen.

Ethan bereitete seinen Bericht für das FBI vor, enttäuscht darüber, dass er seine Erkenntnis teilen musste, dass dieser Fall nichts mit dem als Immobilien-Schlitzer bekannten Serienmörder zu tun hatte. Einige im Büro kannten seine persönliche Verbindung zu dem Verbrechen, aber im Allgemeinen versuchte Ethan, sein tiefes Bedürfnis nach Gerechtigkeit herunterzuspielen, um Vorwürfe der Befangenheit zu vermeiden. Er wusste, was ihn erwartete - eine Reihe anderer Fälle, die die nationale Sicherheit bedrohten. Er wusste auch, dass sie sich alle ein wenig hohl anfühlen würden, ohne Annie an seiner Seite. Er würde zu seinem Muster zurückkehren, zu warten und zu hoffen, dass etwas auftauchen würde, das ihm einen Vorwand gab, sie als Beraterin hinzuzuziehen. Bis dahin würde er sie einfach *vermissen*.

Schließlich war es Zeit, Watersborough zu verlassen. Annie und Ethan gingen in ihrem neuen Lieblings-Diner essen - eine Hommage an einen weiteren abgeschlossenen Fall.

»Diesmal esse ich meinen Burger«, sagte Ethan und nahm einen großen Bissen von dem Cheeseburger, den er in der Hand hielt.

Annie rutschte auf ihrem Plastiksitz hin und her und sah etwas betrübt aus. Im Fernseher über ihnen lief eine Nachrichtensendung über Ottos bevorstehenden Gerichtstermin, wobei Chief Hardgrave vor einer Reihe von Reportern im Mittelpunkt stand.

»Etwas bedrückt dich?«, fragte Ethan mit vollem Mund.

»Ich dachte, das wäre verbunden«, sagte Annie. »Die Art, wie der Brief ankam. Es waren genau drei Wörter. Sogar der Schreibstil war ähnlich.«

»Vermutungen sind keine Fakten«, zitierte Ethan Annies Lieblingsspruch zurück.

»Stimmt«, gab Annie zu. »Aber meine Vermutungen erweisen sich oft als richtig.« Sie nahm einen Schluck von ihrem Milchshake. »Vielleicht bin ich einfach nur traurig, dass ich keinen Vorwand mehr habe, *dich* zu sehen, und das bedrückt mich.«

»Du kannst mich jederzeit sehen«, sagte Ethan zu ihr. »Wenn du nur meine Empfehlung annehmen und dem FBI beitreten würdest.«

»Kann nicht«, sagte Annie zu ihm, wie schon so oft zuvor. »Ich bin eine Einzelkämpferin.«

»Du wärst großartig, Annie«, fuhr Ethan fort. »Es ist wie eine richtige Familie dort. Viel bürokratischer Mist, aber mehr Autonomie, als du denkst. Du hast so einen Verstand dafür.«

»Ich werde darüber nachdenken«, sagte Annie, wobei beide wussten, dass sie es nicht tun würde.

»Ich könnte dich jeden Tag sehen«, fügte Ethan hinzu. »Das ist doch ein Verkaufsargument, oder?«

»Ein riesiges«, gab Annie zu. Sie hatte sich nie erlaubt, eine dauerhafte Verbindung mit Ethan einzugehen, weil - wenn Annie ehrlich war - sie Angst hatte, jemandem zu nahe zu kommen. Menschen nahe zu kommen bedeutete, etwas zu verlieren zu haben, und Annie? Sie hatte genug verloren.

Sie dachte daran, wie Ethan vor ihr gestanden hatte, in den Lauf von Ottos Waffe blickend, als wäre er bereit, für sie zu sterben. Es war selten, einen solchen Partner zu finden. Diese Untersuchung hatte etwas zwischen ihnen vertieft, und es gab kein Zurück mehr. Annie stand auf. Sie rutschte auf Ethans Seite der Sitzbank und schmiegte sich eng an ihn. Er legte ganz natürlich seinen Arm um sie, und sie ließ es zu. Er sah sie etwas überrascht an.

»Lass uns kein großes Ding daraus machen«, sagte sie und nahm einen Bissen von seinem Cheeseburger.

»Hatte ich nicht vor«, lächelte Ethan.

In diesem Moment erklang eine vertraute Stimme hinter ihnen. »Annie?« Annie drehte sich um und erblickte Janis, die bei den Diner-Türen stand. Sie war außer Atem, ihre Haare flogen in alle Richtungen. »Ethan!« Janis lief auf sie zu, ihre Hände zogen ihre Handtasche fester über die Schulter. »Gott sei Dank habe ich euch erwischt. Darf ich...?« Sie deutete auf die andere Seite der Sitzbank und setzte sich. »Hardgrave hat mir erzählt, dass ihr heute abreist und ich euch vielleicht hier finden würde.«

»Wir mögen die Cheeseburger«, sagte Annie.

»Ich - etwas hat mich gestört«, sprudelte es aus Janis heraus, ihre Worte überschlugen sich wie Puzzleteile, die sortiert werden mussten. »Ich habe darüber nachgedacht, weil ihr sagtet, es gäbe drei Teile des Falls. Der Mord, der Raub und wie ihr angeheuert wurdet.«

»Alles von Annie gelöst«, warf Ethan ein, etwas beunruhigt darüber, worauf das alles hinauslief.

»Richtig, natürlich«, stimmte Janis zu. »Aber etwas störte mich an dem Brief. Ich war so damit beschäftigt, nicht aufzufliegen. So besorgt um meine Ehe und die Kinder -«, sie wedelte mit der Hand in der Luft, »- ihr sagtet, der Brief, den ihr erhalten habt, enthielt nur drei Wörter. Wie dieser Killer vor langer Zeit?«

»Ja«, sagte Annie, ihr Herz pochte. »Es waren drei Wörter. Das ist, was Sie geschickt haben.«

»Aber die Sache ist«, Janis schüttelte den Kopf. »Der Brief, den ich geschickt habe, war länger. Er war getippt, nicht handgeschrieben. Ich habe ihn am Computer geschrieben und per Expresskurier an Sie geschickt. Ich habe eine Kopie.« Janis griff in ihre Tasche und zog ein getipptes Blatt Papier heraus. Sie reichte es Annie, die es entgegennahm, als würde sie sich unter Wasser bewegen, ihre Bewegungen langsam und traumähnlich.

Annie und Ethan überflogen die Seite und lasen, was dort stand. Es war ein langer, getippter Text, der die Ereignisse in quälenden Details auflistete.

»In der Aspen Lane wurde ein Mord begangen. Ich war in ein großes Unrecht verwickelt und möchte, dass Sie den Mörder identifizieren«, las Annie den Brief laut vor. »Ich kann nicht preisgeben, wer der Mörder war, weil er dann wissen würde, dass ich es bin, und mich jagen würde. Aber wenn Sie ihn durch Ihre Ermittlungen finden, wird es scheinbar nicht mit meiner Anfrage zusammenhängen. Bitte beachten Sie die beigefügte vollständige Bezahlung.«

»Das ist der Brief, den ich geschickt habe«, sagte Janis. »Ist das der, den Sie erhalten haben?«

Annie schüttelte den Kopf. Sie blickte Janis in völligem Unglauben an. Ethans Mund klappte auf.

»Was bedeutet das?«, fragte Janis mit weit aufgerissenen Augen.

»Es bedeutet, dass jemand die Briefe ausgetauscht hat«, antwortete Annie. »Vielleicht der Immobilien-Schlitzer selbst. Oder er hat jemand anderen die Post abfangen lassen«, sie wandte sich an Ethan. »Er mag dieses Verbrechen nicht begangen haben, aber er spielt mit mir. Er hat uns eine Öffnung gegeben. Ethan - er ist immer noch da draußen. Wir können ihn finden.«

Ethan lächelte sie an, erfreut zu sehen, dass sie wieder an dem Fall dran war. »Scheint, als müsste ich meinen Bericht umschreiben. Und du bist noch etwas länger an mich gebunden.«

»Ich hoffe, ich überschreite keine Grenzen«, sagte Janis, »aber Krystal hat mir erzählt, dass sie, als Mr. Markin ermordet wurde, ihre Tarotkarten gelegt hat und immer wieder die Karte der ‚Gerechtigkeit' zog. Sie hatte Angst, dass es bedeuten würde, dass ihr Gelddiebstahl auffliegen würde. Aber was, wenn es etwas anderes bedeutete?« Janis strich sich eine lose Haarsträhne hinters Ohr. »Ich meine, Krystal mag in geschäftlichen Dingen lügen, aber sie *ist* tatsächlich eine echte Hellseherin. Bevor ich Sheila traf, sagte sie mir, dass eine neue Liebe am Horizont sei, und sie hatte Recht. Sie sagte Mr. Markin, dass jemand, der eigentlich sein Beschützer sein sollte, ihn verraten würde, und auch damit lag sie richtig. Was, wenn diese Gerechtigkeitskarte, die Krystal zog, gar nicht um sie ging und sie es falsch interpretierte, weil sie zu sehr auf ihre eigenen Probleme fixiert war? Was, wenn es etwas Größeres bedeutete? Was, wenn es um *Sie* ging?«

Annie fand diese Idee wunderschön. Dieser Fall war abgeschlossen, aber Annie ging mit der Bestätigung, dass es immer noch eine Möglichkeit gab, ein vergangenes Unrecht wieder gutzumachen. Wenn Mr. Markins Fall sie eines gelehrt hatte, dann dass die Vergangenheit nicht einfach verschwand. Es gab immer einen Weg, Gerechtigkeit in die Gegenwart zu bringen.

Und Annie hatte vor, dafür zu sorgen, dass der Gerechtigkeit Genüge getan wurde.

ENDE.

Für eine Vorschau auf das nächste Buch der Annie-Hudson-Mystery-Reihe lesen Sie weiter...

MORD IN DER DACHTERRASSENWOHNUNG

Kapitel Eins

Tony Vasquez landete nicht gerade anmutig, als er vom Balkon seiner Dachterrassenwohnung im elften Stock mit Meerblick fiel.

Stunden nachdem er den Sprung gewagt hatte, lag Tonys zerknautschter Körper auf der Motorhaube eines geparkten Autos, wo er mit solcher Wucht aufgeschlagen war, dass sich die Vorderseite des Wagens in sich zusammengefaltet hatte. Nun stand Privatdetektivin Annie Hudson vor Tonys zerschmetterten Überresten und bemerkte den Mangel an Würde in seiner Position. Einer von Tonys Armen ragte über die vordere Stoßstange hinaus. Ein einzelner Schuh lag achtlos auf dem Bürgersteig. Der Rest von Tony war im Motorraum vergraben, wobei die Tatsache, dass er in dieser Position etwas weniger sichtbar war, seine einzige Erleichterung darstellte. An dieser malerischen Hafenstraße - gekennzeichnet durch kreisende Möwen über dem Kopf und das Licht der Gebäude auf der anderen Seite der Bucht - war Tonys entstellte Form ein ziemlicher Schandfleck.

Annie ging noch einmal die Zeugenaussagen durch, die sie bereits über seinen Sturz gesammelt hatte. Laut einem

Radfahrer und einem Fußgänger - die beide zur fraglichen Zeit am Hafen unterwegs waren - war es kein schöner Anblick gewesen. Anderen Opfern von Stürzen aus ähnlichen Höhen blieb zumindest die Würde eines schönen Todes, die Arme weit ausgebreitet wie Vögel im Flug, eine ruhige Schwerelosigkeit, die sie durch ihre letzten Momente trug. Aber nicht Tony. Tony hatte in Panik mit den Armen geschlagen, ein Gewirr von Gliedmaßen, die nach allem griffen, was seinen Absturz hätte aufhalten können. Sein Schrei war so laut, dass er durch die Nachtluft dieser engen Hafenstraße in San Diego hallte, und mehrere Gäste in nahegelegenen Hotels sollten später behaupten, sie hätten ihn mit eigenen Ohren gehört. Er trudelte wie eine widerwillige Bowlingkugel durch die Luft, sein Gewicht zog ihn zur Erde, seine Fingerspitzen streiften die Spitze einer Palme, als sein Körper mit einem letzten, kompromisslosen Aufprall auf einer geparkten Limousine landete. Der Alarm der Limousine heulte danach zwanzig Minuten lang, bis der Besitzer an einem chaotischen Tatort eintraf. Polizeiautos. Krankenwagen. Sie alle kamen zu spät, um dem armen Tony zu helfen.

»Wir sind wegen eines Gefallens hergekommen, und schon setzt du uns an die Arbeit«, sagte FBI-Agent Ethan Beckett, dessen Stimme Annie in die Gegenwart zurückholte. Ethan stand neben ihr, aber auch einen Schritt zurück, und gab ihr den Raum, von dem er wusste, dass sie ihn brauchte. Als Annies einziger häufiger Begleiter verstand Ethan ihre vielen Eigenheiten - und der Wunsch nach einem komfortablen Radius um ihre Person, während sie arbeitete, war eine davon. »Annie sagte, du wärst eine Freundin, aber ich beginne zu zweifeln, ob das stimmt.« Das Lachen in seinen Worten machte deutlich, dass keine Bosheit beabsichtigt war.

Neben ihm trank San Diegos Polizeichefin Melissa Sanchez ihren Kaffee aus einem Pappbecher, unbeeindruckt von Tonys zerknautschtem Körper. Für sie war dies einfach ein weiterer Tag im Büro. »Hey«, zuckte sie mit den Schultern. »San Diego ist eine geschäftige Stadt, was Verbrechen angeht. Man kann nicht den brillantesten Kopf in die Stadt bringen und nicht erwarten, dass wir ihn nutzen.«

»Ich bin überrascht, dass noch niemand Selbstmord als offensichtliche Schlussfolgerung des Falles gezogen hat«, sagte Annie. »Nicht böse gemeint, natürlich. Es ist nur-«

»Kein Problem«, sagte Polizeichefin Sanchez. »Wir haben nicht die Kapazitäten für die Menge an Ärger, die wir sehen. Du hast Recht. Wenn es wie ein Hund bellt, werden wir es auch so nennen. Die meisten Stürze sind Springer. Ganz einfach. Ich würde ein Mittagessen darauf wetten, dass es hier auch so ist. Ein einfacher Selbstmord. Aber sein Vater...«

»Stimmt nicht zu?« fragte Annie.

»Sein Vater besitzt das Gebäude. Er ist jetzt auf der Wache. Er scheint zu glauben, dass das alles mit Immobilien zu tun hat. Behauptet, jemand wollte die Wohnung seines Sohnes. Verdächtige Pakete seien ebenfalls über viele Wochen hinweg angekommen. Er denkt, es war Mord.«

»Und?« Annie lächelte, nicht gewillt, die Gelegenheit zu verpassen, ihre Freundin ein wenig zu necken.

»Und«, Polizeichefin Sanchez fuhr sich mit der Hand durch ihr langes, welliges Haar. »Tonys Vater ist zufällig ein großer Spender für die Kampagne eines gewissen ungenannten gewählten Beamten. Desselben Beamten, der mich zur Polizeichefin ernannt hat.«

»Man beißt nicht die Hand, die einen füttert«, nickte Ethan. »Kluge Wahl.«

»Hör zu«, seufzte Polizeichefin Sanchez. »Niemand will akzeptieren, dass sein Angehöriger Probleme hatte. Das hier?« Sie deutete auf das Chaos vor ihr und betrachtete das zerbrochene Auto und die Teile von Tony, die sich in der Motorhaube verfangen hatten. »Das ist ein klassischer Selbstmord. Ein klarer Fall. Gleichzeitig müssen wir den Eindruck von Sorgfalt vermitteln. Währenddessen habe ich andere Menschen, die unsere Hilfe brauchen. Menschen, die keine reichen Väter haben. Menschen, die versuchen, ihre Kinder aus Gangs herauszuhalten oder die von ihren Ehepartnern geschlagen werden. Menschen mit echten Problemen, verstehst du?« Sie beugte sich vor und senkte ihre Stimme. »Da liegt mein Herz. Das sind die Menschen, denen zu helfen ich berufen bin. Ein Fall wie dieser ist - Lärm.« Sie wedelte mit der Hand in der Luft, auf nichts Bestimmtes gerichtet. »Trotzdem muss jemand ermitteln, um Tonys Vater von meinem Hintern fernzuhalten.«

»Und wir sind die Hintern-Retter«, nickte Annie. »Ethan? Bist du dabei?«

»Ich bin dabei, wenn du es bist«, antwortete Ethan. »Das FBI hat Interessen in diesem Gebiet. Viel Menschenhandel, einige DHS-Aktivitäten. Ich kann die Zeit rechtfertigen.«

»Also, haben wir einen Deal?« nickte Polizeichefin Sanchez, begierig darauf, das Treffen zu beenden. »Ich werde Tonys Vater sagen, dass wir die weltweit führende Expertin für immobilienbezogene Verbrechen hinzugezogen haben und dass ihr eine gründliche Untersuchung durchführt.«

»Wir haben einen Deal«, stimmte Annie zu. »Aber ich möchte im Gegenzug die Informationen über den Brief.« Annie bezog sich auf den Grund, warum sie überhaupt nach San Diego gekommen waren. Bei ihrem letzten Fall hatte Annie einen Brief von einem nicht fassbaren Serienmörder erhalten, der für die Ermordung ihres Bruders verantwortlich gewesen war. Der Brief war nur drei Worte lang, aber die Art und Weise, wie Annie ihn erhalten hatte, sagte ihr, dass der Mörder Zugang zu internen Polizeiinformationen hatte. »Er hat gewartet«, fügte Annie hinzu. »Die Person, die den Brief geschickt hat. Er hat gewartet, bis ein Fall auftauchte, der mit meinem speziellen Fachgebiet zu tun hatte. Immobilien. Er wusste es vor dem FBI, was bedeutet, dass er jemand von innen ist. Oder er kennt jemanden von innen. Er hat die Fälle beobachtet, als sie hereinkamen-« Annie brach ab, unwillig, mehr zu sagen.

»Es wird einige Zeit in Anspruch nehmen«, warnte Sanchez. »Tausende von Abteilungen da draußen. Du musst mir Zeit geben, einige Anrufe zu tätigen.«

»Wir haben fünfzehn Jahre gewartet«, antwortete Annie. »Ich bin hier, solange es dauert.« Sie pausierte und dachte an die Sicherheit ihrer Freundin. »Du solltest diskret sein. Er könnte einer von euren eigenen Leuten sein. Das würde erklären, wie er es geschafft hat, nicht identifiziert zu werden.«

»Machen Sie sich um mich keine Sorgen«, lächelte Chief Sanchez. »Ich kann auf mich selbst aufpassen. Wir haben eine Abmachung.« Chief Sanchez streckte ihre Hand aus und Annie schüttelte sie. Die beiden Frauen schlossen einen Pakt, der auf gegenseitigem Respekt und Notwendigkeit beruhte.

»Nun«, Annie beugte sich hinunter und blickte Tony an, als wäre er ein Freund, ihre Augen schmerzerfüllt. »Lass uns herausfinden, wer Tony getötet hat.«

»Sie glauben nicht, dass es Selbstmord war?«, fragte Chief Sanchez verblüfft und ein wenig verärgert über Annies Weigerung, die naheliegendste Antwort in Betracht zu ziehen.

»Nein«, Annie schüttelte den Kopf. »Sein Vater hat Recht. Er wurde ermordet.« Sie blickte zu dem hohen Gebäude vor ihr auf, aus dem Tony gefallen war. Es war ein elfstöckiges, nobles Apartmenthaus am Rande des Wassers. San Diego war eine der teuersten Städte der Welt, und Immobilien wie das Gebäude vor Annie waren zur Hälfte der Grund dafür. Doppeltüren markierten den Eingang, moderne Säulen trugen eine Markise, auf der der Name des Gebäudes in prätentiöser Schrift geschrieben stand: *Rowling Heights*. Von den oberen Stockwerken aus boten die besten Wohnungen in Rowling Heights einen Blick über den Hafen von San Diego, und ihre Bewohner waren Zeugen eines geheimen Zyklus aus orangefarbenen Sonnenuntergängen und gelben Morgendämmerungen. Auf der anderen Seite des Hafens schaukelten vertäute Segelboote auf und ab, ihre Segel sicher verstaut für den Fall, dass der Wind auffrischte. Gelegentlich machte sich eine Möwe auf den Weg zum Rand der schützenden Klippen des Hafens. Im Osten ragte eine Ansammlung ähnlicher Gebäude in den Himmel, die Lichter ihrer Fenster stetig und sicher. Ihre auffällige Opulenz und das sanfte Rauschen der Wellen unterstrichen den Punkt: in Rowling Heights zu wohnen, bedeutete mehr als nur eine Wohnung. Dieser Ort war nicht nur ein Standort. Es war ein *Erlebnis*. Eines, für das es sich zu zahlen lohnte. Und Tony? Er hatte mit seinem Leben bezahlt.

»Ich muss mit den Bewohnern sprechen«, sagte Annie. Und damit begann ihre Ermittlung.

MEHR VON VALERIE BRANDY

Weitere Bücher von Valerie Brandy, jetzt erhältlich:

Die Privatdetektiv-Krimiserie mit Annie Hudson

1. »Mord hinter den Toren« - Die Privatdetektiv-Krimiserie mit Annie Hudson, Buch Eins
2. »Mord in der Dachterrassenwohnung« - Die Privatdetektiv-Krimiserie mit Annie Hudson, Buch Zwei
3. »Mord auf dem Bauernhof« - Die Privatdetektiv-Krimiserie mit Annie Hudson, Buch Drei
4. »Mord in der Genossenschaft« - Die Privatdetektiv-Krimiserie mit Annie Hudson, Buch Vier

Die Predator Prey Thriller-Serie

1. »Die Spur der Besessenheit« - Die Predator Prey Thriller-Serie, Buch Eins
2. »Unsere Lügen sitzen tief« - Die Raubtier / Beute Thriller-Reihe, Buch Zwei

3. »Die Falle ist gestellt« - Die Raubtier / Beute
   Thriller-Reihe, Buch Drei
4. »Eine Frau im Wind« - Die Raubtier / Beute
   Thriller-Reihe, Buch Vier

BRIEF DER AUTORIN

Liebe Leserin, lieber Leser,

vielen Dank, dass Sie Ihre Zeit der Welt von Annie Hudson und der Real Estate Mystery-Reihe widmen! Ich bin Drehbuchautorin und Filmemacherin, die von Film und Fernsehen zu Büchern gekommen ist. Was ich an Büchern besonders liebe, ist der direkte Kontakt zu einer Lesergemeinschaft. Es ist etwas ganz Besonderes, mit Ihnen zu sprechen und zu erfahren, was Sie sich von den Charakteren in unseren Romanen wünschen.

Ich hoffe, Sie melden sich bei mir, indem Sie sich über den unten stehenden Link für meinen Newsletter anmelden!

Klicken Sie hier, um meinem Autorenclub beizutreten.

Ich informiere meine Leser gerne über Neuerscheinungen, biete Vorabexemplare, kostenlose Novellen, Vorschauen und vieles mehr an.

Wenn Ihnen Annie Hudson gefallen hat, hoffe ich, dass Sie den Rest der Serie weiterlesen, die ständig wächst!

Und wenn Sie generell mehr von mir lesen möchten, schauen Sie sich bitte die Liste meiner Bücher auf der vorherigen Seite an.

Herzlichst,
- Valerie Brandy

DANKSAGUNGEN

An Gott und die positive Energie des Universums und alle kreativen Musen.

An meine Mutter, Freunde, Familie und Haustiere.

An die Leser.

An die Schriftsteller- und Autorengemeinschaft, mit Liebe.